Wadim Schefner · Bescheidene Genies

Wadim Schefner

Bescheidene Genies

Phantastische Erzählungen

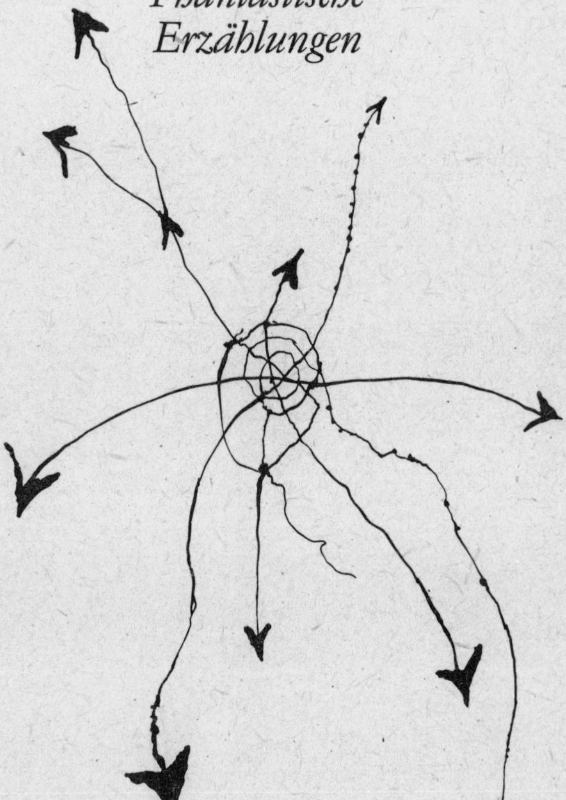

Verlag Das Neue Berlin

Herausgegeben von Hannelore Menke

Aus dem Russischen übersetzt von
Helga Gutsche, Renate Landa, Gisela Leiste,
Erika Pietraß und Hella Rymarowicz

ISBN 3-360-00175-3

Ein bescheidenes Genie

I

Sergej Kladesew wurde in Leningrad auf der Wassili-Insel geboren. Er war ein merkwürdiger Junge. Wenn andere Kinder Sandkuchen buken und Burgen bauten, zeichnete er Teile eigenartiger Maschinen in den Sand. Im zweiten Schuljahr konstruierte er ein transportables, von einer Taschenlampenbatterie gespeistes Gerät, das jedem Schüler voraussagte, wie viele Vieren er in der laufenden Woche bekommen würde. Da die Erwachsenen das Gerät für unpädagogisch hielten, nahmen sie es ihm weg.

Nach der Schulentlassung studierte Sergej an der Fachschule für Elektrochemie. Die vielen hübschen Mädchen, die ihm dort begegneten, beachtete er gar nicht. Vielleicht, weil er sie täglich sah.

Eines schönen Junitages mietete er sich ein Boot, fuhr die Kleine Newa abwärts zum Finnischen Meerbusen. In der Nähe der Wolny-Insel entdeckte er einen Kahn mit zwei unbekannten Mädchen. Sie waren auf eine Sandbank aufgelaufen und hatten obendrein beim Versuch, das Boot wieder flottzumachen, ein Ruder zerbrochen. Sergej schloß Bekanntschaft mit ihnen und half ihnen, zum Bootsverleih zurückzugelangen. Daraufhin besuchte er sie manchmal. Die beiden Freundinnen wohnten ebenfalls auf der Wassili-Insel, Swetlana in der Sechsten Linie und Ljussja in der Elften.

Ljussja nahm damals gerade an einem Schreibmaschinenkursus teil. Swetlana erholte sich vom Lernen. Sie hielt sich nach dem Oberschulabschluß für gebildet genug. Zudem lagen ihr ihre wohlhabenden Eltern in den Ohren, daß es für sie Zeit sei, zu heiraten. Sie war im Grunde der gleichen Ansicht, wollte aber nicht den ersten besten nehmen.

Anfangs gefiel Sergej Ljussja besser, doch er wußte nicht recht, wie er sich ihr gegenüber verhalten sollte. Sie war so hübsch und dabei so bescheiden und verlegen, daß auch er in ihrer Gegenwart verlegen wurde. Swetlana war da ganz anders: fröhlich und schlagfertig, kurz, sie war, wie man so schön sagt, eine Draufgängerin. Sergej, der zwar von Natur aus schüchtern war, fühlte sich in ihrer Gegenwart wohl.

Als er ein Jahr darauf seinen Freund in Roshdestwenka besuchte, traf er dort Swetlana, die sich bei Verwandten aufhielt. Ein Zufall, nicht mehr, aber Sergej hielt es für eine Schicksalsfügung. Tag für Tag ging er mit Swetlana in den Wald und an den See und war bald überzeugt, ohne sie nicht mehr leben zu können.

Swetlana fand ihn nicht besonders anziehend. Für sie war er ein Durchschnittsmensch, sie aber träumte von einem außergewöhnlichen Lebensgefährten. Sie ging mit Sergej nur in den Wald und an den See, weil sie mit irgend jemandem die Zeit verbringen mußte.

Eines Abends standen sie am Seeufer. Auf der glatten Wasseroberfläche lag, einem von Nymphen gewebten Teppich gleich, ein Streifen silbernen Mondlichts. Ringsum war es still. Nur die Nachtigallen schlugen in den Zweigen des wilden Flieders am gegenüberliegenden Ufer.

»Wie schön und still!« meinte Sergej.

»Ja, ganz hübsch«, entgegnete Swetlana. »Wenn man bloß den Flieder pflücken könnte! Nur ist er zu weit entfernt, um ihn vom Ufer aus zu erreichen. Ein Boot haben wir nicht. Und laufen kann man auch nicht über den See.«

Sie kehrten in die Siedlung zurück und gingen in ihre

Unterkünfte. Sergej legte sich in dieser Nacht nicht schlafen. Er nahm Papier und Bleistift und füllte Seite für Seite mit Formeln und Zeichnungen. Am Morgen fuhr er in die Stadt. Zwei Tage blieb er dort. Als er zurückkehrte, hatte er ein Bündel unterm Arm.

Spät abends, auf ihrem Spaziergang zum See, nahm er das Bündel mit. Am Wasser öffnete er es und holte zwei Paar Schlittschuhe heraus, auf denen man übers Wasser gleiten konnte.

»Hier, schnall dir die Wasserschlittschuhe an«, wandte er sich an Swetlana. »Ich habe sie eigens für dich konstruiert.«

Sie schnallten sich die Schlittschuhe an und liefen damit leichtfüßig über den See zum anderen Ufer. Die Schlittschuhe glitten sehr gut übers Wasser.

Am anderen Ufer brachen Swetlana und Sergej Fliederzweige und liefen dann, jeder einen Strauß im Arm, lange im Mondlicht auf dem See spazieren.

Von da an liefen sie jeden Abend auf ihren Schlittschuhen über die spiegelglatte Wasseroberfläche, und die Schlittschuhe hinterließen auf dem Wasser eine kaum sichtbare schmale Spur, die gleich wieder verschwand.

Eines Tages blieb Sergej mitten auf dem See stehen. Swetlana fuhr langsam zu ihm.

»Weißt du was?« fragte Sergej.

»Nichts weiß ich«, erwiderte Swetlana. »Was ist los?«

»Weißt du, Swetlana, ich liebe dich.«

»Das hat mir grade noch gefehlt!« entgegnete Swetlana.

»Ich gefalle dir also kein bißchen?« fragte Sergej.

»Das will ich nicht sagen, du bist ein prima Kerl, bloß hab ich ein anderes Ideal. Lieben kann ich nur einen außergewöhnlichen Menschen. Du aber bist, ehrlich gesagt, nur guter Durchschnitt.«

»Ich sehe, du bist wenigstens ehrlich«, meinte Sergej niedergeschlagen.

Schweigend kehrten sie ans Ufer zurück, und Sergej fuhr am nächsten Morgen in die Stadt. Eine Zeitlang fühlte er sich miserabel. Er magerte ab und lief ziellos durch die Straßen. Manchmal fuhr er hinaus aus der Stadt, um dort umherzuschlendern. Abends machte er sich zu Hause in seiner kleinen Werkstatt zu schaffen.

Eines Tages traf er Ljussja auf der Uferpromenade. Sie freute sich, als sie ihn sah. Das merkte er sofort.

»Was machst du denn hier, Sergej?« fragte sie.

»Nichts. Ich geh spazieren. Hab doch Ferien.«

»Ich geh auch spazieren«, sagte Ljussja. »Wenn du Lust hast, könnten wir zusammen in den Kulturpark fahren«, fügte sie errötend hinzu.

Sie fuhren auf die Jelagin-Insel und gingen dort lange in den Alleen spazieren. Später trafen sie sich noch mehrmals zu einem Stadtbummel. Das Beisammensein stimmte sie froh.

Eines Tages kam Ljussja zu Sergej, um ihn zu einer Fahrt nach Pawlowsk abzuholen.

»Bei dir ist aber eine Unordnung«, entfuhr es ihr. »Überall Apparate und Glaskolben. Wozu brauchst du das alles?«

»Ich mache in meiner Freizeit verschiedene kleine Erfindungen«, erwiderte Sergej.

»Und ich weiß gar nichts davon«, wunderte sich Ljussja. »Da kannst du vielleicht meine Schreibmaschine reparieren? Ich hab sie im Kommissionsgeschäft gekauft. Sie ist alt, und manchmal klemmt das Farbband.«

»Gut, ich seh sie mir mal an.«

»Und was ist das hier?« fragte Ljussja. »Ein komischer Fotoapparat. So einen hab ich noch nie gesehen.«

»Das ist ein ganz gewöhnlicher Fotoapparat Marke ›FED‹, nur mit einem Zusatzgerät. Das hab ich unlängst konstruiert. Mit seiner Hilfe kann man die Zukunft fotografieren. Du richtest das Objektiv auf das Planquadrat, von dem du wissen möchtest, wie es in Zukunft aussieht, und fotografierst. Aber mein Gerät ist noch unvollkommen. Man kann damit nur drei Jahre im voraus fotografieren, mehr schafft es nicht.«

»Drei Jahre im voraus ist schon sehr viel! Du hast eine große Entdeckung gemacht!«

»Ach was, groß!« Sergej winkte verächtlich ab. »Ein reichlich unvollkommenes Ding!«

»Hast du schon Aufnahmen?« fragte Ljussja.

»Ja, hab ich. Ich bin vor kurzem vor die Stadt gefahren und hab dort fotografiert.« Sergej holte einige Fotografien im Format 9x12 aus dem Schreibtisch.

»Sieh mal, hier hab ich eine Birke auf der Wiese ohne Zusatzgerät fotografiert. Und hier auf dieser Aufnahme die gleiche Birke, wie sie in zwei Jahren aussehen wird.«

»Sie ist ein Stück gewachsen«, konstatierte Ljussja, »und hat mehr Zweige.«

»Und hier ist sie in drei Jahren«, sagte Sergej.

»Hier ist doch gar nichts drauf!« rief Ljussja erstaunt. »Nur ein Stumpf und eine Grube daneben, eine Art Bombentrichter. Und da, ein Stück entfernt, sieh mal, da laufen gebückt ein paar Soldaten. Und was für eine komische Uniform sie tragen! Ich versteh überhaupt nichts.«

»Ja, ich hab mich auch gewundert, als ich die Aufnahme entwickelte«, gab Sergej zu. »Dort finden sicherlich Manöver statt, dachte ich mir.«

»Weißt du, Sergej, verbrenn die Aufnahme lieber. Das sieht zu sehr nach einem militärischen Geheimnis aus. Womöglich gerät das Bild noch einem ausländischen Spion in die Hände.«

»Du hast recht, Ljussja«, meinte Sergej. »Daran habe ich noch gar nicht gedacht.«

Er zerriß das Foto und warf es in den Ofen, wo schon eine Menge anderer Plunder lag. Dann zündete er alles an.

»So, nun bin ich beruhigt.« Ljussja atmete erleichtert auf.

»Jetzt fotografier mich, wie ich in einem Jahr sein werde. Hier in dem Sessel am Fenster.«

»Das Zusatzgerät nimmt aber nur ein bestimmtes Planquadrat auf und das, was dort sein wird. Wenn du in einem Jahr nicht in diesem Sessel sitzt, bist du auch auf dem Bild nicht drauf.«

»Fotografier mich auf alle Fälle! Wer weiß, vielleicht sitz ich in einem Jahr genau am gleichen Tag und zur selben Stunde in dem Sessel.«

»Gut«, erklärte sich Sergej einverstanden, »ich hab sowieso nur noch ein Bild auf dem Film.«

Und er fotografierte Ljussja.

»Komm, ich entwickle den Film gleich und mach Abzüge«, sagte er. »Heut ist das Bad grade frei, niemand hat Wäsche.«

Er ging ins Bad, um den Film zu entwickeln. Dann brachte er ihn ins Zimmer und hängte ihn zum Trocknen ans Fenster.

Ljussja ergriff den Film am äußersten Ende und betrachtete die letzte Aufnahme. Ihr schien es, als säße auf dem Bild nicht sie im Sessel. Dabei wünschte sie insgeheim, auch in einem Jahr darin zu sitzen. Nein, schlußfolgerte sie, wahrscheinlich bin ich das doch. Nur bin ich nicht besonders gut getroffen.

Als der Film trocken war, gingen sie ins Bad, wo noch die Rotlichtlampe brannte. Sergej schob den Streifen in den Vergrößerungsapparat, schaltete das Gerät ein, und schon wurde die Abbildung auf das Fotopapier projiziert. Rasch legte er das Bild in den Entwickler. Auf dem Papier traten die Konturen einer unbekannten Frau hervor. Sie saß im Sessel und stickte eine große Katze auf ein Stück Stoff. Die Katze war fast fertig, nur der Schwanz fehlte noch . . .

»Da sitze ja nicht ich!« Ljussja war enttäuscht. »Das ist eine ganz andere!«

»Ja, du bist das nicht«, bestätigte Sergej. »Ich weiß bloß

nicht, wer es sonst ist. Ich hab die Frau noch nie gesehen.«

»Weißt du, Sergej, ich muß nach Hause«, sagte Ljussja. »Du brauchst auch nicht bei mir vorbeizukommen. Die Schreibmaschine lasse ich in der Werkstatt reparieren.«

»Dann bringe ich dich wenigstens nach Hause.«

»Nein, Sergej, nicht nötig. Ich möcht mich nicht in dein Schicksal einmischen.«

Dann ging sie.

Bringen mir kein Glück, meine Erfindungen, dachte Sergej bei sich. Er nahm einen Hammer und zertrümmerte das Zusatzgerät.

2

Etwa zwei Monate später sah Sergej Kladesew, als er den Bolschoi-Prospekt entlangging, eine junge Frau auf einer Bank sitzen und erkannte in ihr die Unbekannte von dem verhängnisvollen Foto.

»Können Sie mir sagen, wie spät es ist?« wandte sich die Unbekannte an ihn.

Sergej beantwortete die Frage und nahm neben der Frau auf der Bank Platz. Sie unterhielten sich über das Wetter und schlossen miteinander Bekanntschaft. Sergej erfuhr, daß die junge Frau Tamara hieß. Er traf sich von da an öfter mit ihr, und bald darauf heirateten sie. Dann kam ein Sohn zur Welt, den Tamara Alfred nannte.

Tamara erwies sich als eine recht langweilige Frau. Für nichts interessierte sie sich besonders. Tagaus, tagein saß sie im Sessel am Fenster und stickte Katzen, Schwäne und Hirsche auf kleine Läufer, die sie dann stolz an die Wand hängte. Tamara liebte Sergej nicht. Sie hatte ihn nur geheiratet, weil er ein eigenes Zimmer besaß und weil sie nach ihrem Examen am Institut für Pferdezucht nicht in der Provinz arbeiten wollte. Eine verheiratete Frau fortzuschicken, hatte niemand das Recht.

Tamara, selbst eine langweilige Person, hielt auch Sergej für langweilig, uninteressant und unbedeutend. Es mißfiel ihr, daß er in seiner Freizeit stets etwas erfand und ihrer Meinung nach sinnlos die Zeit verschwendete. Ewig schimpfte sie mit ihm, weil er das Zimmer mit seinen Geräten und Apparaten vollstopfte.

Um sich im Zimmer mehr Bewegungsfreiheit zu verschaffen, konstruierte Sergej das AGLoW, ein kleines Antigravitationsgerät Lokaler Wirkung. Dank dieser Erfindung konnte er an der Zimmerdecke arbeiten. Er legte Parkett an der Decke, stellte seinen Arbeitstisch darauf und brachte seine Geräte dort oben unter. Um die Wand nicht zu beschmutzen, an der er zur Decke hochstieg, beklebte er sie mit einem schmalen Linoleumstreifen. Von da an gehörte der untere Teil des Zimmers seiner Frau, und der obere wurde zu seinem Arbeitszimmer und Labor.

Tamara aber war noch immer unzufrieden. Sie fürchtete jetzt, in der Wohnungsverwaltung könne man von der Vergrößerung des Wohnraumes erfahren und die doppelte Miete verlangen. Außerdem mißfiel ihr, daß Sergej so ungeniert an der Zimmerdecke entlangspazierte. Sie fand, das schicke sich nicht.

»Nimm wenigstens Rücksicht auf meine höhere Bildung, und lauf nicht so mit dem Kopf nach unten herum«, rief sie aus dem Sessel zu ihm hinauf. »Alle Frauen haben normale Ehemänner, nur ich bin an so einen Unglücksraben geraten.«

Wenn Sergej von der Arbeit heimkehrte (er arbeitete bei der »Transenergokontroll« als technischer Kontrolleur), aß er in aller Eile und begab sich dann an der Wand hinauf in sein Revier. Manchmal machte er auch einen Bummel durch die Stadt und ihre nähere Umgebung, um nicht ewig Tamaras Vorhaltungen anhören zu müssen. Er war schon so an Fußmärsche gewöhnt, daß er mühelos bis nach Pawlowsk oder nach Lissji Nos gegangen wäre.

Eines Tages traf er an der Ecke der Achten Linie und des Sredni-Prospekts Swetlana.

»Ich habe inzwischen einen außergewöhnlichen Mann geheiratet«, berichtete ihm Swetlana zuallererst. »Mein Petja ist ein wirklicher Erfinder! Er arbeitet zur Zeit als jüngster Erfinder in der Forschungsvereinigung ›Alles für den Alltag‹, bald aber wird er zum mittleren Erfinder avancieren. Petja hat schon ganz allein etwas erfunden: die Seife ›Stiehl nicht‹.«

»Und was ist mit der Seife?« fragte Sergej.

»Der Idee nach ist sie eine ganz einfache Seife, wie ja alles Geniale im Grunde einfach ist. ›Stiehl nicht‹ ist eine normale Toilettenseife, nur besteht ihr Kern aus einem Stück wasserfester schwarzer Tusche. Wenn nun einer, na, sagen wir, dein Zimmernachbar in der Gemeinschaftswohnung, die Seife stiehlt und sich damit wäscht, dann beschmutzt er sich physisch und moralisch.«

»Wenn die Seife aber nicht gestohlen wird?« fragte Sergej zurück.

»Stell nicht so blöde Fragen!« entgegnete Swetlana ärgerlich. »Du bist nur neidisch auf Petja.«

»Siehst du Ljussja manchmal?« fragte Sergej. »Wie geht es ihr?«

»Ach, in Ljussjas Leben hat sich nichts verändert. Ich rate ihr immer wieder, sich einen passenden, außergewöhnlichen Mann zu suchen und zu heiraten, sie aber schweigt. Hat anscheinend die Absicht, eine alte Jungfer zu werden.«

Bald darauf begann der Krieg. Tamara und Alfred wurden evakuiert. Sergej Kladesew ging an die Front. Zuerst war er Unterleutnant bei der Infanterie und am Kriegsende Oberleutnant. Nach Leningrad zurückgekehrt, vertauschte er die Uniform mit dem Zivilanzug und nahm seine frühere Tätigkeit bei der »Transenergokontroll« wieder auf. Kurze Zeit darauf kamen Tamara und Alfred aus der Evakuierung, und das Leben nahm seinen gewohnten Lauf.

3

Jahre vergingen.

Alfred wuchs heran, beendete die Schule und absolvierte auf ein Minimum verkürzte Lehrgänge zur Ausbildung von Hotelpersonal. Dann fuhr er in den Süden und nahm Arbeit in einem Hotel an.

Tamara stickte nach wie vor Katzen, Schwäne und Hirsche auf Wandbehänge. Sie war noch geistloser und zänkischer geworden. Zudem hatte sie einen pensionierten Direktor kennengelernt, der Junggeselle war, und drohte Sergej nun ständig, sie werde ihn verlassen und zu diesem Direktor gehen, wenn er nicht endlich Vernunft annähme und seine Erfinderei aufgäbe.

Swetlana war nach wie vor sehr zufrieden mit ihrem Petja. Ja, es ging aufwärts mit ihm: Er war zum mittleren Erfinder avanciert. An Stelle der althergebrachten runden Fahrradspeichen hatte er viereckige konstruiert! Swetlana konnte wirklich stolz sein auf ihn.

Ljussja wohnte noch immer auf der Wassili-Insel. Sie arbeitete als Schreibkraft im Kontor von »Klavers«. Dort wurden Ersatzteile für Klaviere projektiert und konstruiert. Geheiratet hatte sie noch nicht, und oft dachte sie an Sergej. Einmal hatte sie ihn von weitem gesehen, aber sie hatte sich ihm nicht genähert. Er war mit seiner Frau durch die Siebente Linie zum Kino »Baltika« gegangen; Ljussja hatte die Frau sofort von der Fotografie her wiedererkannt.

Auch Sergej dachte häufig an Ljussja. Um das zu vermeiden, versuchte er, seine Gedanken in eine andere Richtung zu lenken und sich auf neue Erfindungen zu konzentrieren. Immer schienen ihm seine Geräte noch nicht perfekt genug, und er glaubte sich daher nicht im Recht, seine grobe Nase in diffizilere Dinge zu stecken. Vor kurzem hatte er einen »Streitmesser und -unterbrecher« erfunden und in der Küche der Gemeinschaftswohnung aufgestellt. An dem Gerät war eine Skala mit zwanzig Teilstrichen angebracht, auf der die Stimmung der Mieter sowie die Intensität eines ausgebrochenen Streites registriert wurde. Schon beim ersten unfreundlichen Wort erzitterte der Zeiger und näherte sich langsam dem roten Strich. Leise, beruhigende Musik ertönte. Der automatische Zerstäuber stieß eine Wolke von Baldrian und Parfüm Marke »Weiße Nacht« aus, und auf dem Bildschirm des Gerätes erschien ein komisch hüpfendes Männlein, das sich vor dem Publikum verneigte und sagte: »Lebt in Frieden miteinander, Bürger!«

Auf diese Weise wurde der Streit in seinen ersten Anfängen geschlichtet, und alle Mieter der Wohnung waren Sergej sehr dankbar für seine bescheidene Erfindung.

Außerdem hatte Sergej eine Flächenoptik erfunden. Er hatte ein Fenster entsprechend bearbeitet und ihm die Eigenschaften einer gigantischen Vergrößerungslinse verliehen. Durch dieses Fenster in seiner Wohnung konnte er die Marskanäle, die Mondkrater und die Stürme auf der Venus beobachten. Wenn ihm Tamara allzusehr zusetzte, ließ er seine Blicke zum Trost in ferne Welten schweifen.

Praktischen Nutzen hatten seine meisten Erfindungen kaum. Eine allerdings ersparte ihm Streichhölzer. Es war ihm nämlich gelungen, aus Wasser Benzin zu gewinnen, und da er stark rauchte, zündete er sich die Zigaretten jetzt mit einem Feuerzeug voll solchen »Spezialbenzins« an. Ansonsten lebte er ziemlich freudlos dahin. Weder Frau noch Sohn bereiteten ihm Freude. Wenn Alfred nach Leningrad kam, unterhielt er sich hauptsächlich mit Tamara.

»Na, wie geht es dir?« fragte er sie.

»Wie soll es mir schon gehen?« antwortete sie mit einer Frage. »Meine einzige Freude ist die Kunst. Hier, sieh mal, was für einen Hirsch ich sticke!«

»Ein Prachtkerl von einem Hirsch!« rief Alfred. »Wie lebendig! Und das Geweih! Wenn ich so ein Geweih hätte, würde ich es weit bringen!«

»Dein Vater versteht nichts von Kunst. Er interessiert sich nur fürs Erfinden! Nutzen hat man von ihm kaum.«

»Dafür trinkt er nicht, das muß man auch schätzen«, ermutigte sie der Sohn. »Freilich kommt er sonst nur schleppend voran, aber vielleicht wird er noch mal klüger. Wenn ich mir so die Leute betrachte, die im Hotel absteigen – schäme ich mich allerdings für Vater. Einer ist Hauptmaterialversorger, ein anderer Ausländer, wieder ein anderer wissenschaftlicher Mitarbeiter. Kürzlich wohnte ein Dozent im Luxusappartement, der hat Puschkins Autobiographie geschrieben! Eine Datsche hat er und ein Auto.

»Wie sollte ich bei so einem Mann von einer Datsche träumen!« gab Tamara verzagt zur Antwort. »Ich hab's satt mit ihm, möcht mich scheiden lassen.«

»Hast du dir schon einen anderen geangelt?«

»Ich kenne einen pensionierten Direktor, einen Junggesellen. Der weiß die Kunst zu schätzen! Ich hab ihm einen gestickten Schwan geschenkt, und er hat sich darüber gefreut wie ein kleines Kind. Mit so einem kommt man nicht unter die Räder.«

»Wo war er denn Direktor? Etwa in einem Hotel?«

»Er war Friedhofsdirektor. Ist ein ernster, feinfühliger Mensch.«

»Das Amt verpflichtet eben«, erwiderte der Sohn zustimmend.

4

An einem Juniabend knobelte Sergej Kladesew wieder einmal an der Zimmerdecke an einer neuen Erfindung. Dabei merkte er nicht, wie die Zeit verrann und es schließlich sehr spät wurde. Er legte sich schlafen, vergaß jedoch, zuvor den Wecker aufzuziehen. Am anderen Morgen verschlief er und hätte nicht mehr pünktlich auf seiner Arbeitsstelle sein können. Da beschloß er, an dem Tage nicht zu »Transenergokontroll« zu gehen. Das war das erste und zugleich letzte Mal, daß er der Arbeit fernblieb.

»Bringt dich noch auf den Hund, deine Erfinderei!« sagte Tamara zu ihm. »Hättest du wenigstens einer lohnenden Sache wegen die Arbeit versäumt. Aber so! Kluge Leute verdienen sich noch nebenbei ein bißchen Geld. Du aber bringst nicht mehr Nutzen, wie ein Ziegenbock Milch gibt.«

» Ärgere dich nicht, Tamara«, tröstete sie Sergej. »Alles wird gut werden. Bald haben wir Urlaub, dann machen wir eine Schiffsreise auf der Wolga.«

»Ich brauche deine Groschenreisen nicht!« schrie Tamara. »Du solltest lieber mal eine Reise hinter deinen eigenen Rücken machen, mal hören, was die Leute über dich reden. Sicher halten dich alle für einen ausgemachten Dummkopf und lachen dich aus.«

Wütend nahm sie einen Wandbehang mit einer gestickten Katze vom Nagel und verließ das Zimmer.

Sergej wurde nachdenklich.

Lange überlegte er und beschloß dann, eine Reise hinter den eigenen Rücken zu machen, wie ihm seine Frau geraten hatte.

Vor einiger Zeit hatte er ein Aggregat der unsichtbaren Anwesenheit erfunden – das AUA. Es wirkte nur bis zu einer Entfernung von fünfunddreißig Kilometern. Er benutzte das AUA aber nicht dazu, um das Leben in der Stadt zu beobachten. Er hielt es nicht für ethisch, in andere Wohnungen zu blicken oder sich ins Leben anderer Menschen einzumischen. Manchmal peilte er damit die Wälder am Stadtrand an und beobachtete die Vögel beim Nestbau oder lauschte ihrem Gezwitscher.

Jetzt allerdings beschloß er, das AUA im Stadtgebiet auszuprobieren. Er schaltete es ein und drehte ein klein wenig am Hebel für Naheinstellung, daß er einen Teilstrich weiterrückte. Die Suchantenne richtete er auf die Küche der Gemeinschaftswohnung. Am Gasherd standen zwei Frauen und unterhielten sich über Nichtigkeiten. Schließlich sagte eine von ihnen: »Tamara ist wieder zu dem Direktor gegangen. Sie geniert sich kein bißchen!«

»Mir tut Sergej Wladimirowitsch leid!« erwiderte die andere. »So ein guter und kluger Mensch, und geht an dieser Frau zugrunde.«

»Da muß ich Ihnen zustimmen«, ließ sich die erste wieder vernehmen. »Er ist, scheint's, wirklich ein kluger und guter Mensch. Nur hat er eben kein Glück.«

Auch Sergejs Arbeitskollegen, die er daraufhin anpeilte, sagten nur Gutes über ihn. Er schaltete das AUA aus und dachte nach.

Ljussja fiel ihm ein, und er wünschte sich sogleich, sie einmal zu sehen, sei es auch nur für einen kurzen Augenblick.

Er schaltete das Gerät wieder ein und suchte Ljussjas Zimmer im fünften Stock eines Hauses der Elften Linie. Vielleicht wohnt sie gar nicht mehr dort? überlegte er. Hat womöglich längst geheiratet und ist verzogen? Oder sie hat aus einem anderen Grund die Wohnung gewechselt?

Auf dem Bildschirm tauchten fremde Zimmer auf und unbekannte Menschen. Doch da hatte er schon Ljussjas Behausung gefunden. Ljussja selbst war nicht im Zimmer, aber ihr Zimmer war es ganz gewiß. Die Einrichtung war die gleiche, und an der Wand hing dasselbe Bild wie früher. Auf dem kleinen Tisch stand eine Schreibmaschine. Sergej war beruhigt. Ljussja ist auf Arbeit, vermutete er.

Rasch richtete er das AUA auf Swetlanas Haus; es interessierte ihn, wie es ihr ging. Swetlana fand er ziemlich schnell. Die Wohnung war vollgepfropft mit allen möglichen nagelneuen Dingen, Swetlana selbst war gealtert, schien aber gutgelaunt und zufrieden zu sein.

Plötzlich klingelte es, und Swetlana ging öffnen.

»Guten Tag, Ljussja, hast dich lange nicht mehr sehen lassen!« rief Swetlana erfreut.

»Bin nur auf einen Sprung vorbeigekommen. Hab grade

Mittagspause«, sagte Ljussja, und nun erblickte Sergej sie auch. In all den Jahren war sie nicht jünger geworden, doch sie war ebenso sympathisch und hübsch wie früher.

Die Freundinnen gingen ins Zimmer und unterhielten sich über dies und das.

»Heiraten willst du also noch immer nicht?« fragte Swetlana auf einmal. »Du kannst doch noch einen ansehnlichen Mann in den besten Jahren kriegen.«

»Nein, ich will keinen«, erwiderte Ljussja niedergeschlagen. »Der Mann, der mir gefällt, ist längst verheiratet.«

»Hängst du immer noch an Sergej?« fragte Swetlana weiter. »Was du bloß an ihm findest? Er hat doch nichts Außergewöhnliches an sich. So einer hat das Pulver bestimmt nicht erfunden. Ein ganz netter Junge war er zwar. Wasserschlittschuhe hat er mir mal geschenkt. Wir sind auf diesen Schlittschuhen zusammen über den See gelaufen. Am Ufer schlugen dic Nachtigallen, in den Datschen schnarchten die Leute, wir aber flogen über den See und zeigten, was wir konnten.«

»Ich wußte gar nicht, daß er solche Schlittschuhe erfunden hat«, sagte Ljussja nachdenklich. »Hast du sie aufgehoben?«

»Ach, woher! Mein Petja hat sie längst zum Altwarenhändler gebracht. Er hat gesagt, das sei alles Unsinn. Petja ist ein richtiger Erfinder, er kennt sich in solchen Dingen aus!«

»Stehen Petjas Aktien gut?« fragte Ljussja.

»Und wie gut! Erst vor kurzem hat er das MUKA-1 konstruiert.«

»Was ist denn ein MUKA?«

»Ein Mechanisches Universelles Konservenöffnungsaggregat. Jetzt sind Hausfrauen und Junggesellen die ewigen Scherereien beim Büchsenöffnen los.«

»Hast du auch so ein Aggregat?« drang Ljussja weiter in sie. »Ich würde es mir gern mal ansehen.«

»Nein, ich habe keins und werd nie eins haben. Schließlich soll es fünf Tonnen wiegen und muß auf einem Betonsockel aufgestellt werden. Und kosten wird es vierhunderttausend Rubel.«

»Welche Hausfrau kann sich denn so ein MUKA leisten?« wunderte sich Ljussja.

»Mein Gott, bist du schwer von Begriff«, ereiferte sich Swetlana. »Jede Hausfrau soll sich doch das Aggregat auch nicht kaufen. Ein Gerät reicht für die ganze Stadt. Es wird im Zentrum aufgestellt, na, sagen wir, auf dem Newski. Dort wird das ESKÖZ – das Einheitliche Städtische Konservenöffnungszentrum – errichtet. Das ist sehr bequem. Wenn du, sagen wir, Besuch bekommst und willst Ölsardinen für ihn öffnen, brauchst du weder einen Büchsenöffner, noch mußt du dich physisch anstrengen. Du nimmst einfach deine Konservenbüchse und fährst ins ESKÖZ. Dort gibst du die Büchse in der Annahme ab, bezahlst fünf Kopeken und kriegst eine Quittung. In der Annahme kleben sie ein Etikett auf die Büchse und stellen sie auf ein Fließband. Du gehst in den Wartesaal, setzt dich in einen Sessel und siehst dir einen Kurzfilm über Konserven an. Bald wirst du an den Schalter gerufen, zeigst deine Quittung und erhältst die geöffnete Dose. Dann trittst du seelenruhig die Rückfahrt zur Wassili-Insel an.«

»Und dieses Projekt soll tatsächlich ausgeführt werden?« fragte Ljussja.

»Petja hofft es stark«, erwiderte Swetlana. »Nur sind in letzter Zeit einige Neider aufgetaucht. Sie hintertreiben die Verwirklichung seiner Erfindungen. Neidisch sind sie, wo doch Petja niemandem etwas neidet. Er weiß, daß er ein außergewöhnlicher Mensch ist. Und gerecht ist er. Einen Erfinder schätzt er sehr. Den, der den Flaschenverschluß ›Trink bis zum Bodensatz‹ erfunden und in die Produktion eingeführt hat.«

»Was ist denn das für ein ›Trink bis zum Bodensatz‹?«

»Weißt du etwa nicht, wie heutzutage Wodkaflaschen verschlossen werden? Mit einem Hütchen aus Leichtmetall. Ziehst du an dem Ansatzstück des Hütchens, so reißt das Metall, und die Flasche ist offen. Mit dem gleichen Verschluß kriegst du sie nicht mehr zu. Wohl oder übel mußt du die Flasche restlos leeren.«

»Die Wasserschlittschuhe gefallen mir besser«, sagte Ljussja nachdenklich. »Ich würde gern mal in einer weißen Nacht auf solchen Schlittschuhen über die Bucht gleiten.«

»Haben's dir ja angetan, die Schlittschuhe.« Swetlana lachte. »Petja und ich wollen sie nicht mal geschenkt.«

Sergej schaltete sein AUA aus und dachte wiederum nach. Dann faßte er einen Entschluß.

5

Am gleichen Abend noch suchte Sergej Kladesew sein Paar Wasserschlittschuhe aus einem alten Koffer. Dann ließ er die Wanne voll Wasser laufen und probierte darin die Schlittschuhe aus. Sie sanken nach wie vor nicht im Wasser ein und glitten noch ebenso gut dahin wie vor vielen Jahren.

Danach arbeitete er bis zur späten Nacht in seinem Arbeitszimmer und stellte ein zweites Paar Wasserschlittschuhe her, für Ljussja.

Tags darauf, es war ein Sonntag, zog Sergej seinen guten grauen Anzug an und wickelte beide Paar Wasserschlittschuhe in eine Zeitung. Dann steckte er sich einen Zerstäuber und ein Fläschchen mit VVOS (Vielfacher Verstärker der Oberflächenspannung) in die Tasche. Bestäubte man seine Kleidung mit diesem Präparat, so hielt sie einen über Wasser.

Zuletzt öffnete Sergej Kladesew den großen Schrank, in dem er seine bedeutendsten Erfindungen aufbewahrte, und entnahm ihm das OSEGGSV (Optisches Sonnenenergiegerät zur ganz speziellen Verwendung). Mit diesem Gerät hatte er sich einige Zeit sehr intensiv beschäftigt, und er hielt es für seine wichtigste Erfindung. Vor zwei Jahren hatte er es fertiggestellt, aber bis jetzt noch nicht erprobt. Das Gerät konnte nämlich dem Menschen die Jugend zurückgeben, und Sergej hatte in all den Jahren seine Jugend durchaus nicht wiederhaben wollen. Hätte er sich verjüngt, so hätte er auch Tamara ihre Jugend zurückgegeben und das Leben mit ihr von vorn beginnen müssen. Ein Leben mit ihr hatte ihm jedoch vollkommen genügt. Außerdem schreckte ihn der außerordentlich hohe Energieverbrauch des Gerätes. Wenn er es in Gang setzte, dann würde das einige Erscheinungen kosmischen Charakters zur Folge haben, Sergej aber hielt sich nicht für bedeutend genug, um derartige Erscheinungen zu verursachen.

Doch jetzt, nachdem er alles gründlich durchdacht und abgewogen hatte, beschloß er, das Gerät zu benutzen. Er steckte es zu den Wasserschlittschuhen und verließ das Haus.

Bald erreichte er den Sredni-Prospekt. Im Lebensmittelgeschäft an der Ecke der Fünften Linie kaufte er eine Flasche Sekt und eine Schachtel Pralinen, bevor er weiterging. An der Elften Linie bog er vom Sredni ab und gelangte kurz darauf an Ljussjas Haus. Er stieg die Treppe empor und klingelte zweimal lang und einmal kurz.

Ljussja öffnete ihm.

»Guten Tag, Ljussja«, begrüßte er sie. »Wie lange wir uns nicht gesehen haben!«

»Sehr lange nicht«, erwiderte Ljussja. »Aber ich hab immer darauf gewartet, daß du kommst. Und jetzt bist du da.«

Sie gingen in Ljussjas Zimmer, tranken Sekt und erinnerten sich der Dinge, die viele Jahre zurücklagen.

»Ach«, rief Ljussja plötzlich, »wenn ich doch noch einmal jung sein und das Leben von vorn beginnen könnte!«

»Das liegt durchaus in unserer Macht«, sagte Sergej und stellte das kofferradiogroße OSEGGSV, an dem eine ziemlich dicke Schnur hing, auf den Tisch.

»Wird es vom Netz gespeist?« fragte Ljussja. »Brennt es auch nicht durch? Unser Haus ist vor kurzem auf 220 Volt umgestellt worden.«

»Nein, es wird nicht vom Netz gespeist«, entgegnete Sergej. »Für das OSEGGSV würden tausend Dnepr-Kraftwerke nicht ausreichen. Es bezieht seine Energie direkt von der Sonne. Öffne bitte das Fenster!«

Ljussja öffnete es, und Sergej zog die Schnur zum Fenster. Die Schnur lief in einen kleinen Hohlspiegel aus, den Sergej so auf das Fensterbrett legte, daß er unmittelbar auf die Sonne gerichtet war.

Dann schaltete er das Gerät ein. Drinnen begann es zu knistern, und schon schien die Sonne schwächer, so schwach, wie eine Glühbirne leuchtet, wenn plötzlich die Netzspannung fällt. Im Zimmer wurde es dämmrig.

Ljussja trat ans Fenster und blickte hinaus.

»Sergej, was ist denn das?« wunderte sie sich. »Mir scheint, eine Sonnenfinsternis beginnt. Die ganze Wassili-Insel liegt im Dämmerlicht. Und weiter weg ist es auch überall dunkel.«

»Jetzt ist es auf der ganzen Erde dunkel und auch auf Mars und Venus«, erwiderte Sergej. »Das Gerät verbraucht viel Energie.«

»So ein Gerät darf man sicherlich nicht serienmäßig herstellen«, meinte Ljussja. »Sonst würden sich alle verjüngen, und es wäre ewig dunkel.«

»Ja«, bestätigte Sergej. »Das Gerät darf nur einmal benutzt werden. Ich habe es extra für dich und deinetwegen konstruiert. So, und jetzt setzen wir uns hin und bleiben ruhig sitzen.«

Sie setzten sich auf ein altes Plüschsofa, faßten sich bei den Händen und warteten.

Inzwischen war es ringsum so dunkel geworden, als

wäre die Nacht angebrochen. In der Stadt flammten die Fensterquadrate auf, und die Straßenlaternen wurden eingeschaltet. In Ljussjas Zimmer war es völlig dunkel. Einzig die Schnur des OSEGGSV schimmerte bläulich. Sie zuckte und wand sich wie ein Schlauch, durch den mit enormer Geschwindigkeit eine Flüssigkeit gejagt wird.

Plötzlich knackte es laut im Gerät, und an seiner Stirnseite öffnete sich ein quadratisches Fenster. Aus ihm drang ein grünlicher Lichtstrahl, dessen Ende abgehackt zu sein schien. Er ähnelte einem Gegenstand, und doch war es nur Licht. Der Strahl wurde immer größer und fiel auf die Wand mit dem Bild vom Schwein und der Eiche. Das Schwein auf dem Bild verwandelte sich augenblicklich in ein Ferkel, und die weitverzweigte Eiche schrumpfte zu einem jungen Bäumchen zusammen.

Der Strahl bewegte sich langsam und unsicher durchs Zimmer, als suche er blindlings Ljussja und Sergej. Wo er die Wand streifte, nahmen die alten, ausgeblichenen Tapeten ihre ursprüngliche Farbe wieder an und wurden wie neu. Der hochbetagte graue Kater, der auf der Kommode vor sich hin döste, verwandelte sich in ein junges Kätzchen und spielte sogleich mit seinem Schwanz. Eine Fliege, die zufällig in den Strahl geraten war, verwandelte sich in eine Larve und fiel zu Boden.

Schließlich näherte sich der Strahl Sergej und Ljussja. Er streifte ihre Köpfe, Gesichter, Beine und Arme. Über ihren Köpfen bildeten sich zwei schimmernde Halbkreise – eine Art Heiligenschein.

»Hu, wie das auf dem Kopf kitzelt.« Ljussja lachte.

»Macht nichts, halt still!« antwortete ihr Sergej. »Das kommt davon, daß sich die grauen Haare wieder in normale zurückverwandeln. Mir kitzelt es auch auf dem Kopf.«

»Au!« rief Ljussja. »In meinem Mund ist was Heißes!«

»Du hast sicherlich Goldkronen auf den Zähnen?« vermutete Sergej.

»Nur zwei«, erwiderte Ljussja.

»Junge Zähne brauchen keine Kronen«, erläuterte Sergej. »Darum zerfallen die Kronen zu Staub. Atme den Staub aus!«

Ljussja spitzte die Lippen wie ein unerfahrener Raucher und blies Goldstaub aus.

»Mir ist, als bäumte sich das Sofa unter uns«, sagte sie plötzlich.

»Die Spiralen richten sich auf. Wir sind leichter geworden. Ein wenig hatten wir schon zugenommen in all den Jahren.«

»Du hast recht, Sergej«, gab Ljussja zu. »Ich fühl mich jetzt wieder so herrlich leicht wie mit zwanzig.«

»Du bist jetzt auch zwanzig«, sagte Sergej. »Wir sind in unsere Jugend zurückgekehrt.«

In diesem Augenblick erzitterte das OSEGGSV plötzlich, erdröhnte und flammte auf. Dann war es verschwunden, und nur leichte blaue Asche zeugte von ihm. Ringsum wurde es sofort wieder hell. Die Kraftfahrer schalteten die Scheinwerfer aus, die Straßenlaternen erloschen, und das elektrische Licht in den Fenstern verschwand. Die Sonne erstrahlte von neuem in ihrer ganzen Junistärke.

Ljussja stand auf und betrachtete sich lächelnd im Spiegel.

»Komm, Sergej, gehen wir spazieren«, sagte sie. »Vielleicht zur Jelagin-Insel.«

Sergej ergriff das Bündel mit den Schlittschuhen, faßte Ljussja unter und ging mit ihr die Treppe hinab auf die Straße.

Mit der Straßenbahn fuhren sie zum Kulturpark, wo sie lange umherschlenderten, Karussell fuhren und zweimal im Restaurant aßen.

Als die stille weiße Nacht anbrach und der Park bereits vereinsamt war, gingen sie ans Meeresufer. Das Meer lag völlig windstill da, ohne die geringsten Wellen, und aus der Ferne, von der Wolny-Insel, schimmerten unbeweglich die Segel der Jachten herüber.

»Genau das richtige Wetter«, meinte Sergej, während er die Wasserschlittschuhe aus dem Bündel holte. Er half Ljussja, sich ein Paar unter ihre Schuhe zu schnallen, und schnallte sich dann selbst die anderen an.

Ljussja lief auf das Wasser der Bucht und glitt leichtfüßig darüber hin. Sergej folgte ihr. Sie kamen an Jachten vorüber, deren Besitzer auf eine Brise warteten, winkten ihnen einen Gruß zu und liefen hinter der Wolny-Insel aufs offene Meer hinaus. Lange glitten sie übers Wasser, dann verlangsamte Sergej plötzlich seinen Lauf. Ljussja stoppte und fuhr zu ihm.

»Weißt du, Ljussja, was ich dir sagen möchte?« begann Sergej etwas unsicher.

»Ich weiß«, erwiderte Ljussja. »Ich liebe dich auch, und von jetzt an bleiben wir immer zusammen.«

Sie umarmten und küßten sich und wandten sich dann dem Ufer zu.

Inzwischen war Wind aufgekommen und trieb Wellen vor sich her. Es wurde schwierig, Schlittschuh zu laufen.

»Was wird, wenn ich stolpere und ins Wasser falle?« fragte Ljussja.

»Ich treffe sofort Vorkehrungen, daß wir nicht ertrinken«. Sergej lachte.

Er nahm den Zerstäuber aus der Tasche und das Fläschchen mit der Flüssigkeit VVOS. Dann besprengte er Ljussjas und seine eigene Kleidung mit dem VVOS.

»Jetzt können wir sogar reiten auf den Wellen«, sagte er zu Ljussja.

Sie setzten sich, eng aneinandergeschmiegt, auf eine Welle, als sei es eine Kristallbank, und die Welle trug sie ans Ufer zurück.

1963

Der verspätete Schütze oder Die Flügel des Provinzlers

Märchenerzählung

1. Einleitung

Heutzutage, wo jeder Flügel hat und weiß, daß er sie, wann er nur will, gebrauchen kann – heute stehen Flügel auf der Erde niedrig im Kurs. Vornehmlich romantisch veranlagte Liebende nutzen sie noch sowie die Landbriefträger in entlegenen Gegenden, wenn im Frühjahr die Wege verschlammen.

Und kaum einer entsinnt sich, wieviel Mühe es Alexej Potapowitsch Meglich kostete, die Flügel zu erfinden, mit seiner Erfindung diverse Hürden zu nehmen und die allgemeine Beflügelung der Menschheit durchzusetzen.

Gerade daran aber möchte ich Sie, verehrte Leser, erinnern.

2. Anmerkung

Vorab muß ich Sie darauf hinweisen, daß ich mit meinem Elaborat kein Amerika zu entdecken gedenke, es (das Elaborat) kompilativ ist und mitnichten Anspruch auf besondere Originalität erhebt: sowohl hinsichtlich der zur Kenntnis gebrachten Fakten als auch in der Art ihrer Darlegung. Wie die Liebe sind die Flügel ein ewiges Thema. Seit Urzeiten träumt man von ihnen. In der Felsmalerei der alten Höhlen finden wir, neben anderem, das Abbild eines Menschen, der auf Flügeln schwebt. Dädalos, einem Helden der griechischen Mythologie, gelang es, Flügel zum individuellen Gebrauch zu konstruieren. Die Bibel, ihre Apokryphen, überhaupt jegliche religiösen Texte aller Zeiten und Völker strotzen von Hinweisen auf fliegende Wesen positiver (Engel) wie negativer Art (böse Geister, Dämonen). Von Flügeln wimmelt es auf Gemälden, in der Bildhauerei, der Filmkunst, der Science-fiction und der Folklore (»Wenn ich ein Vöglein wär' und auch zwei Flügel hätt' . . .«).

Ernsthafte Literaten – so Anatole France in »Aufstand der Engel« und Mark Twain in »Kapitän Stormfields Besuch im Himmel« – wandten sich diesem Thema zu, ganz zu schweigen von der Lyrik: seit jeher waren und sind die Flügel Gegenstand unzähliger Gedichte.

Und selbst als das Zeitalter der Luftfahrt und der Raumflüge anbrach, blieb das Interesse an den Flügeln als solchen, und der Wunsch nach eigenen Schwingen wurde nicht verdrängt. Schon mancher Pilot oder Passagier, der märchenhaft schnell von Leningrad nach Wladiwostock gelangt war, verfolgte, während er über die Gangway festen Boden gewann, mit zärtlichem Neid den Flug der Schwalben über dem Landeplatz.

Es war paradox, daß der Mensch, der Luftschiffe, Segel- und Motorflugzeuge, Hubschrauber und Raketen geschaffen hatte, immer noch von eigenen Flügeln träumte. Und in seinen Träumen sah er sich nach wie vor nicht im Passagierteil eines Strahlflugzeugs oder in der Kabine eines Raumschiffs, sondern flattern und gleiten wie einen Vogel.

Flügel aber gab es nicht.

Es gab Sagen über Flügel und Erzählungen über Flügel und Poeme über Flügel und Gedichte über Flügel. Doch einen gewöhnlichen Menschen, der leibhaftig auf Schwingen schwebt - den hatte keiner je gesehen.

3. Mitteilung

So war es, bis Alexej Potapowitsch Meglich seine Flügel baute und mit ihnen flog. (Siehe Patent Nr. 756617-PS, Zusatzblatt 1899457-KM: »Abnehmbare bewegliche menschliche Schwingen zum individuellen steuerbaren Flug in der Luft«.)

4. Alexej Meglichs Kindheit

Alexej Meglich wurde in Sibirien geboren, in Kutscherowo (heute Meglichowo). Diese Siedlung ist ziemlich groß, hat ein Post- und Fernmeldeamt und eine Mittelschule.

Seinen Vater verlor Aljoscha früh, die Mutter war Landbriefträgerin. Morgens ging sie zum Amt, packte Zeitungen, Briefe und andere Korrespondenz in ihre Tasche und machte sich auf den Weg in die umliegenden Dörfer. Im Frühjahr und im Herbst, wenn die Erde aufweichte, kam sie schwer voran, und zu den kleinen Taigafleckchen zwischen den Sümpfen drang sie bisweilen überhaupt nicht vor. An solchen Tagen kehrte Serafima Dmitrijewna oft mit vielen nicht zugestellten Briefen nach Hause zurück und beklagte sich bitter über die schlechten Wege.

»War es denn wirklich ganz und gar unmöglich, diese Briefe zuzustellen?« fragte der kleine Aljoscha sie mitfühlend.

»Ganz unmöglich. Es sei denn, ich hätte einen Raupenschlepper oder Flügel gehabt.«

»Und Flügel stehen dir nicht zu?«

»Flügel stehen nur Engeln zu«, antwortete Serafima Dmitrijewna.

Daraus sollte man nicht schließen, daß sie religiös gewesen wäre. Sie wollte dem Kind einfach bildhaft erläutern, wie absolut ausgeschlossen es war, die Post unter den gegebenen Umständen auszutragen.

Als Alexej größer wurde, nahm er der Mutter häufig solche Gänge in entfernte Dörfer ab. Er schwänzte deswegen sogar den Unterricht. Die Lehrer drückten ein Auge zu. Er war ein sehr guter Schüler, manche meinten, schon unnormal gut. Bereits in der fünften Klasse beherrschte er Teilgebiete der höheren Mathematik, die in der Akademie der mathematischen Wissenschaften studiert wurden, und bei seinen Abschlußprüfungen, wo er ein freies Thema wählte, bewies er ein kaum bekanntes Theorem Saint Destromes des Jüngeren, das bis dahin als nicht beweisbar gegolten hatte.

Trotz dieser Erfolge wurde Alexej weder selbstgerecht noch hartherzig. Er war gut zu seinen Freunden und immer bereit, anderen, die ins Unglück geraten waren, zu helfen, selbst wenn es Gefahren mit sich brachte. Gut war er auch zu den Tieren. Fand er einen verletzten oder aus dem Nest gefallenen Vogel, trug er ihn nach Hause und hegte ihn. Nicht alle dieser Vögel flogen, wenn sie wieder bei Kräften waren, davon; einige blieben in der Nähe und folgten Alexej bei seinen Spaziergängen und Wanderungen in die Taiga und in die Nachbardörfer. Am Tage hielt sich stets ein Falke über ihm, abends, kaum daß er die Hütte verließ, erschien eine graue Eule. Sie flog vor ihm her, glitt manchmal tief zu seinen Füßen hinab und stieg dann wieder lautlos empor.

Und jedes Frühjahr und jeden Herbst, zur Zeit des Vogelzugs, löste sich ein Schwan aus seiner Familie und kreiste einige Male über Alexejs Haus: Der Junge hatte ihn, angeschossen, einst am Flußufer aufgelesen und in seiner Hütte gesund gepflegt.

5. Die Nacht der Wende

Nachdem Alexej die Schule beendet hatte, beschloß er, sich zum Studium am Leningrader Institut für Flugzeugbau zu bewerben, und reichte dort seine Unterlagen ein.

Jener Sommer war ungewöhnlich verregnet, und eines Tages kehrte Alexejs Mutter, Serafima Dmitrijewna, wieder einmal unverrichteterdinge mit noch zahlreichen Briefen, Zeitungen und Geldanweisungen von der Arbeit zurück. Sie hatte diese Post in das Dörfchen Hintersumpfau tragen sollen, aber nicht bis dahin vordringen können, denn der Weg führte durch die Taiga und das Moosmoor.

Da neben anderen Sendungen auch ein Telegramm in der Tasche lag, erbot sich Alexej, selbst in dieses Dörfchen aufzubrechen, obwohl er noch nie dort gewesen war. Seine Mutter versuchte zunächst, ihm das auszureden, er aber überzeugte sie, daß er vorsichtig sein würde. Er zog seinen Segeltuchmantel über, nahm die Tasche und ging los.

Kaum hatte er einige Schritte getan, schloß sich ihm, wie gewohnt, der Falke an. Seine Flügel glänzten feucht vom Regen. Von Zeit zu Zeit flog er in die Höhe, beäugte den Weg von oben und stieß dann wieder herab.

Später kam die Eule. Sie näherte sich ein wenig unbeholfen, taumelig; bekanntlich sehen Eulen am Tage schlecht. Zudem war diese hier schon recht bejahrt. Sie plumpste Alexej auf die Schulter und blieb dort sitzen.

»Du hast mir noch gefehlt, meine Alte«, sagte der Bursche und strich dem Vogel über den nassen Rücken. »Warum bist du denn im Hellen losgeflogen, das tust du doch sonst nie!«

Bald verließ Alexej die Landstraße und bog in einen Waldweg ein, danach in einen anderen, schmaleren. Alles stand unter Wasser, doch der Pfad war gut zu erkennen. Der Falke stieg noch einmal empor, schoß dann in die Tiefe – und flog nach Hause. Alexej begriff, daß er auf dem rechten Weg war und ihm bis zum Einbruch der Dunkelheit nichts geschehen würde.

Als es dämmerte, geriet er ins Moosmoor, das mit Bülten und Krüppelbirken übersät war, und bald verirrte er sich. Er wandte sich mal nach rechts, mal nach links, und unter seinen Stiefeln gluckste der Morast. Im Dunkeln schien es ihm, als sei er im Kreis gegangen, und er schritt schnell aus, dorthin, wo er den verlorenen Weg vermutete.

In diesem Moment hackte die Eule ihm in die Schulter, so heftig, daß es schmerzte. Sie flog um ihn herum, streifte mit ihren Flügeln fast sein Gesicht – sie ließ ihn nicht weitergehen. Ihm wurde klar, daß der Vogel Unheil spürte und daß er die Nacht an diesem Ort abwarten mußte. Er setzte sich auf einen feuchten Erdhügel und nickte ein. Von Zeit zu Zeit weckte ihn die Kälte, dann hörte er, wie die Eule gereizt mit den Flügeln klappte. Als die Sonne aufging, war sie verschwunden, heimgeflogen, um zu schlafen.

Jetzt, wo es hell war, sah Alexej, daß er, hätte er in der Nacht nur noch zehn Schritte getan, in ein Moorloch gefallen wäre. Solche Wuhnen, die dicht mit Gras überwachsen waren, unterschied selbst bei Tage nicht jeder von einer harmlosen Waldwiese.

Kurz darauf fand er den Weg und gelangte ohne weitere Zwischenfälle nach Hintersumpfau, wo er die Postsendungen austrug. Das Telegramm übergab er Jekaterina Sergejewna Regenkranz – oder einfach Katja; wie sich herausstellte, war das Mädchen ein Jahr jünger als Alexej. In dem Telegramm teilte man ihr mit, daß sie zum Fernstudium in der Veterinärfachschule zugelassen sei.

Katja freute sich sehr über diese Nachricht, und Alexej freute sich, wenn er das Mädchen ansah. Sie trug einen schwarzen Rock und eine Bluse aus Schottenstoff, die ihr gut stand. Die Bluse war schwarz-grün-kariert und hatte grüne Plastknöpfe.

»Woran denken Sie?« fragte Katja plötzlich.

»Ach, nur so«, sagte Alexej. »Ihre Knöpfe sehen wie Drops aus.«

»Ist das gut oder schlecht?«

»Weder gut noch schlecht«, erwiderte Alexej. »Aber mir gefallen sie.«

»Eigenartig«, sagte Katja. »Mich erinnern diese Knöpfe auch immer an Drops. Aber gesagt hat mir das noch niemand.«

»Sie bekommen nun bald Ihre Studienpläne zugeschickt«, sagte Alexej. »Ich bringe sie Ihnen, selbst wenn die Wege schlecht sind.«

»Danke«, murmelte Katja, »das freut mich. Dumm ist nur, daß wir im ersten Studienjahr Chemie haben.«

»Gefällt Ihnen Chemie nicht?« Alexej wunderte sich.

»Schlimmer!« entgegnete Katja. »Sehen Sie dort die große Espe? Gefällt sie Ihnen?«

»Natürlich sehe ich sie. Ein schöner Baum. Hören Sie, wie die Blätter wispern?«

»Wenn Sie nun aber mitten in der Nacht herkämen und ich würde hindeuten und fragen: ›Gefällt Ihnen die Espe?‹ Dann würden Sie doch antworten: ›Sie wispert, aber ob sie mir gefällt, weiß ich nicht.‹ Genauso geht's mir mit der Chemie.«

»Ich werde Ihnen helfen«, sagte Alexej.

»Danke schön.« Katja freute sich. »Ich graule mich so davor, daß ich in den Chemiestunden Gedichte geschrieben habe, um mich abzulenken. Das hier zum Beispiel:

Am Steilhang der Schlucht, auf der nördlichen Seite,
Wo der Weide zerfledertes Rohr,
Wo Sonne schon aufbricht die schneeige Weite,
Wuchs heute ein Blümlein hervor.

Es steht überm Eis, überm Vorjahresgrase,
Von Licht und von Luft wie berauscht.

Des Morgens schon reckt es verwegen die Nase,
Der Frühling die Nebel drauf bauscht.

Ich könnte mich bücken, ich könnte es pflücken,
Doch noch blüht's allein hier im Schnee,
Erwartet nicht mich, will Geschwister erblicken –
Ich lasse es leben und geh'.

Ich weiß, das ist nicht besonders«, fuhr sie fort. »Es ist ja auch nur für mich. Im Sommer baden wir oft hier im Fluß, manchmal aber laufe ich auch ganz allein zum Waldsee, drei Kilometer von hier. Wie ich dort schwimme und tauche, geht keinen was an, Hauptsache, mir macht's Spaß. Und so ist es auch mit meinen Gedichten.«

Diese Nacht im Moor und die folgende Bekanntschaft mit Katja beeinflußte Alexej Meglich, wie man zunächst glauben mag, recht merkwürdig. Als er wieder zu Hause war, forderte er seine Papiere aus dem Institut für Flugzeugbau zurück und fuhr bald darauf in die Kreisstadt, wo er an einem Lehrgang für Mitarbeiter des Post- und Fernmeldewesens teilnahm.

Viele staunten damals und wundern sich bis heute, warum er, bei seinen Fähigkeiten, eine so bescheidene und schlecht bezahlte Fachrichtung wählte. Die einen meinen, er wollte eben in Katjas Nähe bleiben, andere heben hervor, daß Alexej Meglichs Mutter kurz vor der Rente stand, häufig kränkelte und der Sohn sie nicht allein lassen mochte, wieder andere vermuten, daß Alexej in jener Nacht im Wald keineswegs schlief, sondern über den Bau menschlicher Schwingen nachsann und sie bereits so deutlich vor sich sah, daß er wohl alle Lust verlor, Zeit im Institut zu vertrödeln, und statt dessen lieber schnell an die Arbeit ging.

Meglichs späteren Tagebuchaufzeichnungen ist allerdings zu entnehmen, daß er damals noch keine konkreten

Vorstellungen von den Flügeln hatte. Er schreibt: »An Flügel habe ich in jenen Tagen nicht gedacht. Doch in mir erwuchs eine Art ›Vorahnung‹. Ich wußte, ich mußte irgend etwas finden, und dieser Fund würde ganz in der Nähe liegen.«

6. Noch keine Flügel

Als Alexej Meglich seine Ausbildung beendet hatte, vermittelte man ihn in seinen Heimatort, wo er dem Leiter des Post- und Fernmeldeamtes als Gehilfe zugeteilt wurde. Diese Stelle war gerade frei, denn der Vorgänger war kurz zuvor in Pension gegangen.

Kutscherowo staunte, daß ein derart fähiger Mensch sich einen Beruf mit so wenig Zukunft ausgesucht hatte. Man spöttelte sogar über Alexej, jedoch in recht gutmütiger Weise. Die Mädchen, beispielsweise, verfaßten dieses Scherzlied, das sie einige Male im Dorfklub vortrugen:

Griffen früher unsre Jungen
Hurtig nach dem Doktorhut,
Schrein sie jetzt aus vollen Lungen:
»Nein! Ein Posthorn steht uns gut!«

Sie sehen, das Liedchen war keineswegs kränkend. Ja, vielen Leuten gefiel es, daß der talentierte Bursche so einen bescheidenen Weg genommen hatte und im Heimatdorf blieb. Fragte man Alexej, ob er wirklich nicht in einer großen Stadt studieren oder durch die weite Welt reisen wolle, schwieg er sich aus. Wie wir aber heute wissen, notierte er dazu folgendes in sein Tagebuch: »Ich denke, wenn man einen Quadratmeter Feld oder Wiese aufmerksam und mit innerer Ruhe betrachtet, vermittelt dies dem Bewußtsein eine größere Ahnung von der Weite und Fülle des Lebens, als Tausende von Fahr- und Flugkilometern oder ein häufiger Wechsel des Wohnorts. Jeder trägt seine Weite in sich.«

Übrigens war Alexej gar nicht so unanfechtbar bodenständig. Als in Moskau ein internationales Schachturnier um das beste Ergebnis im Spiel gegen einen Supercomputer ausgeschrieben wurde, ließ er sich vom Leiter der Post beurlauben und reiste in die Hauptstadt. Vorher lernte er noch Schach nach einer Anleitung und bestritt einige Partien gegen den Dorfmeister, den Buchhalter Pjotr Stepanowitsch Gnazygin.

Die Regeln dieses internationalen Turniers besagten folgendes: Den ersten Preis sollte bekommen, wer gegen den Computer remis spielte, den zweiten, wer nicht vor dem dreißigsten Zug aufgab. Vom Siegen war keine Rede, man hielt es für ausgeschlossen, daß ein Mensch gegen die Maschine ankäme. Alexej aber erzielte in drei Partien ein Remis und gewann zweimal.

Nachdem er die ziemlich hohe Geldprämie in Empfang genommen hatte, kaufte er einen Container voll Bücher über verschiedene Wissensgebiete und viele Mitbringsel für seine Mutter und die Leute aus dem Dorf. Katja erhielt einen sehr teuren elektronischen Hund von der Größe eines Spitzes, der laufen, springen und bellen konnte. Weitere Vorzüge hatte dieser Hund nicht, zudem ging er gleich kaputt. Überhaupt muß erwähnt werden, daß Alexej zwar gern, aber unbeholfen schenkte. Abgesehen von den Büchern und Werkzeugen waren alle seine Einkäufe erschütternd unpraktisch und unsinnig.

Nachdem Alexej nach Kutscherowo (heute Meglichowo) zurückgekehrt war, arbeitete er weiterhin in seinem Amt. Zu Spitzenzeiten, also vor den Feiertagen, und bei schlechtem Wetter trug er bereitwillig selbst die Post in die abgeschiedenen Dörfer. Am liebsten, das sei nicht verhehlt, brachte er Briefe und Zeitungen nach Hintersumpfau.

So verstrichen zwei Jahre.

7. Die Flügel als solche

Eines Frühjahrs, an seinem ersten Urlaubstag, ging Alexej Meglich in den Dorfklub. Dort hing eine neue Wandzeitung, die neben anderen brandaktuellen Beiträgen eine Zeichnung des ortsansässigen Künstlers Andrej Prassenkow enthielt. Sie zeigte einen jungen Mann mit Umhängetasche, aus der Briefe und Zeitungen lugten. Der junge Mann saß auf einem Fahrrad, genauer gesagt, er stürzte damit. Er hatte gar keine Chance weiterzufahren, denn er steckte bis an die Naben im Schlamm.

Unter der Zeichnung stand, fein säuberlich, ein Verschen des jungen Briefträgers Nikolai Faselin:

> Ungeachtet aller Mühe
> Schlingere, nein, fall' ich schon.
> Keine Räder, sondern Flügel
> Braucht man hier als Postillon!

Augenzeugen berichten, daß Alexej Meglich, nachdem er diesen Vierzeiler gelesen hatte, einen Moment wie versteinert stehenblieb, dann aber eiligen Schritts zum Ausgang strebte. Einige fügen hinzu, er habe sich dabei an die Stirn geschlagen und ein griechisches Wort gemurmelt.

Drei Tage kam er nicht zum Vorschein. Fragen der Nachbarn, was mit Alexej geschehen sei und warum er sich nicht blicken lasse, beantwortete seine Mutter, Serafima Dmitrijewna, mit betrübtem Kopfschütteln. »Mal schreibt er, dann zeichnet er was aufs Papier, und nachts findet er keinen Schlaf«, sagte sie. »Ich weiß nicht, was ich mit ihm noch machen soll . . .«

Bald darauf reiste Alexej nach Moskau. Fünf Tage später kam er zurück. Seine Mutter erzählte den Leuten, er habe Drähte, Büchsen, kleine Metallteile und noch andere merkwürdige Dinge mitgebracht.

Danach fuhr er per Anhalter mit einem Lastwagen in die Kreisstadt, wo er Leinwand, Angelschnur und mehrere Tuben Alleskleber kaufte.

Noch einen Tag später begab sich Alexej zum Tischler des Ortes, Michail Andrejewitsch Staketow, und bat ihn um trockene Brettchen und Leisten. Der gab sie ihm gern, fragte aber, wozu Alexej das Holz brauche.

»Flügel werde ich mir bauen«, antwortete Meglich.

»Willst du unter die Vögel gehen?« Der gutmütige Tischler lachte. »Na ja, wäre nicht übel . . . Vergiß nicht, mir dann einen halben Liter im Schnabel vorbeizubringen.«

»Schon gut, mache ich.«

Am selben Tag wanderte Alexej nach Hintersumpfau und erzählte Katja von seinem Vorhaben.

Sie hörte ihm aufmerksam zu und wurde nachdenklich.

»Woran denkst du?« fragte Alexej. »Glaubst du nicht, daß der Mensch fliegen könnte?«

»Doch, schon«, antwortete Katja leise. »Aber selbst wenn dir die Flügel nicht gelingen, bleibst du für mich der alte.«

Da umarmte und küßte er sie, und am nächsten Tag fuhren sie zum Standesamt, von dort nach Kutscherowo – und Katja zog in Alexejs Haus ein. Damit endeten eigentlich Meglichs Liebesnöte; fürderhin gestaltete sich sein und Katjas Schicksal in dieser Hinsicht glücklich, und sie blieben ein Herz und eine Seele. – Ich muß bekennen, daß ich, als ich dieses Kapitel begann, versucht war, das Verhältnis der beiden wenigstens ein bißchen zu dramatisieren. Doch dann verzichtete ich darauf, schließlich geht es hier nur um die Fakten.

Alexej und Katja verbrachten jetzt ganze Tage in dem Anbau, wo Alexej eine kleine Werkstatt eingerichtet hatte. Er wählte die Leisten aus und sägte sie zurecht, hobelte und leimte; Katja schnitt nach einer Pappschablone mit einer großen Schere das Leinen zu und nähte es dann mit einer starken Nadel. Statt eines Fadens verwendete sie Angelschnur.

Dennoch blieb so viel zu tun, daß sich Alexej mit den Jungen der Arbeitsgemeinschaft Flugmodellbau aus der Dorfschule in Verbindung setzte. Sie arbeiteten bereitwillig, er bekam sie kaum aus der Werkstatt heraus, allerdings veranstalteten sie entsetzlichen Lärm, wenn sie wegen der Montage der Bauteile miteinander stritten, und Alexejs Mutter war davon nicht begeistert. Immerhin ersparte die Hilfe der Schüler Alexej viele Stunden Handarbeit und gab ihm die Möglichkeit, sich mit der elektronischen Hilfsvorrichtung zu befassen, die den Flug absolut sicher machen sollte.

Und dann waren die Flügel fertig.

Katja zog an diesem Tag eine Trainingshose und ihre hübsche Bluse an, Alexej seinen einzigen guten Anzug. Danach befestigte er die Flügel an seinen Armen. Auch die jungen Flugmodellbauer waren zur Stelle. Gekleidet hatten sie sich wie gewöhnlich, doch dazu gewaschen und gekämmt, was man von ihnen sonst nicht immer sagen konnte.

»Kommst du mit zum Test, Mama?« fragte Alexej Serafima Dmitrijewna.

»Mich laßt in Ruhe, euren Firlefanz will ich gar nicht sehen«, antwortete sie ungehalten. »Macht lieber was Nützliches!«

Daraufhin begaben sich alle außer ihr zur Weide. Voran schritt Alexej Meglich, beflügelt und im Sonntagsanzug, hinter ihm Katja in ihrer karierten Bluse mit den Dropsknöpfen, und ihr folgten die Jungen. Das Wetter war prächtig, was übrigens keine Bedeutung hatte: die Flügel eigneten sich für jedes Wetter.

Kühe waren um diese Zeit nicht auf der Weide, ebensowenig Menschen in der Nähe; weder sah noch hörte man

Vögel. Nur der Falke wich, wie stets, Alexej nicht von der Seite und umkreiste ihn still.

Und auch die Anwesenden schwiegen, denn jetzt nahte der entscheidende Moment.

»Da wird Onkel Ljoscha nun fliegen, aber Spaß macht es nicht«, sagte plötzlich der kleinste der Flugmodellbauer.

Niemand antwortete.

»Na, ich fang an.« Alexej blickte zu Katja hinüber und rannte über die Weide. Im Lauf spannte er die Flügel, dann löste er sich von der Erde und flog.

8. Die weiteren Ereignisse

Alexej beschrieb einige kleine Kreise über der Wiese und flog dann geradewegs zu dem großen Faulbeerbaum, der abseits an einem Bach stand. Der Falke hielt sich neben ihm. Anscheinend wunderte der Flug des Menschen den Vogel kein bißchen.

Alexej gewann an Höhe, überflog die Baumkrone und ließ sich jäh hinabsinken. Plötzlich tauchte der Falke vor ihm auf, stieß einen kurzen Warnschrei aus. Alexej drehte scharf ab – um ein Haar hätte er seinen rechten Flügel an einem trockenen, harten Ast zerschellt und wäre natürlich abgestürzt. Dank dem Falken entging er der Gefahr, der Vogel aber wurde im selben Augenblick zwischen dem Ast und dem Flügel erdrückt. Er fiel lautlos in den Bach, und die Strömung trug ihn davon. Seine Füße hielt er an den Körper gepreßt, als flöge er. Doch ebenso krampfen die Vögel ihre Beine im Moment des Todes.

Lange folgte Alexej dem Bachlauf, er gab seinem toten Falken das Geleit. Den schwemmte es über blaßgrüne Wasserpflanzen, rostige Konservenbüchsen, über zerbeulte, löchrige Töpfe und zerrissene Gummistiefel. Später wurde das Bett des Baches tonhaltig, und das Ufer war voller Gruben: von hier holten die Dörfler den Ton für die Öfen. Der Bach verbreiterte sich und bildete einen Strudel. Und der Falke verschwand in seiner Tiefe.

Alexej stieg auf und flog mehrere scharfe Kurven, um im Luftstrom seine Tränen zu trocknen. Abwischen konnte er sie nicht – die Flügel störten.

Danach kehrte er zu Katja und den Jungen zurück.

»Ich habe aus Versehen den Falken getötet«, sagte er zu Katja, während er die Flügel abnahm. Am Rande der rechten Schwinge zeichnete sich ein kleiner roter Fleck ab.

»Entsetzlich«, erwiderte sie. »Und ausgerechnet heute . . .«

»Flieg du jetzt«, unterbrach Alexej sie.

Katja befestigte die Schwingen an ihren Armen und drehte ein paar Runden über der Weide. Auch der älteste der Flugmodellbauer, Mitja Dobryschew aus der Zehnten, durfte fliegen.

»Hat es dir gefallen?« fragte ihn Katja, als er gelandet war.

»Ja, war nicht schlecht«, antwortete Mitja. »Aber die Tu 104 ist besser. Mein Vater und ich sind damit nach Kiew geflogen – enorm, sag' ich euch!«

»Ich bin mal mit 'ner Il 18 geflogen«, fiel der kleinste der Flugmodellbauer ein. »Das macht Spaß!«

Die Jungen rannten zum Dorf, und Alexej und Katja blieben allein auf der Wiese. Ringsum war es immer noch menschenleer. Nordostwind kam auf und wehte vom Feldweg Staub herüber.

»Gehen wir nach Hause, Katja«, sagte Alexej. »Den Test haben wir hinter uns. Freust du dich?«

»Hm«, erwiderte sie. »Nur – ich dachte, ich würde mich mehr freuen.«

»Das dachte ich auch«, stimmte Alexej ihr zu. »Weißt du, als ich flog, war das zwar angenehm, aber lange nicht so schön wie im Traum. Ob ich den Leuten, wenn ich ihnen Flügel gebe, nicht den Traum vom Fliegen nehme?«

»Du hast etwas sehr Wichtiges vollbracht«, versuchte Katja ihn zu trösten. »Noch nie hatte der Mensch Flügel, und nun hat er welche.«

»Ja, nun hat er welche.«

Und beide gingen langsam nach Hause.

Anderthalb Stunden später hängte sich Alexej die Einkaufstasche um den Hals, nahm etwas Geld, seine Flügel und flog einholen. Der Dorfladen lag ziemlich weit von ihrem Haus. Alexej flog nicht die Straße entlang, sondern über die Gärten, um nicht unnötig Aufmerksamkeit zu erregen. Als er ankam, endete gerade erst die Mittagspause, und es waren noch keine Käufer da. Die Chefin des Ladens, Tante Sweta Ramschina, saß auf der Vortreppe.

»Ah, du gibst uns die Ehre.« Sie lächelte. »Die Jungs haben mir schon erzählt, daß du Flügel baust. Wie belastbar sind sie denn? Kannst du außer dir selbst viel tragen?«

»Ungefähr zwei, drei Kilo«, antwortete Alexej.

»Bißchen wenig.« Tante Sweta wiegte den Kopf. »Mit solchen Flügeln kommst du zu nichts. Und die Geschwindigkeit?«

»Ist höher als bei einem Fußgänger. Etwas höher. So fünfzehn Stundenkilometer.«

»Auch nicht berühmt. Mein Neffe hat sich ein Motorrad angeschafft, da holt er auf der Straße hundert raus. Wenn er getrunken hat, bringt er's sogar auf hundertzwanzig, sagt er.«

Alexej kaufte ein und flog zum Tischler. Der hockte am Fenster, anläßlich des schönen Wetters schon leicht angeheitert. Über Alexej freute er sich.

»Bist ein Mordskerl, Bursche! Hast also wirklich Flügel gebaut. Und mir einen halben Liter im Schnabel gebracht!«

Er betastete die Flügel und wollte sie ausprobieren.

»Entschuldigen Sie, Michail Andrejewitsch, jetzt kann ich sie Ihnen nicht geben«, sagte Alexej. »Sie sind nicht ganz nüchtern, da blockiert hier diese elektronisch-bionische Bremse. Im Zustand der Trunkenheit kann man mit meinen Flügeln nicht fliegen. Dafür kann man dann auch nicht mit ihnen abstürzen.«

»Auch gut!« dröhnte Michail Andrejewitsch. »Bist ein kluger Kopf . . . Und welche Höhe erreichen sie?«

»Etwa zweihundert Meter.«

»Hmja, also kaum der Rede wert.« Der Tischler dehnte die Worte. »Aber ärgere dich nicht, hast trotzdem was Wichtiges erfunden.«

Wie wir nun wissen, notierte Alexej gerade am Abend dieses Tages: »Abgesehen davon, daß mir der Falke leid tut, empfinde ich nichts, am wenigsten Freude. Freude ist vielleicht eine Form von Energie, und unerschöpfliche Energiequellen gibt es nicht. Ein Großteil davon wird bereits für die Vorfreude verbraucht, gelangen wir schließlich ans Ziel, beeindruckt es uns kaum noch.«

Und weiter unten schreibt er: »Mir ist zumute wie einem, der lange einen Schatz suchte und ihn dann endlich hob. Ja, ich habe eine Truhe ausgegraben, auf deren Deckel stand: ›Hier liegen Millionen‹. Ich habe die Truhe aufgebrochen und die Millionen gefunden. Aber es ist kein Gold. Es ist Papiergeld, längst nicht mehr gültig und durch andere Scheine ersetzt. Ich kann es nicht unter die Leute bringen, denn es nützt ihnen nichts. Für diese Banknoten interessieren sich nur noch Sammler (die übrigens auch Leute sind). Ich fand meinen Schatz zu spät.«

9. Der verspätete Schütze

Aussagen von Zeitgenossen belegen, daß die Erschaffung der Schwingen im Epizentrum der Entdeckung – in Kutscherowo - kaum Staub aufwirbelte. Und das ist verständlich: Für die Dorfbewohner war Alexej einer der Ihren, ein gutmütiger, etwas wunderlicher Bursche, und seine Erfindung nur ein Zeichen harmloser (und gleichzeitig unnützer) Verschrobenheit.

Selbstredend rührte auch Alexej nicht die Werbetrommel, und dennoch erreichte die Kunde von seinen Flügeln bald in konzentrischen Wellen die Nachbardörfer und die nächstgelegenen kleineren und mittleren Städte. Und je weiter die Gerüchte vordrangen, desto mehr veränderten sie sich. Nach wenigen Tagen kursierte die Legende von einem gewissen fliegenden Individuum, das eine Kiste Klaren aus dem Kreiskonsum entwendet und unter seinen Flügeln davongetragen habe. Nach einer anderen Variante war dieses Wesen kein Mensch, sondern ein moralisch verkommener Außerirdischer von einer fliegenden Untertasse, und gestohlen hatte er statt Schnaps Bargeld. Auch weitere, noch merkwürdigere Versionen kamen in Umlauf. Sie alle hatten etwas gemeinsam: Als Ort, in dem die Wunder geschehen seien, nannten sie Kutscherowo.

Deshalb entsandte man bald aus einer nahen Kleinstadt den vielseitigen Journalisten Leonid Grabowski in das Dorf. Er sollte an Ort und Stelle recherchieren und einen Bericht für die Zeitung schreiben, in dem er das Wesen der Sache erläuterte und Spekulationen entgegentrat.

Grabowski hatte früher bei einem Zentralorgan gearbeitet, war dann aber aus nicht bekannten Gründen entlassen worden und zu dem Blättchen gestoßen, von dem hier die Rede ist. Dessen Redakteur mochte ihn wegen seines frischen Stils. Grabowski verwendete nie das Wort »Erdöl«, sondern schrieb stets »unser schwarzes Gold«; statt »Baumwolle« sagte er grundsätzlich »unser weißes Gold«, und den vulgären Begriff »Rauchwaren« ersetzte er durch den viel bildhafteren »unser weiches Gold«. Außerdem galt er, obwohl er immer in Städten gelebt hatte, als Kenner der Landwirtschaft, ja, er besang sie sogar in Gedichten und Liedern. Seltsamerweise imitierte er dabei die vorrevolutionäre Poetesse Myrrha Naivowa, wovon unter anderem sein »Bacchantisches Dorflied« zeugt:

O Hirt Mefoditsch! O Bäuerin Mascha!
Es keime unserer Freundschaft Saat!
Aufs Sommerkorn laßt uns leern die Flasche,
Aufs segensreiche Superphosphat!

Wir singen, trinken. Heiho! Gaudete!
Ekstatisch schwingt das Artel im Tanz.
Auf volle Euter! Geräumte Beete!
Die Legeleistung der Sowjetgans!

Da Kutscherowo ein Dorf war und in ländlicher Gegend lag, schickte man also Grabowski. Schon nach zwei Tagen erschien sein Beitrag unter der Überschrift: »Schwingen ran – und raus, in die Sonne«. Er begann so:

»Während die Ausbeute an unserem weichen Golde steigt, die Dungabfuhr um ein Vielfaches zunimmt und eine Reihe weiterer Leistungen und Maßnahmen realisiert wird, gibt es andererseits auch bei uns noch Schandflekken, gibt es einzelne Träger dieser Schandflekken.

Ein gewisser A. Meglich, der sich vom einträchtigen Kollektiv der Mitarbeit des Post- und Fernmeldewesens distanziert hat, pflegt, statt für die sofortige Zustellung der Briefe an die Werktätigen auf dem Lande Sorge zu tragen, nutzlose Phantastereien und fliegt mit selbstgebastelten Schwingen umher.

Seine antiwissenschaftlichen Flüge, die nicht von Erkenntnissen und Ergebnissen der Forschung untermauert sind, legen die Schlußfolgerung nahe, dieser A. Meglich wolle sich über die Werktätigen des Dorfes Kutscherowo erheben und aus eigennützigen Beweggründen religiösen Aberglauben in ihnen erwekken . . .«

In diesem Ton war der ganze Artikel gehalten. Er endete mit dem Ausruf: »Ist es nicht Zeit, dem Bürger A. Meglich auf die Fittiche zu klopfen?!«

Binnen kurzem zeitigte der negative Text seine positiven Ergebnisse. Wirklich, hätte Grabowski ein Loblied verfaßt, wäre das womöglich unbemerkt verklungen. Eine beifällige Äußerung bedarf keiner Erwiderung. Eine abwertende aber fordert sie heraus. Grabowskis Beitrag wurde unverzüglich auf der Kreiskonferenz der Mitarbeiter des Postwesens erörtert und als grob beleidigend und die Tatsachen entstellend eingeschätzt. Dann sandte man einen Protestbrief mit zahlreichen Unterschriften an eine der zentralen Zeitungen. Wenig später traf ein hauptstädtischer Korrespondent in Kutscherowo ein, und nach weiteren drei Tagen brachte seine Zeitung eine nicht sehr umfängliche, doch gewichtige Notiz mit der Überschrift: »Holzhammer kontra Flügel«. Darin stand zu lesen, daß ein praxisnaher Neuerer aus der Provinz, der Flügel für die Briefträger entwickelt habe, in der Lokalpresse gemeinen Anschuldigungen ausgesetzt worden sei. Statt Alexej Meglich moralisch zu unterstützen, sei L. Grabowski, der das Wesen der Sache nicht begriffen habe, fachlich unbedarft mit absurden Nörgeleien über den Erfinder hergefallen.

Dann kam die bekannte Journalistin Nina Antithesowa. In einem kenntnisreichen, freundschaftlichen Feuilleton erzählte sie breiten Leserkreisen von Alexej Meglich und seinen Schwingen. Sie nannte ihren Text: »Der Dorfdädalos«.

Korrespondenten, Fotografen, Reporter, Film- und Fernsehleute zog es nach Kutscherowo. Der Vertreter der populärwissenschaftlichen Massenzeitschrift »Technik für jeden« überredete Alexej, die Zeichnungen und eine verbale Anleitung zum Bau der Flügel ans Patentamt zu schicken. Alexej folgte diesem Rat und erhielt bald darauf sein Urheberzeugnis (s. Kapitel 3).

Später baute Alexej Meglich ein zweites Paar. Diese Flügel brachte er in sein Postamt und stellte sie den Briefträgern zur Verfügung. Sie bewährten sich. Die Herbstregen kamen, manche entlegenen Dörfer waren von der Außenwelt fast abgeschnitten, doch die Postzustellung funktionierte. Der betreffende Briefträger heftete sich einfach die Schwingen an und flog über die Schlammwege und Sümpfe hinweg. Auch die Ärzte benutzten sie gelegentlich, ebenso Referenten, wenn sie die Krähwinkel aufsuchten. Die Flügel lagen, stets einsatzbereit, auf einem extra Bord in der Amtsstube. Sie hießen: »Flügel vom Dienst«.

In jenen Tagen erblickte Alexej, als er im Dorfklub vorbeischaute, die aktualisierte Wandzeitung mit einer neuen Zeichnung von Andrej Prassenkow. Auf ihr war ein Landbriefträger zu sehen, der munter seine Flügel schwang. Die Tasche mit Briefen und Zeitungen hing um seinen Hals, und unter dem Bildchen stand wiederum ein Vierzeiler des uns schon bekannten Dorfdichters:

Die Taiga kann ich bezwingen,
Pfützen, Sumpf – da lach ich nur!
Mit den neuen Dienstpostschwingen
Geh ich gern auf Postdiensttour.

Anzumerken bleibt allerdings, daß Alexejs Mutter, wenn sie die Post austrug, nie die Flügel nahm. Übrigens wurde sie bald pensioniert.

Was Katja betrifft, so flog sie zwar dann und wann, jedesmal aber mit leichten Beklemmungen. Nicht, daß sie Angst gehabt hätte abzustürzen – das gewiß nicht. Doch jener kleine rostrote Fleck am rechten Flügel machte ihr zu schaffen.

Und selbst Alexej Meglich nutzte seine Erfindung selten. Sein Wesen hatte sich verändert, er war jetzt oft niedergeschlagen. Aus dieser Zeit stammt die folgende Tagebucheintragung. »Die Formel einer beweglichen Schwinge ist, im Grunde genommen, so einfach, daß nur der Zufall die Menschheit gehindert haben kann, sie in früheren Jahrhunderten zu entdecken. Ich fühle mich nicht als Sieger. Ich fühle mich wie ein unerfahrener, anmaßender Schütze, der zufällig ins Schwarze traf. Die ganze Zielscheibe ist voller Fehlschüsse, und man kann erkennen, daß die Schützen erfahren und sicher waren - nur hatten sie eben kein Glück . . . Diese Männer sind lange tot, die Zielscheibe aber blieb, und nun kam ich und traf ins Ziel. Aber es war ihr Ziel. Ich bin ein verspäteter Schütze.«

10. Reisebegegnungen

Von nun an erhielt Alexej Potapowitsch Meglich viele Briefe. Seine Kollegen, die ihn gutmütig frotzelten, meinten, er habe bestimmt nur deshalb bei der Post angefangen, weil er hier seine Korrespondenzen direkt an den Arbeitsplatz bekäme. Die Briefschreiber erkundigten sich, ob die Flügel bald in Serie gingen, was sie kosten sollten und so weiter.

Alles das brachte Alexej auf den Gedanken, nunmehr die industrielle Herstellung der Flügel in die Wege zu leiten, damit die offensichtliche Nachfrage befriedigt werden könnte. Nachdem er mit Katja beraten hatte, nahm er im Postamt unbezahlten Urlaub – und machte sich auf in die Metropole. Katja begleitete ihn bis zur Kreisstadt, wo er in den Zug stieg. Bei sich trug er einen kleinen Koffer und seine Flügel, die in einem Futteral aus wasserabweisendem Stoff steckten. Katja hatte es genäht.

Im Abteil saßen bereits drei Männer. Wie sich herausstellte, fuhren sie zu einem Treffen überalterter Erfinder in die Bezirksstadt. Ihre Namen sind nicht überliefert, deshalb nenne ich sie einfach den Dunkelblonden, den Rotschopf und den Alten.

Als sie die Schutzhülle erblickten, fragte der Dunkelblonde, was darin sei.

»Bewegliche Schwingen zum individuellen Flug«, antwortete Alexej.

»Aber wer braucht denn jetzt noch Schwingen!« rief der Dunkelblonde aus. »Überall gibt's Flugzeuge. Ich, für mein Teil, weiß, was man erfinden sollte, und was nicht. Ich habe da eine antialkoholische Geldschatulle, die ich als ›Sesam, bleib zu!‹ registrieren lassen möchte.«

Bei diesen Worten zog der Dunkelblonde eine Kassette unter dem Sitz hervor. Auf ihr prangte in grüner Ölfarbe, offenbar von der Hand des Erfinders und sehr sorgfältig geschrieben, das folgende Gedichtchen:

Mann und Frau strahln um die Wette,
Geben nur Kopeken aus –
Diese Antitrinkkassette
Hält die Rubelchen im Haus.

Ja, ich scheu mich nicht zu preisen
Das von mir erdachte Stück:
ATK gereicht auf Reisen
Und daheim zum wahren Glück.

»Und wozu ist dieses Kästchen bestimmt?« fragte Alexej interessiert.

»Diese Antitrinkkassette dient der Geldaufbewahrung«, dozierte der Dunkelblonde. »An ihrem Lohntag legen Sie die Summe hinein, die Sie für irgend etwas sparen wollen; den Teil für die täglichen Ausgaben tun Sie natürlich vorher beiseite. Haben Sie nun einen Rausch und wollen, um weitertrinken zu können, Ihre Reserven antasten – geht die Schatulle nicht auf, sooft Sie auch den Schlüssel herumdrehen mögen. Sie enthält nämlich ein Aggregat, das Alkoholdunst registriert und in diesem Falle automatisch das Schloß sperrt. Mehr noch, selbst wenn Sie nüchtern sind, aber neben Ihnen oder im Umkreis von drei Metern ein Angetrunkener steht, bleibt das Kästchen zu. Kommt also ein Freund angesäuselt zu Ihnen und will Sie beschwatzen, auf Ihre Kosten mit ihm weiterzukübeln, wird ihm das nicht gelingen, und Sie sind vor Verlusten sicher. Wenn hingegen Ihre Frau eine bestimmte Summe braucht, kann sie – vorausgesetzt, sie trinkt nicht – die Kassette jederzeit mit dem Schlüssel öffnen, den Sie ihr geben. Und so herrscht dank meiner ATK in der Familie immer Frieden.«

»Gesetzt den Fall, ich bin Junggeselle und dazu Nichttrinker – dann ist das Kästchen doch wohl überflüssig?« fragte Alexej.

»Keinesfalls!« entrüstete sich der Erfinder. »Auch der nichttrinkende Junggeselle benutzt die Kassette als Sparbüchse. Sie sparen, sagen wir, für ein Motorrad: Sie legen also von jedem Lohn eine bestimmte Summe in die Kassette und behalten wiederum den Rest des Geldes zum Leben. Davon kaufen Sie täglich einen Viertelliter Wodka, trinken ihn aus, versteht sich, und schaffen somit die Garantie, nicht womöglich selber den Betrag in der Schatulle anzugreifen.«

»Auf diese Art könnte ich doch zum Säufer werden«, wandte Alexej ein.

»Das geht aber schon sehr ins Detail«, sagte der Dunkelblonde pikiert. »Wichtig ist doch die Neuheit der Idee.«

»Und was haben Sie erfunden?« fragte Alexej den Rotschopf.

Der zog schweigend ein Tütchen aus der Tasche, faltete es auf und holte etwas hervor, das in seiner Form an eine elektrische Sicherung erinnerte. Allerdings war sie in einem Stück aus Metall gegossen.

»Die nicht durchbrennende, ewige Sicherung!« verkündete der Rotschopf. »Ich habe auch schon einen Werbetext.«

Er glättete das Tütenpapier und las, genauer: sang nach der Melodie des alten Liedes »Hätt ich Gut und Geld auf Erden«:

Hab gegrübelt und geschunden,
Daß sich Euer Traum erfüllt,
Die Erfindung hier erfunden,
Die viel mehr als alles gilt.

Setzt ein Kurzschluß in der Leitung
Auch das ganze Haus in Brand,
Brennt dein Bett, der Tisch, die Zeitung –
Diese Sicherung hält stand!

Danach wechselte der Rotschopf zur Prosa über.

»Haben Sie diese Sicherung im Netz, können Sie beruhigt sein: sie brennt niemals durch. Selbst wenn Sie alle Ihre Elektrogeräte anschließen, macht ihr das nichts. Die Leitungen brennen, die Geräte brennen, das Haus brennt – sie aber bleibt unversehrt! Stellen Sie sich vor, was man da, international gesehen, für Sicherungen spart!«

»Aber erlauben Sie!« Alexej wunderte sich. »Sicherungen müssen unter bestimmten Umständen durchbrennen. Dazu sind sie da!«

»Junger Mann«, mischte sich der Alte ein, »Sie haben offenbar keine Ahnung von der Erfinderei. Wenn einer Erfindung eine neue Idee zugrunde liegt, ist die Erfindung wertvoll. Ich, beispielsweise . . .«

»Was haben Sie denn erfunden?« unterbrach ihn Alexej.

»Ich habe nichts erfunden, sondern etwas entwickelt.

Ich habe die Mixtur der Langlebigkeit – kurz: MILANG – geschaffen. Nehmen Sie jährlich einmal, an Ihrem Geburtstag, mein Elixier ein – und Gesundheit wie langes Leben sind Ihnen sicher. Hundertfünfzig Jahre werden Sie alt!«
Der Alte holte unter dem Abteiltischchen eine große Flasche hervor, in der eine dunkle Flüssigkeit schwappte. Am Flaschenhals hing ein Blatt Papier, ähnlich einer Apothekerrezeptur, nur viel größer. Darauf stand in zittriger Greisenschrift:

»Jedermann kann unter häuslichen Bedingungen,
sich und seinen Lieben zum Frommen,
MILANG selbst herstellen.

Bestandteile

1. Kochsalz
2. Fixiersalz
3. Zucker
4. Eau de Cologne »Chypre«
5. Kerosin
6. Brennspiritus
7. Schülertinte, blau
8. Schmierseife
9. Knoblauchsaft
10. Essig
11. Salmiakgeist
12. handelsübliches Wanzengift
13. Möbelpolitur
14. Senf
15. Rizinusöl
16. Nagellack
17. Gurkenlake
18. Lebertran

Umrühren, schütteln und ziehen lassen«

Auf der Rückseite des Zettels war von derselben Hand ein Gedicht geschrieben:

Fünf Liter vom Kraftelixier
Laß stracks durch die Kehle dir rinnen –
Gleich wirst du gesund wie ein Stier,
Kannst Händel und Bändel gewinnen.

Dein Weib – und es sei noch so stark –,
Auch Viren, Bakterien, Bazillen ...
Sie bringen dich nicht in den Sarg,
Leb lang und fidel – ohne Pillen!

»Gestatten Sie, hier steht ›fünf Liter‹. Ist das ein Schreibfehler?« fragte Alexej.

»Nein, das ist kein Schreibfehler«, antwortete der Alte. »Genau so viel muß man auf einmal nehmen – kein Gramm weniger, kein Gramm mehr. Erst dann erweist MILANG seine wohltuende Wirkung.«

»Entschuldigen Sie meine Taktlosigkeit«, sagte Alexej. »Aber so, wie Sie aussehen, haben Sie Ihr Mittel wohl noch nicht probiert?«

»Nein, fünf Liter schaffe ich nicht«, erwiderte der Alte. »Aber ich übe jeden Tag, mit Bier. Vier Flaschen hintereinander kann ich schon trinken. Meiner Alten gefällt das nicht, ab und zu schlägt sie mich auch, doch ich trainiere weiter. Etwa in drei Jahren werde ich zehn Flaschen schaffen – und dann nehme ich eines schönen Tages statt Bier MILANG und weise durch mein Beispiel den Weg zu Gesundheit und langem Leben. Allerdings muß ich vorher die Brechreizschranke überwinden. Wie, das weiß ich noch nicht.«

»Was meinen Sie mit ›Brechreizschranke‹?« wollte Alexej wissen.

»Es ist so«, murmelte der Alte und senkte traurig den Kopf, »es ist so, daß einem von meiner Mixtur, sogar bei geringen Dosen, unbeschreiblich schlecht wird.«

Am nächsten Morgen stiegen Alexejs Reisegefährten in der Bezirksstadt aus, und er blieb für den Rest der Strecke allein im Abteil. Damals machte er auch die Tagebucheintragung, die seine Begegnung mit den überalterten Erfindern ausführlich wiedergibt. In seinen Äußerungen über den ersten zieht er eine Parallele zwischen dessen antialkoholischer Sperre und der seinen, die er in den Flügeln verwandte. Er kommt zu dem Schluß, daß der Erfinder, den ich der Einfachheit halber den Dunkelblonden nannte, sich zwar ein falsches Ziel gesteckt habe, ihm jedoch die scharfsinnige Lösung einer technischen Aufgabe nicht abzusprechen sei; insgesamt charakterisiert Alexej ihn als in eine Sackgasse geratenen Pragmatiker. An dieser Stelle äußert er auch, daß es neben der Kraft des Willens noch eine unwillkürliche gäbe, und mit ihr müsse man rechnen.

Den zweiten Erfinder bezeichnet Meglich schlicht als Dummkopf.

Dagegen schreibt er über den Alten: »Ein unglücklicher Mensch? Nein, ein glücklicher! In ihm steckt die Größe des wahren Erfinders. In zwei Jahren wird er der Hydropsie erliegen, doch noch sterbend daran glauben, daß er, wenn ihm nur ein weiteres Jahr vergönnt gewesen wäre, der Menschheit das Glück gebracht hätte. Sein Weg ist falsch, lächerlich, absurd – das Ziel hingegen weise, edel und zeitgemäß. Er ist der Antipode, das entgegengesetzte Vorzeichen, die Kehrseite der Medaille ... Aber eben der Medaille, nicht einer falschen Münze. Und auf ihre Vorderseite wird man irgendwann das Profil des Entdeckers eines wirklichen Lebenselixiers prägen.«

Die nächsten Zeilen im Tagebuch hat Meglich gestrichen, danach steht ein kleines Gedicht, das er ebenfalls in jenem Zug verfaßte.

Bin frei, mich nun emporzuschwingen
Zum Wipfelgrün, zum Schwarzmilan,
Zum Kirchturm, wo die Glocken klingen,
Und auf den höchsten Neubaukran.

Der Mensch jedoch erstrebt die Sterne,
Hat Riesenkraft in sich erweckt,
Will mehr, will immer neue Ferne –
Die Flügel sind zu spät entdeckt.

Die unverhofft erfüllten Träume
Sind welk und freuen mich nicht mehr.
Ich fliege durch die Wolkenräume
Voll Trübsal und gedankenschwer.

11. Siebzehn Einrichtungen und das NEBB

Nachdem Alexej auf dem lärmerfüllten Bahnhof ausgestiegen war, suchte er zunächst nach einer Unterkunft und fand auch bald ein Zimmer in einem billigen Hotel. Nun hielt er nach einer Behörde Ausschau, die an den Schwingen interessiert sein und ihre Massenproduktion organisieren könnte. Den Ereignissen vorausgreifend erwähne ich gleich, daß ihn dies zehn Tage kostete.

Als erstes lenkte Alexej seine Schritte zum »Post-Fernmelde-Generalprojekt«. Dort wußte man bereits von seinen Flügeln, hielt sie für eine gute, notwendige Sache und meinte, daß sie den Briefträgern dünn besiedelter Gebiete sehr dienlich wären. Die Werkstätten des »Post-Fernmelde-Generalprojekt« waren allerdings mit Arbeit überlastet, so daß Alexej empfohlen wurde, sich an den »Hauptauftraggeber Sportgeräte« zu wenden.

Beim »Hauptauftraggeber Sportgeräte« empfing man ihn herzlich, auch hier war seine Erfindung bekannt. Die Schwingen herzustellen lehnte man jedoch ab, weil sie, wie es hieß, nicht ins Profil der Einrichtung paßten. Eine entsprechende Sportart gäbe es nicht.

»Aber wenn wir die Produktion der Flügel ankurbeln, wird diese neue Sportart entstehen«, sagte Alexej.

»Ist sie entstanden, dann bitte, kommen Sie zu uns«, wurde ihm geantwortet. »Dann stellen wir Ihre Flügel her. Bis dahin sollten Sie in dieser Frage am besten die ›Hauptverwaltung Forstbrandschutz‹ in Anspruch nehmen.«

Auch in der »Hauptverwaltung Forstbrandschutz« hatte

man von den Flügeln gehört. Doch gegen Waldbrände ließen sie sich beim besten Willen nicht einsetzen – ihre Tragfähigkeit war zu gering. Man benutzte Hubschrauber, die sich bislang ausreichend bewährten.

Nachdem Alexej Meglich in weiteren Ämtern nachgefragt hatte, entschloß er sich schließlich, zur Armeebehörde zu gehen, wo man ihn ebenfalls freundlich aufnahm.

»Ihre Erfindung ist uns gut bekannt«, meinte ein junger Oberst. »Wir haben als erste davon erfahren und zollen Ihnen höchste Achtung. Sicher hätten wir Sie gebeten, für uns zu arbeiten, doch Ihre Schwingen sind ohne militärische Bedeutung. Früher wären sie für die Armee unbezahlbar gewesen, jetzt aber haben wir wesentlich vollkommenere individuelle Flugapparate.«

»Wohin raten Sie mir, mich zu wenden, Genosse Oberst?« fragte Alexej. »Ich frage Sie deshalb, weil Sie, wie mir scheint, von allen, mit denen ich in den letzten Tagen sprach, der Verständigste sind.«

Der Oberst überlegte.

»Außer bei der Post könnten die Flügel auf dem Meer eingesetzt werden, zur Rettung von Fahrgästen und Besatzungen havarierter Passagier- oder Handelsschiffe. Auf offener See dürften sie zwar kaum ausreichen, doch in der Küstenschiffahrt würden die Flügel ihren Nutzen bringen. Denn die Rettungsboote werden vom Sturm oft beschädigt oder losgerissen, und selbst wenn sie verfügbar sind, erreichen die Leute in ihnen wegen der starken Brandung nicht immer das Ufer. In solchen Fällen könnten die Flügel viele Menschenleben retten. Wenden Sie sich also ans ›Küstenschiffahrtsbüro‹.«

Alexej Meglich dankte dem Oberst und fuhr zum »Küstenschiffahrtsbüro«. Dessen Vertreter hörte sich aufmerksam Meglichs Argumente an und stimmte ihnen im Prinzip zu, ergänzte aber gleichzeitig, daß seine Institution keine eigenen Produktionsstätten habe. Schließlich gab er Alexej einen Dienstauftrag für das NEBB (Normierungsbüro Erfindungen für den Bevölkerungsbedarf).

Dieses NEBB war eine mächtige Institution mit vielen Abteilungen und Unterabteilungen, in der man ausreichend Interesse für Meglichs Schwingen bekundete. Doch leider konnte das NEBB selbst sich nicht mit deren Produktion befassen. Es hatte Abteilungen für die Vervollkommnung von Fleischwölfen, von Waschmaschinen, Fruchtentsaftern, Staubsaugern und Stehlampen; es gab Unterabteilungen für Seifenschalen, Zahnstocher, Salzstreuer, Spülkästen und Hundeleinen, aber alles das stand in keinerlei Beziehung zu den Flügeln. Das heißt, eine gewisse Verbindung ließ sich zur Abteilung Tischventilatoren herstellen, doch deren Leiter war gerade auf Dienstreise.

Allerdings unterstanden dem NEBB einige WTE (Wissenschaftlich-technische Einrichtungen), und zu einer von ihnen wurde Meglich mit seinen Flügeln geschickt: zwecks ihrer wissenschaftlichen Determination, ihrer Vervollkommnung und Aufbereitung für die Massenfertigung.

12. Die WTE Gansschwan

Die WTE Gansschwan war eine wissenschaftlich-theoretische Einrichtung unklaren Profils. Zur Landwirtschaft oder zum Umweltschutz hatte sie nie eine Beziehung gehabt, aber dennoch irgendwann irgendeinen konkreten nützlichen Zweck erfüllen sollen. Welchen, wußte keiner mehr. Schon seit Jahren bestand die gesamte wissenschaftliche Arbeit der Einrichtung in den betriebsinternen Auseinandersetzungen zwischen der Abteilung Gans und der Abteilung Schwan. Erstere versuchte letzterer zu beweisen, daß den Gänsen in unserer Welt eine größere Bedeutung zukommt als den Schwänen, die Schwanenanbeter behaupteten das Gegenteil. Da die beiden streitenden

Parteien ihr Pro und Kontra schriftlich in wissenschaftlicher Form darlegten und sich auf Autoritäten beriefen, war es eine wissenschaftliche, schöpferische Auseinandersetzung, und im Verlauf dieser Kontroverse erlangten die Vertreter beider Seiten verschiedene wissenschaftliche Titel, akademische Grade und dienstliche Beförderungen.

Nachdem Alexej Meglich die Einrichtung betreten hatte, begriff er sehr schnell, daß den Wissenschaftlern nicht der Sinn nach ihm stand. Die Abteilung Gans erarbeitete in jenen Tagen gerade ihren umfänglichen »Psychologischen und historiographischen Abriß der Methodik des Vorgehens einer Gruppe von Gänsen bei der Errettung Roms«. Was die Mitarbeiter der Abteilung Schwan betraf, so schufen sie als Gegenschlag ein zweibändiges Werk. Der erste Teil hieß »Die Rolle der Schwäne im Leben der altgriechischen Gesellschaft und die Reflexion dieser Rolle in der Legende von Leda und dem Schwan«; auf dem Titelblatt des zweiten war zu lesen: »Zur Frage eines potentiellen Schwanenbestands auf einigen Planeten im Sternbild des Schwans«. Als Alexej in die Arbeitsräume beider Abteilungen hineingeschaut und die wackeren, wohlbestallten Wissenschaftler erblickt hatte, von denen manch einer sich mit grauen Schläfen schmückte und ihn scheel ansah, fühlte er, daß er für diesen Ort beleidigend jung war und ihm nichts hier zu tun blieb.

Er hatte sich schon zum Ausgang gewandt, da fiel ihm, während er den Flur entlangging, an einer der Türen ein Schildchen auf: »Leiter der Unterabt. Flügel«. Er klopfte – und dieses Klopfen entschied vieles.

Es gab nämlich wirklich in der Einrichtung neben den Abteilungen Gans und Schwan noch eine Unterabteilung Flügel. Diese Unterabteilung hatte ursprünglich als Bindeglied zwischen den beiden Hauptabteilungen fungieren sollen, denn Flügel trugen sowohl Gänse, als auch Schwäne; doch schon seit langem war sie eher der Prügelknabe der WTE. Hierher versetzte man alle die Mitarbeiter der Abteilungen Gans und Schwan, die der Leitung nicht genehm waren, und verurteilte sie so zu bedeutend langsamerem Aufstieg auf der Karriereleiter. Und wenn in irgendeiner Zeitung ein Text erschien, der die Einrichtung der Lebensfremdheit oder gar schöpferischer Unfruchtbarkeit bezichtigte, gelang es dem Direktor, Genossen Reitusow, immer, die Sache so zu wenden, daß die in Ungnade gefallene Unterabteilung Flügel als Sündenbock herhielt.

Dabei war der Leiter dieser Unterabteilung, Genosse Trampolinow, sehr ehrgeizig und hegte seit langem unfreundliche Gefühle gegenüber Reitusow.

Als Alexej Meglich ihm nun eingehend seine Erfindung erläuterte, begriff Trampolinow, daß die Flügel in seinen Händen ein großer Trumpf werden konnten.

»Ich werde mich persönlich mit der Perfektionierung Ihrer Flügel befassen, ich bereite sie für die Serienfertigung vor«, sagte er. »Und damit die Sache mehr Gewicht und Sicherheit erhält, bin ich sogar bereit, Ihr Koautor zu werden. Vielleicht muß ich im Verlauf der Arbeit auch noch weitere Kollegen zu diesem Projekt heranziehen. Ich denke, das ist Ihnen recht.«

»Ich bin einverstanden«, erwiderte Alexej. »Hauptsache, die Produktion läuft möglichst bald an.«

»Zuerst muß ich die wissenschaftlichen Kader schmieden«, sagte Trampolinow gewichtig. »Erst kommen die Kader, und dann die Flügel.«

Wieder im Hotel, schrieb Alexej folgendes in sein Tagebuch: »Auf Trampolinow setze ich wenig Hoffnungen, doch auf die anderen überhaupt keine. Grund dafür ist nicht einmal die Bürokratie (obwohl es auch sie gibt), sondern vor allem die geringe technische Nutzbarkeit der Flügel. Im Zeitalter der Düsenflugzeuge und kosmischen Raketen sind meine Fl. eben ›Kleinmechanik‹. Blicke ich aber in die Zukunft, fürchte ich weniger den stillen Mißerfolg, als vielmehr den lärmenden Triumph, die Mode. Denn gerade eine Mode zieht gewöhnlich das absolute Vergessen nach sich. Großes kann unter Umständen zur Mode werden, aber wird Modisches groß?«

Es folgt die Eintragung: »Ich habe Sehnsucht nach Hause, nach Katja. Auch wenn es nicht zeitgemäß ist: mich zieht's nicht in die Stadt. Ich lebe gern in Kutscherowo. Dort, wo du geboren bist, beeinflussen alle materiellen Erscheinungsformen der heimatlichen Natur dein Leben, sie beginnen zu reden, werden zu Gesprächspartnern und Ratgebern. Der Mensch ist weise, aber auch in der Birke am Wegrand steckt Weisheit oder im Bach, den du als Junge durchwatet hast. Sie alle lehren dich verstehen. Und sie wollen nichts dafür.«

13. Zusammenfassung

Alexej Meglich kehrte nach Kutscherowo zurück und lebte sein früheres Leben, wobei er gewissenhaft seine Pflichten bei der Post erfüllte.

Außerhalb des Dorfes geschah indessen folgendes:

Während die Flügel auf wissenschaftlicher und dienstlicher Ebene langsam, ja, eigentlich gar nicht vorankamen, ging es mit ihnen im gesellschaftlich-freiwilligen Bereich aufwärts.

Einige Landbriefträger, die nicht warten mochten, bis die Schwingen eines schönen Tages offiziell vom Post- und Fernmeldeministerium übernommen und auf Staatskosten an sie verteilt würden, bauten sie sich selbst nach der Anleitung, die eine populärwissenschaftliche Zeitschrift veröffentlicht hatte.

Manche verliebten Burschen bastelten gleich zwei Paar: eins für sich und eins für ihre Angebetete.

Gewisse Leute betrieben die Flügelfertigung als einträgliche Freizeitbeschäftigung.

Die freiwillige Allunionsgesellschaft »Alle an die Flügel« wurde gegründet.

Und immer öfter sah man Menschen fliegen.

14. Trampolinows Himmelfahrt

Inzwischen nahmen in der WTE Gansschwan die wissenschaftlichen Ereignisse ihren Lauf.

Seit Trampolinow die Erarbeitung des Themas »Flügel« in seiner Kompetenz hatte, entfaltete er hektische Betriebsamkeit. Bei jeder Gelegenheit betonte er, nur seine Unterabteilung befasse sich mit einem zukunftsträchtigen Problem, wogegen die Abteilungen Gans und Schwan in eine schöpferische Krise geraten seien. Bald brachte die Presse ein Feuilleton über die WTE Gansschwan, in dem die Abteilung Gans, die Abteilung Schwan und Reitusow selbst, der Trampolinows vielversprechende Arbeit unterdrücke, kritisiert wurden. Und da man im NEBB längst an Reitusows fachlichen Qualitäten zweifelte, ließ dieses Feuilleron als letzter Tropfen das Faß der administrativen Geduld überlaufen. Reitusow wurde in eine andere Einrichtung versetzt; zum neuen Leiter des Gansschwans ernannte man Trampolinow.

Dessen erste Amtshandlung war die Spezialisierung der WTE. Niemand wußte, womit sich die Einrichtung vorher befaßt hatte, also wunderte auch keinen, daß sie nun die Entwicklung von Flügeln übernahm. Das NEBB reagierte sogar beifällig: endlich tat sich im Gansschwan Konkretes.

Die Mitarbeiter der Abteilungen Gans und Schwan stoben in Scharen davon. Ihre wissenschaftlichen Arbeiten lagen jetzt vergessen auf dem Dachboden, ihre Titel und akademischen Grade aber, die sie mit diesen Arbeiten erworben hatten, behielten sie, und niemand konnte sie ihnen nehmen. Deshalb drohte ihnen auch nicht das Hungertuch. Auf die frei gewordenen Plätze setzte Trampolinow neue Mitarbeiter, um Kader zu schmieden. Die bescheidene Unterabteilung »Flügel« schoß ins Kraut, wurde zu einer gleichberechtigten Abteilung und danach ihrerseits gegliedert. Es entstand eine Abteilung Flügelisten allgemeiner Orientierung und eine Abteilung Flügelisten spezieller Profilierung, man schuf Flügelistik-Sektoren für Ökonomie und für Philosophie, für Bionik und für Elektronik, für Modellbau und für Freiflugschau; es gab Flügelistik-Ästhetiker und Flügelistik-Energetiker, Flügeltherapeuten und Flügelpharmazeuten, Flügelmeteorologen und Flügelhydrologen, Flügelentstörjäger und Flügelgarantieträger.

Auch die Betriebszeitung der Einrichtung wurde reorganisiert und erweitert und der hochproduktive Dichter Alternin ins Redaktionskollegium aufgenommen. Allerdings konnte man keine zusätzliche Planstelle für ihn bekommen, so daß man ihn als Testflügler einstellen mußte. Alternin verpflichtete sich, monatlich mindestens vier laufende Meter lebenspraller, klingender Verse zu produzieren, und machte sich gleich an die Arbeit, die alsbald erste Ergebnisse zeitigte:

Ich mußte stets bodennah leben,
Sah sehnsüchtig Kraniche ziehn ...
Es blieb Illusion, selbst zu schweben –
Bis Gen. Trampolinow erschien.

Nun flieg ich in sonniger Weite,
Geflügeltes Morgenrot stieg.
O du Trampolinow, geleite
Uns weiter zum Wissenschaftssieg!

Ließen ihm seine unmittelbaren schöpferischen Aufgaben etwas Freizeit, schrieb Alternin dekadente Liebeslyrik:

Hast andre geliebt, triebst mit mir deine Posse –
Mein Herz ist ermattet und leer ...
Bin so ein getreuer und netter Genosse!
Ich trau deinen Worten nicht mehr.

Zum Wald geh ich fort, in elegischem Schritte,
Im Sinn ein Novembermotiv –
Ich sei, liebe Tiere, gewährt mir die Bitte,
Nun Mitglied im Wildkollektiv.

Mit Trampolinow ging es bergauf. Immer wieder fiel sein Name, es hieß, er habe einen fähigen, doch kaum gebildeten Erfinder – das Naturtalent Alexej Meglich – entdeckt und sich das edle Ziel gesetzt, die Theorie des individuellen Flugs mittels beweglicher Schwingen wissenschaftlich zu begründen sowie ein entsprechendes Modell für die Massenproduktion zu entwickeln.

Während Meglich nach und nach in Vergessenheit geriet, wurde Trampolinow der Titel »Verdienter Flügelist« verliehen und sein Gehalt entsprechend erhöht. Sein übervolles Leben ließ ihn nun häufig zum Glas greifen. Außerdem nutzte er seine dienstliche Position, um die junge, flügelbegeisterte Sekretärin Rosina Viktorowna Striptisoshowskaja an sich zu ziehen, mit der er sich bald offen in Restaurants und anderswo zeigte. Des weiteren schmückte er sich mit dem Dichter Alternin, der jetzt fortwährend in seinem Hause hockte, beim Wodka dekadente Liebeslyrik deklamierte und damit den psychisch-moralischen Zustand des Hausherrn negativ beeinflußte. Alles dies führte dazu, daß Trampolinow selbst mitunter schon in Versen dachte:

Grob geweckt vom Nachbarzank
Tappe ich zum Kühlschra-schrank,
Nehm die Flasche aus dem Kältefach.
Ziehe sacht das Stöpselchen,

Gieße ein das Tröpfelchen –
Ratet: Was geschieht dana-na-nach?

Mit Gefühl und Glü-Glü-Glück,
Froh beschwingt vom Augenblick,
Heb ich flink das Gla-Gla-Glas zum Mund.
Trinke mich am Klaren satt,
Tu fürs nächste Wochenblatt
Flügelkenntnis ku-ku-ku-ku-kund.

Die Schwingen, die Alexej Meglich der Einrichtung übergeben hatte, lagen unterdessen im Keller. Dort war es feucht, doch Katjas wasserdichtes Futteral bewahrte sie vor Nässe und Verderb.

15. Der Tod des Schwans

Alexej und Katja lebten froh und einträchtig miteinander. Sie bekamen eine Tochter, der sie den Namen Anfissa gaben.

Alexej war jetzt, obwohl noch sehr jung, bereits Leiter der Post, geachtet von seinen Mitarbeitern wie von allen Einwohnern Kutscherowos. Sogar ältere Leute baten ihn oft, ihre Meinungsverschiedenheiten zu schlichten.

Nach wie vor erhielt Alexej auch viele Briefe. Außerdem kamen häufig Fremde ins Dorf, um mit ihm zu reden. Das wiederum veranlaßte die örtlichen Organe – wie es hieß: zur Sicherung eines Nachtlagers für die Angereisten -, ein kleines Hotel im Blockhausstil zu errichten. Als die Kunde davon die nächstgelegene Kleinstadt erreichte, stellten sich deren Bewohner ebenfalls ein und verbrachten hier ein, zwei Tage. Auch Jäger kamen gelegentlich – keine professionellen, die mit der Jagd ihr Brot verdienten, sondern Sonntagsjäger aus der Stadt, die nach sechs Tagen Büroarbeit danach dürsteten, den siebenten in der

Natur zu verbringen und, wenn möglich, etwas Lebendiges zu töten.

Der Schwan, der mit seiner Familie gen Norden flog, bog wie immer auch in diesem Frühjahr seitlich ab und beschrieb einige Kreise über Alexej Meglichs Haus. Alexej war gerade im Hof und winkte ihm zu. Der Schwan zog noch eine Kurve und nahm dann Kurs Nordost, um die Seinen einzuholen. Da fielen vom Sumpf her Schüsse, und Alexej sah, wie der Vogel niederstürzte.

»Sie haben den Schwan erschossen«, sagte er, während er ins Haus trat.

Serafima Dmitrijewna schüttelte den Kopf und blickte Alexej vorwurfsvoll an, als sei er schuld. Katja, die gerade Anfissa wiegte, fing an zu weinen.

»Das bringt Unglück, das bringt nichts Gutes«, schluchzte sie.

»Das bringt weder Unglück noch Glück«, sagte Alexej leise. »Der Schwan ist einfach tot.«

16. Der Stand der Dinge in der WTE

Inzwischen brachten die Zeitungen Leseranfragen, warum die Flügelindustrie im Verzug sei. Es gab Karikaturen auf das NEBB und die ihm unterstellte Einrichtung Gansschwan. Der NEBB-Direktor beorderte Trampolinow zu sich und forderte ihn auf, binnen kürzester Frist Schwingen für die Massenproduktion bereitzustellen.

Trampolinow versprach, zwei Monate später ein Versuchsexemplar vorzulegen.

Und tatsächlich, bald waren die Zeichnungen der schöpferisch bereicherten, modernisierten Flügel fertig. Eigene Werkstätten hatte die WTE nicht, also gab man, um die Sache zu beschleunigen, die Unterlagen für den rechten Flügel, für den linken Flügel und für die Zusatzausrüstung an drei verschiedene Betriebe. Der rechte Flügel wurde dem Dienstleistungskombinat »Wetterleuchten« zuteil, das Fleischwölfe, Kaffeemühlen, Gitarrensaiten und Schuhzubehör herstellte, der linke der Haushaltsgerätevereinigung »Morgengrauen«, die sich auf Hanteln, metallene Zigarettenetuis, Blinker zum Spinnangeln, Mausefallen sowie Grabkränze aus Blech spezialisiert hatte. Die Zusatzvorrichtung übernahmen die Autoreparaturwerkstätten des NEBB.

Zur selben Zeit wurde im Hof der Einrichtung ein sieben Meter hoher Turm errichtet, vergleichbar den Sprungtürmen in Schwimmbädern. Denn mit den modernisierten Schwingen konnte man nur von einem erhöhten Standort fliegen.

Für die Vertreter des NEBB und der Presse ließ man schöne Einladungskarten drucken. Und zwei Wochen vor dem geplanten Test erschien in der Betriebszeitung der WTE ein Lied des Dichters Alternin:

Ach ihr, Schwingen, meine Schwingen,
Traumpaar, das mich zärtlich wiegt,
Laßt den Flug so leicht gelingen
Wie der Birkenzeisig fliegt.

Schattengleich schwebt ihr da droben,
Über Wiese, Auwald, See,
Bis zum Himmelsfirst zu loben
Geist und Tun der WTE.

Wie der Horizont sich weitet!
Nie bekommen wir genug.
Trampolinow selber leitet
Schließlich unsern Höhenflug.

Dieses Lied probten alle Mitarbeiter der WTE Gansschwan im Chor, sein Verfasser aber durfte mit Trampolinows ausdrücklicher Erlaubnis – sozusagen als Prämie –

in der nächsten Nummer des Blättchens eins seiner morbiden Liebesgedichte veröffentlichen:

Musenküsse trafen
Wjatscheslaw, den braven
Komsomolzen, und er fing zu dichten an:
Du, mein Schatz Inessa,
Mordest ohne Messer,
Sitzt mit einem andern nachts im Angelkahn.

Trauer in der Seele,
Gehe ich und wähle
Mir im Wald den dicksten Qualitätsast aus.
Knüpfe, ohne Reue . . .
Leb wohl, Ungetreue!
. . . eine feste Schlinge. Klagend piepst die Maus.

17. Gäste aus der Einrichtung

Da Alexej Meglich trotz allem als einer der Flügelerfinder galt, wäre es Trampolinow peinlich gewesen, ihn nicht zum Jungfernflug einzuladen. Es hätte nach Repression aussehen können. Also schickte Trampolinow, der Meglichs Reisescheu kannte, zwei Mitarbeiter der Einrichtung nach Kutscherowo, die ihn zum Kommen bewegen sollten. Außerdem hatten sie den Auftrag, Alexej Meglich den Text einer Rede auszuhändigen, die er einstudieren und nach dem Probeflug vortragen sollte. Diese Rede, in der Prosa und Verse alternierten, hatte der Dichter Alternin unter Trampolinows Anleitung formuliert:

Freudig bebend, bezeuge ich der Koryphäe der Flügelistik, Genossen Trampolinow, sowie meinen achtzehn ruhmreichen, begnadeten Koautoren meine Dankbarkeit. Sie haben mein bescheidenes Projekt schöpferisch umgestaltet und Schwingen für die Serienfertigung entwickelt.

Hab Dank, Trampolinow! Das sagen
Wir Dörfler vom Ende der Welt!
Du wolltest das Äußerste wagen.
Hast prächtige Schwingen erstellt . . .
(und so fort)

Bald trafen die beiden Abgesandten – die Sekretärin Rosina Striptisoshowskaja und der Flügelästhet Victoire Filzlaus - in der Kreisstadt ein, mieteten auf Betriebskosten ein Auto und erreichten gegen Abend Kutscherowo. Sie sprachen bei Meglich vor, und er erklärte sich auch bereit, mit ihnen zu fahren. Daraufhin verließen die Gäste das Haus wieder, sie wollten im Auto auf Alexej warten.

Während er sich reisefertig machte, unterhielten sich die Striptisoshowskaja und Filzlaus über Meglich. Der dabeisitzende Fahrer genierte sie nicht – sie hielten ihn für beschränkt. Er aber merkte sich alles.

»Nicht mal eine Anrichte hat er, ist Ihnen das aufgefallen?« begann die Sekretärin. »Und so was nennt sich Erfinder . . . Wie die Alte geguckt hat – am liebsten hätte sie uns ins Gesicht gespien. Leute mit Niveau mag man hier nicht.«

»Ja, sie wohnen primitiv«, stimmte Filzlaus ihr zu. »Bücher hat er zwar reichlich, doch die machen nichts her, sind billig heutzutage. Ich bin über den Hof gegangen, habe in den Schuppen gesehen. Dachte, es ist die Garage – da steht dort 'ne Kuh! Zum Totlachen! Statt Auto 'ne Kuh! Aber hält sich für einen Erfinder . . . Übrigens nichts gegen die Frau, die sieht gut aus.«

»Aber wie sie angezogen ist! Achtzehntes Jahrhundert! Hat sich auch schon ein Kind angeschafft . . . Dieser Meglich ist ein Flegel. Als Sie ihm sagten, daß Sie einer seiner

Koautoren sind, verzog er keine Miene. Für solche Leute soll man sich nun abschinden!«

»Ich begreife sowieso nicht, wieso man ihn Erfinder nennt«, sagte Filzlaus. »Er ist doch noch feucht hinter den Ohren, außerdem lebt er im Dorf . . . Hat er sich doch tatsächlich geweigert, die Dankrede zu halten! So eine Frechheit! Was erzählen wir bloß Trampolinow?«

»Am besten, wir lassen ihn hier«, murmelte die Striptisoshowskaja nachdenklich. »In der WTE könnten wir sagen, dieser Pseudo-Autodidakt sei gestorben, habe in Verbindung damit endgültig seine schöpferische Initiative aufgegeben und sich in einen engen Kreis außerdienstlicher Interessen zurückgezogen. Richtig formuliert?«

»Richtig formuliert schon, aber leider unmöglich, es könnte Staub aufwirbeln«, meinte der vorsichtige Filzlaus. »Was sitzt denn da auf dem Zaun?« Er nahm seinen stilechten Buchsbaumstock mit der eingebrannten Inschrift »Liebe mich – und ich lieb dich! Gruß aus Sotschi« und stieg aus dem Wagen. Ein Schlag, ein zweiter – und Filzlaus zerrte eine tote Eule ins Auto.

»Eine Jagdtrophäe! So eine Ödnis aber auch – die wilden Vögel hocken auf den Zäunen. Ich hab also zugehauen . . .«

»Sie sind wunderbar. Ein richtiger Mann«, schwärmte die Striptisoshowskaja.

»Die Eule war zahm«, unterbrach der Fahrer sie streng. »Sie gehörte Alexej Potapytsch; die hat hier keiner angerührt.«

»Was mache ich denn jetzt?« Filzlaus dehnte erschrokken die Worte. »Dieser Naturbursche verprügelt mich womöglich . . .«

In diesem Moment kam Alexej Meglich. Er prügelte nicht, nahm nur schweigend seine Eule und verschwand mit ihr im Dunklen. Dann kehrte er zurück und stieg in den Wagen. Während der ganzen Fahrt sagte er kein Wort.

18. Trampolinows Fall

Der Tag des feierlichen Probeflugs der modernisierten Schwingen brach an.

Es war ein sonniger Morgen. Zahlreiche Gäste saßen auf den Stühlen, die man zu diesem Zweck aus den Büros und Sälen der Einrichtung in den Hof getragen hatte. Für Trampolinow und Alexej Meglich standen bequeme Sessel bereit, für die achtzehn Koautoren drei große Sofas. Damit auch die Gäste in den hinteren Reihen den Ereignissen folgen konnten, kommentierte Victoire Filzlaus über Mikrofon und Lautsprecher den Verlauf der Vorbereitungen.

Auf dem Turm wartete, bleich, der Dichter Alternin. Laut Stellenplan war er ja Testflügler, und nun sollte er seine eigentlichen Aufgaben erfüllen.

Die Flügel waren jedoch noch nicht eingetroffen, die Zulieferer verspäteten sich. Damit das Publikum nicht auf trübe Gedanken käme, sangen die wissenschaftlichen Mitarbeiter zweimal Alternins Lied: zuerst presto prestissimo, danach getragen. Dann ergriff Trampolinow das Wort. Er erinnerte daran, daß bereits im Altertum, an den undurchschaubaren Quellen der Zivilisation, der Mensch von individuellen Flugapparaten geträumt habe. Und nun sei es der Einrichtung gelungen, ausgehend von den Flügeln des Autodidakten Anton Meglich, die freilich unvollkommen und wissenschaftlich nicht fundiert seien, Schwingen von hoher Qualität zu entwickeln.

Wohl keiner der Gäste bemerkte, daß er Meglich Anton nannte, und wenn es einer merkte, so schwieg er.

Als Trampolinow seine Rede beendet hatte, rollte ein Lastwagen auf den Hof. Er brachte den rechten Flügel, den das Dienstleistungskombinat »Wetterleuchten« gebaut hatte. Wenig später lieferte ein zweiter LKW den linken Flügel von der Haushaltsgerätevereinigung »Morgengrauen«. Ein Kranauto beförderte die Flügel auf den

Turm, und zwei Mitarbeiter - ein Havarieflügelist und ein Flügelbetriebsfachmann – begannen, sie dem Dichter aufzupacken. Irgendwelche Einzelteile, die zueinander passen sollten, paßten jedoch nicht, weil »Wetterleuchten« und »Morgengrauen« die Bohrungen für die Schrauben nicht exakt aufeinander abgestimmt hatten. Also mußte erst noch ein Schlosser gerufen werden.

Währenddessen nahte ein dritter Laster mit dem Triebwerk für die Schwingen. Im Gansschwan war man nämlich auf die Idee gekommen, die Flügel nicht mit Muskelkraft zu bewegen, wie es Meglichs unvollkommener Entwurf vorsah, sondern mit einem Motor. Und dieser Motor wurde nun auch nach oben gehievt.

Endlich war der Testflüglerdichter fertig zum Flug. Der Schlosser und die beiden Flügelisten stiegen hinab, und Alternin blieb allein auf dem Turm. Er flog aber nicht.

Trampolinow ließ die Striptisoshowskaja kommen und beauftragte sie, zum Testflügler hinaufzusteigen und ihn zu fragen, weshalb er zögere. Sie kehrte bald zurück und flüsterte Trampolinow zu: »Ohne Stroh will er nicht fliegen. Erst, sagt er, sollen sie was unterstreuen, sonst fliege ich nicht. Das hat er gesagt.«

Glücklicherweise lag in der Nähe der WTE Gansschwan die WTE Heustroh, so daß man schnell drei Lastwagenfuhren Stroh herbeischaffen und unter dem Turm ausbreiten konnte.

Alternin aber entschloß sich immer noch nicht zu fliegen. Unter der Last der Flügel und der Zusatzausrüstung rot angelaufen, schaute er verzagt hinunter.

Der Testflüglerdichter trug beileibe nicht solche Schwingen, wie sie Alexej Meglich konstruiert hatte. Jeder der achtzehn Koautoren hatte sein schöpferisches Scherflein zu ihrer Perfektionierung beigesteuert, und sie hatten nichts mit der ursprünglichen Erfindung gemein.

Ja, dieses Fluggerät war ganz anders. Bei Meglich hatten die Schwingen in ihrer Form an Schwanenflügel erinnert, in der neuen Variante glichen sie denen einer Fledermaus. Meglich hatte seine Flügel aus »unsoliden« Materialien gebastelt – aus hölzernen Leisten und Leinwand; die Schwingen der WTE Gansschwan bestanden aus Stahl (entsprechend einer Forderung des Havarieflügelisten) und waren vergoldet (ein Vorschlag des Flügelästheten). Alexej Meglichs winzige Hilfsvorrichtung sah und spürte man kaum, beim neuen Modell jedoch belastete den Rücken des Fluggesonnenen (im gegebenen Fall: Alternins Rücken) ein wuchtiger Motor. Ihn verbanden Zugstangen mit den Schwingen, damit sie in Bewegung versetzt werden konnten, und weil dazu Brennstoff benötigt wurde, hing, wo der Rücken des Dichters in die Beine überging, ein Zehnlitertank. Vom Tank zum Motor wand sich ein Schlauch. An den Fersen trug der Tester eine Art Sporen, die durch Seile mit dem Motor verknüpft waren. Wollte man ihn anwerfen, mußte man mit dem rechten Bein strampeln, sollte er ausgeschaltet werden, mit dem linken.

Victoire Filzlaus, der Kommentator, brachte sich fast um, alle im Programm nicht vorgesehenen Pausen auszufüllen. Er redete wie ein Buch, während man Alternin beflügelte, während das Stroh herbeigeschafft und ausgebreitet wurde. Gegen Ende aber ging ihm die Luft aus, er wiederholte sich, und man merkte ihm an, daß er nichts mehr zu sagen wußte.

Die Situation war heikel. Der Testflüglerdichter stand auf dem Turm und wollte nicht fliegen, schaute statt dessen, Mitleid heischend, flehend den Anwesenden ins Gesicht. Schließlich traf sein Blick den Trampolinows, dieser hob die Hand in Brusthöhe und ballte sie zur Faust. Da schloß Alternin die Augen, trat an den Rand der kleinen Plattform und strampelte mit dem rechten Fuß.

Der Motor heulte wild auf, blauer Auspuffqualm und flammende Protuberanzen schossen hinter dem Rücken des Testers empor. Etwas knirschte, knatterte, heulte. Die

Zuschauer gerieten in Panik, Stühle umwerfend, rannten sie vom Hof. Alternin hob es schräg in die Luft, er drehte sich im Fluge und hing nun kopfüber im Raum. Dann verstummte der Motor, und Alternin landete blut- und benzinbesudelt im Stroh. Die wenigen Leute, die nicht das Weite gesucht hatten – unter ihnen Meglich -, eilten herzu und befreiten den Dichter von seiner Rüstung. Zum Glück war er mit Prellungen davongekommen, das Blut floß zwar reichlich, aber nur aus seiner lädierten Nase.

Am nächsten Morgen tuschelte man in der Einrichtung, für die skandalöse Schlappe mit den Flügeln interessiere sich nicht nur das NEBB, sondern auch jemand weiter oben. Und nach einem weiteren Tag kam die Nachricht, Trampolinow sei abgesetzt und auf seinen Platz ein Mann aus einer ganz anderen Behörde berufen worden. Es handle sich dabei um den bekannten Flugzeugkonstrukteur Sturow, der außerordentlich weitreichende Vollmachten erhalten habe, sogar das Recht, über das NEBB hinweg zu handeln.

Wieder einen Tag später erschien die nächste Ausgabe der Betriebszeitung, in der die Flügelisten des Gansschwan Trampolinow in jeder Hinsicht entlarvten. So erklärte die Striptisoshowskaja, er sei nie Wissenschaftler gewesen, sondern habe sich durch Protektion in die WTE eingeschlichen und zuvor als Conférence-Assistent auf einem Ausflugsschiff gearbeitet, wo er die Musikprogramme zusammenstellte.

Dieselbe Nummer enthielt auch ein neues Gedicht Alternins:

Kognakdünste entströmen
Deinem Maul, deiner Haut.
Trampolinow, magst stöhnen:
Bist von Grund auf durchschaut!

Bist erkannt als Schmarotzer,
Als erloschenes Licht.
Nahmst die Flügel zum Protzen,
Wirklich liebst du sie nicht.

Bist erbärmlich und nichtig,
Und im Kopf hast du Lehm.
Unsern Weg: kühn, gewichtig,
Wolln wir ohne dich gehn.

Er verläuft zu den Flügeln.
Ruhm und Ehre sind nah.
Sturow selbst hält die Zügel
Unsrer Firma: Hurra!

19. Zusammenfassung

Gleich nachdem Sturow die Geschäfte in der WTE Ganschwan übernommen hatte, fuhr er in das Hotel, wo Alexej Meglich abgestiegen war. Der packte bereits seinen Koffer, um nach Kutscherowo zurückzukehren. Sturow bat ihn, mit der Abreise noch zu warten, und chauffierte ihn persönlich in die Einrichtung. Hier ließ er aus dem Archiv Meglichs Zeichnungen und aus dem Keller seine Flügel holen. Dank Katjas Futteral waren sie unversehrt und hatten ihre Flugeigenschaften bewahrt.

Sturow und Meglich nahmen die Flügel, gingen auf den Hof und erhoben sich nacheinander in die Luft. Die Koautoren unter den Flügelisten klebten an den Fenstern und musterten verwundert, sogar entrüstet die Fliegenden, überzeugt, daß diese sich mit etwas Unseriösem abgaben.

Meglichs Flügel wurden in die Produktion übernommen. Er erhielt eine Geldprämie. Außerdem wollte man ihm einen wissenschaftlichen Titel verleihen, doch mit geradezu weltfremder Bestürzung lehnte er ihn hastig ab und verschwand kurz darauf nach Kutscherowo.

Sturow kehrte, als er die Flügelherstellung auf Touren gebracht hatte, in sein Konstruktionsbüro zurück. Es folgte die Order, die WTE Gansschwan wegen erwiesener Nutzlosigkeit zu schließen.

In ihr Gebäude zog eine Kinderkrippe.

Zuerst produzierte man die Flügel in einem Kleinbetrieb, dann wurde ein großes Flügelwerk errichtet. In kurzer Zeit eroberten Meglichs Flügel nicht nur den Inlands-, sondern auch den westlichen Markt und danach die ganze Welt. Sie funktionierten störungsfrei und kosteten wenig. Die allgemeine Beflügelung der Menschheit brach an.

Dann erlahmte das Interesse an den Flügeln. Sie waren ein zu langsames Verkehrsmittel, entsprachen nicht der Hektik des Jahrhunderts. Billige Düsenapparate zum individuellen Flug wurden entwickelt, die in einer Aktentasche Platz fanden und eine Geschwindigkeit von tausend Stundenkilometern erreichten.

Wie schon gesagt: Nur romantische Verliebte und ein paar ältere Landbriefträger, die der Raketentechnik mißtrauen, benutzen gegenwärtig auf der Erde noch Meglichs Flügel.

20. Schluß

Alexej Meglich fuhr nach Kutscherowo. Anläßlich seiner Rückkehr ließ sich Katja für den ganzen Tag von ihrer Arbeit in der Tierarztpraxis freistellen. Sie zog ihre alte Bluse mit den Dropsknöpfen an, die er so sehr mochte.

»Nun hast du also gewonnen«, sagte sie. »Die Flügel sind anerkannt. Freust du dich wenigstens?«

»Ich freu mich, daß ich wieder hier bin«, antwortete Alexej. »In den Städten ist's mir zu laut und zu unruhig ... Und was macht meine Post? Werden alle Briefe ordnungsgemäß zugestellt?«

Seit diesem Tag brachte Alexej nie wieder das Gespräch auf die Flügel und erfand auch nichts Neues mehr, obwohl er sich nach wie vor zahlreiche Bücher schicken ließ und viel las. Soweit seinem Tagebuch zu entnehmen ist, meinte er, die Flügel Katja zu verdanken und jener Nacht im Taigamoor. Jedoch erwähnt er seine Erfindung sehr selten, und wenn, so klingt immer das Motiv des »verspäteten Schützen« an, das heißt die Überzeugung, seine Flügel seien zu spät in die Welt gekommen und hätten der Menschheit nicht den Nutzen gebracht, den sie ihr hätten bringen können, wenn sie früher erfunden worden wären.

Alexej nahm seine Pflichten als Leiter der Post sehr ernst und organisierte die Arbeit so gut, daß sein Amt mehrfach im Kreis- und im Bezirksmaßstab ausgezeichnet wurde. Als er aus Altersgründen in Rente ging, richtete man ihm eine schöne Abschiedsfeier aus, an der neben seinen Kollegen fast ganz Kutscherowo teilnahm.

Danach lebte er nur noch fünf Jahre. Das Nichtstun vertrug er nicht. Im Herbst, wenn die Wege morastig waren, kam er oft in Regenmantel und hohen Gummistiefeln zur Post und begab sich von dort in die abgelegenen Dörfer, um Briefe auszutragen. Er ging zu Fuß, benutzte weder seine Flügel noch die neuen Düsenapparate.

Bei einer dieser Wanderungen erkältete er sich schwer. Man holte gute Ärzte, doch sie waren machtlos. Zwei Wochen lag der Kranke ohne Bewußtsein, eines Abends aber kam er zu sich, und Katja wunderte sich, was er für klare Augen hatte. Er schien zu genesen.

»Ich habe den Schwan gesehen«, sagte er. »Er kreist über unserem Haus. Geh, winke ihm, ich kann es doch nicht.«

Um dem Kranken nicht weh zu tun, ging Katja hinaus. Die Herbstregen waren vorüber, ein Schneesturm heulte. Flocken stoben, flogen auf, trieben umher, ballten sich über dem Dach und wurden wieder auseinandergeweht, als versuchte jemand vergeblich, ein weißes Gewölbe zu errichten. Plötzlich glaubte Katja, durch ihre Tränen hindurch wirklich einen großen weißen Vogel über dem Haus kreisen zu sehen, und sie hob die Hand. Der Vogel beschrieb noch eine Kurve – und stieß ins Dunkel, in dem er verschwand.

Katja trat in den Vorraum, ging zur Waschschüssel und spülte ihre Augen lange mit kaltem Wasser, damit Alexej nicht merkte, daß sie geweint hatte. Dann kehrte sie ins Zimmer zurück und sagte: »Ja, da war ein weißer Vogel. Wahrscheinlich ein Schwan. Ob das Unglück bringt?«

»Das bringt weder Unglück noch Glück«, antwortete Alexej. »Wir müssen uns nun verabschieden.«

Katja setzte sich neben ihm auf einen Schemel und nahm seine Hand.

»Siehst du etwas?« fragte sie.

»Ich wandere einen Waldweg entlang, der Falke fliegt vor mir her, und auf meiner Schulter sitzt die Eule. Es wird dunkel.«

»Wohin willst du?«

»Anscheinend nach Hintersumpfau.«

»Fällt es dir schwer?«

»Es wird immer dunkler. Und der Falke hat mich verlassen.«

»Weshalb bist du zusammengezuckt?«

»Die Eule ist von meiner Schulter aufgestiegen. Nun fliegt sie voraus und zeigt mir den Weg.«

Er schwieg lange.

»Hörst du mich?« fragte Katja.

»Ja.«

»Wie geht es dir jetzt?«

»Jetzt ist es ganz dunkel. Aber die Eule weist mir den Weg.«

Auf einem stillen Waldfriedhof, zwei Kilometer vor Kutscherowo (heute Meglichowo), wurde Alexej Meglich begraben. Katja überlebte ihn um zwei Wochen. Ihre Gräber liegen nebeneinander, unter einer Platte aus einheimischem grauem Sandstein, in die Flügel und die nachstehenden Verse des Lokaldichters eingemeißelt sind:

Ein anderes Paar geht zu anderer Zeit
Vor Tag andre Wege entlang.
Aus lichtgrüner Einsamkeit, dichtem Gezweig
Tönt anderer Vögel Gesang.

Wir schlafen, uns kümmern
nicht Jahre noch Raum,
Kein Richter kann über uns stehn.
Das Gras überm Grab wiegt sich leise im Traum,
Wo Wald wuchs, sind Städte zu sehn.

Und doch war ein Sommer, da sahn wir zu zwein
Wie ihr jetzt das Frühmorgenrot.
Für manchen von euch mag es unsinnig sein:
Wir starben – und sind niemals tot.

Neben dem Grab, auf einem kleinen Pfosten, steht ein Vogelhaus. Die Kinder und sogar die Erwachsenen aus dem Dorf streuen regelmäßig Futter, so daß sich – besonders bei Frost und Schnee – hier immer Vögel tummeln. Im Sommer sieht man auf der Sandsteinplatte stets Kränze und Sträuße aus Waldblumen.

21. Mitteilung

Die ersten Blüten, die auf einem anderen Planeten gepflückt und zur Erde gebracht wurden, legte man auf das Grab Alexej Meglichs und seiner Frau.

Dies geschah siebzehn Jahre nach ihrem Tod, als eine kosmische Komplexexpedition mit der Erforschung und Besiedlung der Venus begonnen hatte. Unter ihren Bedingungen waren, wie sich herausstellte, Meglichs Flügel das zuverlässigste und sicherste individuelle Transportmittel.

Inzwischen haben sich die Flügel auf der Venus durchgesetzt, und stetig steigt die Nachfrage.

1967

Onkel oder Die Große Pause

1. Präambel

Sehr geehrte Erdenbürger und -bürgerinnen!

Das Jahr 2051 steht vor der Tür, und die gelehrten Köpfe, eine Theorie auf die andere häufend, streiten noch immer über die Ursachen, welche einst die Große Pause bewirkten – und alles ist leere Spekulation. Was das breite Publikum anlangt, so lebte es vor der GP wie vor der Erfindung der Glühbirne. Denn die Ereignisse liegen lange zurück, geschahen im letzten Viertel des vergangenen 20. Jahrhunderts. Natürlich kennt ihr alle das Datum der GP – aus Schulbüchern, Werken von Schriftstellern jener Zeit, und einige von euch auch aus persönlichem Erleben. Ihr wißt auch, was das Kernstück der GP war. Doch was damals die Gemüter erregte, läßt die Menschen des 21. Jahrhunderts kalt. Die Verbrennungsmotoren sind längst spurlos verschwunden, Autos bekommt man nur noch in Museen oder in historischen Filmen zu Gesicht, über die Kunsteisstraßen flitzen auspuffgasfreie und geräuschlose Alphatobusse, Schiffe mit Alphaantrieb durchfurchen die Ozeane, und Alphaliner irdischer und kosmischer Bestimmung heben sich in die Lüfte . . .

Das altehrwürdige Erdöl hat längst seine Bedeutung als Brennstoff eingebüßt, ist schon vor langer Zeit zum Industrierohstoff aufgerückt, wenngleich neuartige Rohstoffe es auch aus dieser Position verdrängen. Aber in meiner Jugend war alles noch ganz anders . . .

Und von meinen Jugendtagen will ich euch erzählen, meine lieben Erdenbürger und -bürgerinnen. Und dabei geht es gar nicht so sehr um mich als vielmehr darum, daß ich als einziger auf Erden weiß, wie es zu der Großen Pause gekommen ist.

Ihr aber, Männer der Wissenschaft, streut euch Asche aufs Haupt! An dem Tage, da meine Mitteilungen veröffentlicht werden, zerplatzen all eure Theorien über die Große Pause wie Seifenblasen, und ihr steht mit leeren Händen da! Ihr tut mir leid, verehrte Mitbrüder (Ich bin schließlich auch ein Gelehrter!), aber die *Wahrheit* ist mir teurer als alles andere auf der Welt. Mein ONKEL, der im Jahre 2021 hohen Alters wegen verstarb, hatte mir eingeschärft, das Geheimnis dreißig Jahre lang peinlichst zu hüten. Doch morgen läuft die Schweigefrist ab! Von morgen an kann ich wieder frei reden!

2. Ich und mein Umfeld

Ich packe den Stier bei den Hörnern und fange gleich bei mir selber an. Das ist nötig, um einen flüssigen Erzählstil zu erreichen, das heißt, um nicht aus dem Konzept zu geraten. Ihr müßt ja doch berücksichtigen, daß ich kein Schriftsteller bin, sondern ein verkannter Amateurgelehrter. Außerdem betreibe ich schon jahrzehntelang den Verkaufsstand einer Sauna in Leningrad. Bekanntlich lieben es viele Bürger, ungeachtet des Vollkomforts, den ihnen das 21. Jahrhundert beschert, wie in alten Zeiten in der russischen Badestube zu schwitzen. Früher verkaufte ich an sie Seife, Reisbesen und Bastwedel, doch seit Abschaffung des Geldes bekommen sie das alles von mir kostenlos. Manchmal begebe ich mich auch eigenbeinig in den Umkleideraum, um dieses Saunazubehör eigenhändig an die Männer zu verteilen. Ein solcher persönlicher Kontakt gibt mir Gelegenheit, sie nach dem *Fragespiegel,* der von meinem genialen ONKEL selig entwickelt worden ist, zu interviewen. Leider hat mir der Saunadirektor strengstens verboten, mit dem *Fragespiegel* die Frauenabteilung aufzusuchen – er begreift nicht, welchen Schaden er der Wissenschaft damit zufügt! Dieser Direktor ist mein persönlicher Feind. Er behauptet, für mich hätte es sich schon vor einem halben Jahrhundert gehört, in den »Ruhestand« zu treten, und hängt alle zehn Jahre eine Weisung über mein Ausscheiden ans schwarze Brett. Aber solange ich lebe, gedenke ich meinen Posten als Saunawissenschaftler nicht zu verlassen!

Kehren wir jedoch ins vorige Jahrhundert zurück. Ich, Viktor Elektronowitsch Neswerew, wurde 1963 in Leningrad geboren. Vater und Mutter waren Geologen. Als ich das Schulalter erreicht hatte, gewöhnten sich meine Eltern an – da sie den ganzen Sommer »vor Ort« verbringen mußten -, mich Onkel und Tante »unterzujubeln«, die ebenfalls in unserem Hause wohnten, nur in einem anderen Aufgang. Sowohl mein Onkel als auch Eulalia Wassiljewna (meine Tante) waren sehr nett zu mir, und wenn sie Urlaub hatten, nahmen sie mich mit in ihr Wochenendhaus. Kurz vor dem Rentenalter kaufte Onkel die Hälfte von einem altersschwachen Backsteinhaus in der Siedlung Nowyje Penki, ungefähr hundert Kilometer von Leningrad entfernt. Diese Haushälfte überließ ihm einer, dem seine junge Frau weggelaufen war, Mitarbeiterin in irgendeinem Forschungsinstitut, Erdölexpertin (Merke dir diesen Umstand, lieber Leser!). Meinem Onkel stand damals eine Glückssträhne ins Haus: Er hatte zwölf Richtige im Fußballtoto getippt. Er ließ überall durchblicken, er habe deshalb gewonnen, weil er nach einem unfehlbaren System spiele. Aber die Welt existiert nicht ohne böse Zungen, und einige Leute hatten die Frechheit zu behaupten, der Gewinn sei ihm nach der Formel »Die dümmsten Bauern haben die größten Kartoffeln« in den Schoß gefallen. Onkel mochte das Häuschen, weil es am Ortsausgang stand, weitab von der Fernverkehrsstraße. Er vertrug nämlich keinen Lärm, am wenigsten den von

Autos und Motorrädern. Auch erfüllte ihn mit Genugtuung, daß es sich nicht um ein Holzhaus handelte; an verputzten Ziegelsteinen hafteten Gedenktafeln besser. Bei all seiner sonstigen Bescheidenheit hielt ONKEL es für rechtens, daß sein Name dereinst verewigt werde.

Wenn ich die Rede schon auf das Häuschen gebracht habe, so halte ich es auch für erforderlich, über ONKELS Nachbarn, den Mitbesitzer, etwas zu sagen. Er, der Nachbar, bat mich alsbald nach Eintritt der Großen Pause, seinen Namen niemals im Zusammenhang mit jenem Ereignis zu erwähnen, denn dies könne ihm dienstlichen Ärger einbringen. Hiermit erfülle ich den Willen des Entschlafenen und verschweige seinen Vor- und Zunamen. In meiner Geschichte werde ich ihn Reptilow nennen. So nämlich hatte sich die scharfzüngige Eulalia Wassiljewna hinter seinem Rücken über ihn geäußert. Es gibt die Kunst des Schönschreibens, aber Reptilow war eher ein Meister im Schönreden. Er war in irgendeiner halbwissenschaftlichen Anstalt beschäftigt und wußte sich dort bei der Leitung einzukratzen. Allerdings ging sein Hang zur Schmeichelei so weit, daß er auch ONKEL damit behelligte, und dies sogar völlig uneigennützig.

»Wieviel besser doch jetzt das Wasser aus unserem Brunnen schmeckt!« rief er, als er mit seinem Eimer vor ONKELS Fenster auftauchte. »Seit hier eine so kristallklare Seele wohnt wie Sie, ist das Wasser ebenfalls kristallklar geworden! Und wie gedeiht unser hochaktuelles wissenschaftliches Werk?«

Doch ich möchte auf meine eigene Person zurückkommen. Zunächst einige Angaben zu meiner Schulzeit. Ich muß betonen, daß die Pädagogen mich unterschätzt haben. Denken Sie aber nicht etwa, ich sei ein notorischer Faulpelz gewesen; im Gegenteil! Seit der dritten Klasse vergrub ich mich in die Lektüre von Phantastikbüchern, und das schulische Programm wurde mir zu eng, ich wuchs darüber hinaus. Was gab mir schon das Einmaleins, und was hatte ich davon, zu wissen, wieviel Wasser ein Becken faßte – ich dachte in der Größenordnung Millionen von Lichtjahren, sann über die außereuklidische Krümmung des Raumes nach, in meinem Hirn wimmelte es von Quasaren, Supernovae, Abgesandten aus transgalaktischen Nebelwelten! Allerdings hatten meine Eltern für meine kosmischen Neigungen kein Verständnis und bestraften mich ob meiner schlechten Zensuren. ONKEL allein erkannte, was in mir steckte. Er schätzte an mir eine sehr bemerkenswerte Eigenschaft: Ich konnte meinen Haarschopf hin- und herbewegen.

3. ONKEL und die Schweifkopftheorie

Es ist schwer, über ein verkanntes Genie zu schreiben! Das Herz bebt, der elektronische Selbstschreiber zittert in meiner Hand! Aber ich fasse Mut und entwerfe ein Lebensbild vom ONKEL.

Er hieß Phädron Mitrofanowitsch Hallimasch. Der Kürze halber und aus familiären Rücksichten werde ich ihn überall in meinem Bericht ONKEL nennen. Ja, ja, großgeschrieben! Dies geschieht als Reverenz vor seiner wissenschaftlichen Größe.

O weh, auch in unserem aufgeklärten 21. Jahrhundert hat die vom ONKEL erfundene und von mir weitergeführte *Theorie* keine Anerkennung gefunden, sondern wird mitunter gröblichst verfolgt und verspottet. Erst dieser Tage, als ich mir im Sauna-Ruheraum ein Publikum zusammengeholt hatte (zu diesem Behufe mußte ich die Außentür abschließen), versuchte ich, eine Lesung »Über Existenzmöglichkeiten von schweifköpfigen Humanoiden auf fernen Planeten« zu veranstalten. Ich schaffte kaum zehn Sätze, als ungesunde Spekulationen unter den Zuhörern aufkamen, dann rief einer den Direktor, und dieser Unterdrücker der Wissenschaft sperrte höchstselbst die

Tür auf, wonach das Publikum mit hämischem Grinsen entschwand.

Doch zurück zu Onkel. Mein Onkel hatte weder akademische Titel noch Beziehungen zu hochmögenden Leuten. Seit seiner Jugend arbeitete er als Kalkulator im Palast der Dienstleistungen. Sein einziger Fehler war das übermäßige Rauchen. Feinfühliger Mensch, der er war, verbrachte er – um seinen Kollegen eine Rauchvergiftung zu ersparen – fast seine gesamte Arbeitszeit nicht in seinem Dienstzimmer, sondern in der geräumigen Halle, in die die Türen zu den einzelnen Dienstleistungen ausmündeten. Dort promenierend, beobachtete er so manches Mal durch eine breite Glastür die Friseure bei der Arbeit. Dabei hatte er sich oft gefragt: Wozu brauchen die Menschen Haare? Logisch gedacht, hat man damit doch nichts als Scherereien – man muß sie waschen und schneiden lassen, und sie kosten Zeit und Geld.

Eines Tages fesselten zwei sympathische Damen aus der Reihe der Wartenden seine Aufmerksamkeit. Die eine teilte der anderen im Scherz mit, sie könne mit den Haaren wackeln. Und in der Tat, sie schwenkte ihre Frisur ohne Zuhilfenahme der Hände: Dabei gerieten alle Haare auf dem reizenden Köpfchen in eine gewisse wellenförmige Bewegung. Hier fiel es Onkel ein, daß den Menschen ja vor Schreck die Haare zu Berge stehen können. Er verglich die beiden Fakten, und eine geniale Idee ergriff von ihm Besitz: Das Haupthaar des Menschen ist ein Rudiment des Schweifs! Der Kopf ist von Mutter Natur dafür geschaffen worden, eine Art Roßschweif zu tragen! Zweifellos prangten in prähistorischen Epochen üppige, vertikal ausgerichtete Schöpfe auf den Köpfen der Menschen. Von seinem Schweif umweht, hatte der Mensch kühn die prähistorischen Jahrhunderte durchschritten! Im Anfangsstadium der Entwicklung konnten sich die Menschen noch keine Kleidung nähen und liefen als Nackedeis herum – der Schweif befähigte sie aber, Fliegen,

Bremsen und andere Insekten zu vertreiben. Dies ließ dem Menschen freie Hand für Jagd, Arbeit und Kinderpflege. Mehr noch, das haarige Gebilde half denken: Statt sich jede Sekunde ohrfeigen zu müssen, um die aufdringlichen Mücken totzuschlagen, wedelte der Mensch sie mit seinem persönlichen Schweif hinweg und konnte sich in der gewonnenen Zeit abstrakten Überlegungen hingeben. Heutzutage ist der Schweif zum Rudiment geworden, aber wer weiß – wird es der Mensch in Zukunft nicht bedauern, ihn verloren zu haben? Sagen wir, bei der Besiedlung unbewohnter ferner Planeten, wo alle nur möglichen Insekten umherschwirren, wäre der Schweif bestimmt nützlich.

Als Onkel seine wissenschaftliche Erleuchtung den Kollegen mitteilte, brachten diese der Eröffnung nicht den gebührenden Ernst entgegen, und die Frauen waren – warum wohl? – sogar beleidigt. Da beschloß Onkel, das alles schriftlich zu beweisen. Er nahm ein Manuskript in Angriff, welches er wie folgt betitelte: »Die Schweifköpfigkeit als Grundlage der irdischen Zivilisation. Vermutungen und Beweise.« Diesem Werk widmete Onkel sein ganzes Leben.

Nach seiner Pensionierung verbrachte Onkel viel Zeit in Nowyje Penki. In seinem stillen Stübchen schrieb er begeistert Seite um Seite nieder, wobei er das Kettenglied der Menschheitsgeschichte zutage förderte, welches die ehrwürdigen Gelehrten, allen voran Darwin, vergessen hatten. Im Sommer zog Onkel häufig von Dorf zu Dorf und führte individuelle Befragungen unter Anwohnern und Sommerfrischlern nach dem von ihm entwickelten *Fragespiegel* durch, um Personen zu ermitteln, die ein gewisses Verhältnis zur Schweifköpfigkeit hatten. Allein die Ergebnisse waren nicht eben ermutigend: Keiner mochte zugeben, daß seine Vorfahren einen »Schwanz« auf dem Kopfe getragen hätten. Einige Ignoranten verlachten den Beflissenen der Wissenschaft und ließen fallen, er habe

»nicht alle Tassen im Schrank«. Langhaarige junge Männer wurden bitterböse, als er sie unumwunden befragte, ob ihre Frisuren nicht einen unbewußten Hang zur Schweifköpfigkeit ahnen ließen. Allerdings gab es auch Erfolgserlebnisse: Eine ältere Frau bewies Zivilcourage und gestand, im Suff träume sie immer von Wesen, halb Mensch, halb Teufel, jedenfalls mit einem Roßschweif auf dem Kopf. Dieser wertvollen Greisin widmete ONKEL in seinem Werk ein Kapitel, worin er nachwies, daß der Mensch unter Alkoholeinfluß Träume erlebe, in denen die genetische Reliktinformation kodifiziert vorliege.

4. Besuch aus dem Kosmos

In jenem denkwürdigen Sommer hatten mich meine Eltern wieder einmal bei ONKEL und Tante zurückgelassen. In Nowyje Penki angekommen, fand ich beide in gedrückter Stimmung vor. Sie hatten aber auch Grund dazu! Die Straßenbauer hatten die Chaussee begradigt, und jetzt verlief sie dreißig Meter von ONKELS Anwesen entfernt! Mit Getöse und Geknatter jagten Last- und Personenkraftwagen sowie Motorräder die Fernverkehrsstraße entlang, und das raubte ONKEL die Konzentration, wo er doch kreative Gedanken zu fassen hatte. Die Tante hingegen irritierten die Soziusbräute, die breitbeinig auf den Gepäckträgern saßen.

»Diese unmöglichen Weiber, wie die Pferde! Denen würde es nicht schaden zu laufen, statt bei den Kerlen aufs Moped zu springen!«

»Diese verfluchte Motorisierung!« warf ONKEL entrüstet ein. »Ach, wie ich meine schweifköpfigen Ahnen beneide!«

Wie zu erwarten stand, pflichtete Reptilow dem ONKEL bei: »Wenn Sie wüßten, wie ich mit Ihnen fühle! Sie sollten sich höheren Orts beschweren! In Anbetracht der weltweiten Bedeutung Ihres genialen Werkes sollte die Straße für den Verkehr gesperrt werden!«

Onkel in seiner Bescheidenheit jedoch reichte keine Beschwerde ein. Deprimiert und untätig hockte er vor dem Schreibtisch. Die Arbeit an dem Manuskript kam nicht voran. Hin und wieder wandte er sich an mich: »Wackle doch mal mit dem Schopf, mein junger Freund, tröste mich ein bißchen!«

Freudig erfüllte ich dann Onkels Bitte, und sein Antlitz strahlte für kurze Zeit.

•

An jenem Abend saßen wir zu dritt auf der kleinen Veranda und tranken Tee. Plötzlich wurden vom Gartenweg her Schritte laut, und dann stand ein schlankes junges Mädchen vor uns. Ihr Kleid schimmerte in der Dämmerung.

»Gestatten Sie, daß ich Ihnen Gesellschaft leiste?« fragte sie mit melodischer Stimme.

»Herzlich willkommen«, gab Eulalia Wassiljewna höflich zurück und bot der jungen Dame eine Tasse Tee an, denn das Mädchen glich nicht im entferntesten den besprochenen Soziusbräuten. Ich persönlich zweifelte keinen Augenblick daran, es mit einem extraterrestrischen Wesen zu tun zu haben.

Mit eleganten Bewegungen ihren Tee umrührend, teilte die Unbekannte mit, sie sei als Reiseleiterin mit einer Gruppe Kinder unterwegs. Heute seien sie in Afrika gewesen, dann am Nordpol, und jetzt seien sie eben hier einmal niedergegangen. In einer Stunde erfolge der Rückflug zur heimatlichen Karakatyde, dem siebten Planeten im Sternbild No 354275. Leider hätten die erwachsenen Karakatydianer für die Besichtigung der Erde nur einen Tag eingeplant.

Daraufhin fragte ich sie, woher sie so gut Russisch könne. Das Mädchen antwortete bescheiden, ihr Elektronischer Rezeptor haben beim Anflug auf die Erde alle irdischen linguistischen Daten gespeichert und sie den Exkursionsmitgliedern unverzüglich ins Bewußtsein »überspielt«.

Mittlerweile hatte ONKEL seinen *Fragespiegel* aus der Tasche gezogen.

»Stehen Ihnen bei starken Emotionen die Haare zu Berge?« fragte er die Fremde.

»Nein«, gab sie zurück.

»Erinnern Sie sich nicht an einen Fall, wo in Ihrem Dorf jemand von seinen Vorfahren behauptete, sie hätten einen vollwertigen Schweif auf dem Kopf gehabt?«

»Nein, an einen solchen Fall kann ich mich nicht erinnern.«

»Können Sie, Ihre Mutter, Ihr Vater, Ihre Großmutter oder Ihre Schwester mit den Haaren wackeln?« forschte ONKEL weiter, jedoch mit schwindender Hoffnung in der Stimme.

Da er auch dieses Mal abschlägig beschieden ward, verlor ONKEL das Interesse an der Außerirdischen. Die aber entnahm ihrem Handtäschchen ein flaches Kästchen und stellte es mit den Worten auf den Tisch: »Bei uns Karakatydianern herrscht der Brauch, beim Verlassen eines Planeten ein solches Souvenir zu überreichen.«

»Entschuldigen Sie, was ist das denn? Ein Fotoapparat?« wollte Eulalia Wassiljewna wissen.

»Nein, das ist ein *Wunscherfüller.* Man braucht nur auf einem Zettelchen einen Wunsch zu formulieren, das Blättchen in die Öffnung hier zu stecken und auf diesen Knopf zu drücken. Leider kann das Gerät nur zwei Wünsche erfüllen, zu mehr reicht der Energievorrat nicht.«

»Ja, aber, verzeihen Sie, was für Wünsche erfüllt es denn?« fragte meine Tante.

»Alle nur möglichen.«

»Und wie ist der Wirkungsradius des vorliegenden Geräts?« erkundigte sich ONKEL interessiert.

»Es funktioniert global, im Maßstab des jeweiligen Planeten.«

»Und Sie befürchten nicht, daß wir uns hier auf der Erde eine Suppe einbrocken, die wir in einem Jahrhundert nicht auslöffeln können?« wandte Tante Eulalia ein.

»Aber, aber! Ein erwachsenes vernunftbegabtes Wesen sollte sich etwas Schlechtes ausdenken?!« entgegnete das Mädchen mit strengem Unterton. »Außerdem ist das Gerät als Geschenk für den Klügsten auf der Erde bestimmt, Sie wissen doch sicherlich, für wen . . .«

»Dann ist natürlich alles klar«, äußerte Onkel mit bescheidenem Schmunzeln. »Ich danke Ihnen, mein Fräulein, im Namen der Menschheit! Dieses Gerät ist für keinen anderen als mich bestimmt!«

Ich geleitete die sympathische Besucherin hinaus. Das Raumschiff hatte zwischen zwei Hügeln festgemacht, hinter dem nahe gelegenen Wäldchen, etwa drei Kilometer von unserem Standort entfernt. Der Flugkörper glich teils einem altmodischen Zeppelin, teils einer gigantischen Gurke. Daneben spielten die extraterrestrischen Kinder, den unseren sehr ähnlich, doch disziplinierter. Folgsam betraten sie hinter der Reiseleiterin das Raumschiff, und es stieg auf.

Als ich wiederkam, saßen Onkel und Tante noch immer auf der Veranda. Das Kästchen glitzerte auf dem Tisch. An seiner unvermeidlichen Papirossa ziehend, dachte Onkel laut: »Natürlich, Eulalchen, dein Gedanke, allen Mädchen global zu suggerieren, daß sie sich nicht mehr zu den Männern auf die Motorräder quetschen sollen – der Gedanke hat etwas Verlockendes. Aber wir wollen nichts überstürzen. Verlockend ist auch die Idee, dem Gerät die sofortige Beschweifung der Erdbevölkerung anzubefehlen. Aber ich mag nicht gewaltsam vorgehen. Ich muß mein fundamentales Werk abschließen, und wenn alle Menschen es erst einmal kennen, werden sie von selbst die Erhabenheit meiner Idee begreifen. Komm, wir verschieben die Frage nach dem konkreten Einsatz des Geräts auf morgen. Der Morgen ist klüger als der Abend.«

5. Die Große Pause

Am nächsten Tag stand ONKEL um sieben Uhr früh auf und begab sich an die Arbeit. Von der Stille ermutigt, entwarf er in Hochstimmung ein neues Kapitel: »Der Kopfschweif als Signal- und Informationsmedium bei prähistorischen Menschengeschlechtern.« Ich stand im Vorgarten am Fenster und konnte beobachten, wie der große Gelehrte sich abmühte. Sein Kugelschreiber flog nur so übers Papier.

Jählings wurde die Stille durch Motorradgeknatter von der Chaussee her unterbrochen. Dann ratterte ein Kipplader vorbei. Es war ein ohrenbetäubender Krach. ONKEL warf den Kugelschreiber hin und floh aus dem Haus. Er trat zu mir und bat kläglich: »Wackle doch mal mit dem Schopf, mein junger Freund, tröste mich ein bißchen!«

Ich erfüllte ihm die Bitte, und ein Lächeln erhellte seine Züge, doch nicht für lange. Bald verfinsterte sich seine Miene wieder, und er setzte sich auf eine Bank.

In diesem Augenblick trat Reptilow herzu.

»Ich muß es mitansehen, wie Sie unter der Motorisierung leiden, und ich fühle von ganzem Herzen mit Ihnen!« krähte er mit einer tiefen Verbeugung vor ONKEL. »Aber darf man erfahren, was für ein appetitliches Persönchen Sie da gestern abend besucht hat?« fragte er zweideutig.

Da erinnerte sich ONKEL an das Gerät, und er klärte Reptilow umfassend auf.

»Und Sie meinen, man hält Sie nicht zum Narren?« Reptilow konnte seine Neugier kaum bezähmen.

»Es hat nicht den Anschein ... Eulalchen, sei so gut und hole uns doch mal das Kästchen!«

Eulalia Wassiljewna brachte das Gerät. Reptilow beschnüffelte es von allen Seiten und bemerkte, das Erzeugnis sei eindeutig außerirdischer Herkunft. Dann fragte er Onkel, wie dieser es zu verwenden gedächte.

»Ich habe mich noch nicht entschieden«, gab Onkel zurück. »Ich glaube aber, die Mithilfe dieses Geräts könnte meine wissenschaftliche Tätigkeit irgendwie stimulieren!«

»Ihr leistungsfähiges Gehirn bedarf doch keiner Stimulation!« konstatierte Reptilow. »Es sei denn, Sie benutzten das Gerät zur Beseitigung von Störfaktoren, die Ihren schöpferischen Prozeß hemmen ...«

In diesem Augenblick ratterte der Überlandbus die Chaussee entlang.

»Günstig wäre ein Befehl, dem zufolge alle Verkehrsmittel geräuschlos zu fahren hätten«, sinnierte Onkel.

Doch Reptilow verwarf diesen Vorschlag: »Das wäre nur ein Palliativum. Geräuschlos könnte doch nur der Straßenverkehr werden, der sich im Moment des Knopfdrucks in Aktion befindet. Aber jeden Tag werden Tausende von neuen Autos gebaut.«

»Und wenn man nun alle Kraftfahrer anwiese, Nowyje Penki weiträumig zu umfahren?« warf Eulalia Wassiljewna ein.

»Es gibt nur eine radikale Lösung«, sprach Reptilow mit verschwörerisch gedrosselter Stimme. »Aber dann müßten wir auf unsere Petroleumkocher verzichten.«

»Ich kann Ihren Gedanken nicht folgen«, sagte Onkel.

»Mein Plan ist ganz einfach«, erklärte Reptilow. »Das Erdöl und alle seine Derivate müssen ihren Brennwert verlieren. Das globale Wirkungsspektrum dieser Maßnahme schafft günstige Voraussetzungen für Ihre Arbeit. Der partielle Verlust, der dem Planeten Erde durch das Vorhaben erwächst, wird mit Gewinn dadurch kompensiert werden, daß Sie die Menschheit mit Ihrem zukunftsträchtigen wissenschaftlichen Werk beschenken können.«

»Eulalchen, hörst du, in der Sache steckt ein rationaler Kern! Sag du doch auch etwas dazu!«

»Tja, ich befürchte bloß, die Flugzeuge könnten herunterfallen, und die Schiffe kämen auf hoher See ohne Treibstoff nicht weiter«, wandte Tante Eulalia ein. »Und für uns selbst wäre es auch schwer, ohne Petroleumkocher.«

»Die Flugzeuge werden heil bleiben, und die Schiffe kommen nicht vom Kurs ab«, beschwichtigte sie Reptilow. »Wir formulieren die Sonderverfügung folgendermaßen: ›Völlige Unbrennbarkeit von Erdöl und seinen Fraktionen in und auf der Erde.‹ Die Wasseroberfläche und den Luftraum betrifft das nicht.«

Von der Fernverkehrsstraße dröhnte ohrenbetäubendes Motorengeheul herüber. Ein angetrunkener Jüngling mit grellbunt bemaltem Helm raste auf einem Krad ohne Schalldämpfer vorbei, hinter sich auf dem Rücksitz eine grienende Schöne.

»Na gut, wir werden ohne Campingkocher auskommen – dann heizen wir eben den alten Kochherd mit Holz!« brummte Eulalia Wassiljewna verärgert. »Aber könnte man nicht gleich mit auf diesen Zettel schreiben, daß aller Wodka auf der Welt zu Wasser werden soll? Dann hätten wir zwei Fliegen mit einer Klappe geschlagen: die Motorisierung und den Alkoholismus.«

»Aber ich bitte Sie, wo denken Sie hin? Der Alkohol hat doch eine ganz andere chemische Formel!« konterte Reptilow erregt. »Alkohol ist notwendig in der Medizin ... Na ja, und Wodka – doch auch ...«

»Den Wodka kriegen wir nicht klein, es muß doch was zum Trinken sein!« Mit diesen Worten unterstützte der ONKEL Reptilow; in seiner Eigenschaft als Genie pflegte er mitunter in Reimen zu sprechen.

Also, die Erwachsenen faßten einen Beschluß. Mich allerdings erschütterte der Gedanke, daß die Erde ohne Treibstoff bleiben sollte, bis ins Mark. Ich träumte nämlich schon lange von einem Moped, und meine Eltern hatten mir versprochen, mir nächsten Sommer eins zu schenken, falls ich nicht zum zweitenmal sitzenbliebe. Und ein Moped braucht doch nun mal Benzin! . .

Als der Wunschzettel eingegeben war, geriet Eulalia Wassiljewna unvermittelt in heftige Unruhe.

»Es ist ja schon um drei, und wir haben noch nicht gegessen«, beschwor sie Onkel. »Heute koche ich zum letztenmal mit Petroleum. Und dann müssen wir noch Brennholz bei Michejews kaufen, angeboten haben sie uns schon lange welches. Das muß unbedingt heute erledigt werden, ab morgen wird das Holz wer weiß wie teuer!«

Die Tante gab sich nämlich prinzipiell nur bis vier Uhr nachmittags mit Wirtschaftsangelegenheiten ab. Nach dem Essen trug Onkel das Gerät auf die Veranda; von hier aus hatte man den besseren Überblick über die Straße. Um diese Zeit herrschte nur schwacher Verkehr. Aber da erschien ein mausgrauer »Moskwitsch« im Gesichtskreis. Onkel drückte auf den Knopf des extraterrestrischen Kästchens. Das Auto verlor an Geschwindigkeit, dann blieb es stehen. Der Fahrer sprang heraus. Seine Miene verriet, daß er überhaupt nichts begriff oder aber an seinem eigenen Verstand zweifelte.

Gleich darauf entfernte sich Onkel in sein Zimmer, steckte sich eine Papirossa an, und sein gesegneter Kugelschreiber flitzte übers Papier. Bald stellte sich auch Reptilow unter Onkels Fenster ein und fragte, ob Onkel mit der eingetretenen Stille zufrieden sei.

»Endlich darf ich einmal unter normalen Bedingungen kreativ sein«, frohlockte Onkel. »Ich danke Ihnen für den guten Rat!«

»Auch ich habe zu danken!« Reptilow rieb sich die Hände. »Denn für mich fällt ein moralischer Gewinn ab! Meine Exgattin schreibt eine Dissertation zum Thema Erdöl. Aber für wen soll ihr Geschreibsel jetzt noch gut sein, wenn es das Erdöl als solches gar nicht mehr gibt! Geschieht ihr recht! Das hat man davon, wenn man seinen Mann verläßt!«

6. Das Ende der Großen Pause

Gegen sechs Uhr abends bat mich ONKEL, doch mal schnell zum Bahnhof zu fahren und ihm etwas zu rauchen zu holen; in dem Kramladen dort hatten sie seine Sorte, Belomorkanal, immer vorrätig. Ich schwang mich aufs Fahrrad und zischte ab. Jetzt war das Radfahren aber ein reines Vergnügen: Niemand zwang mich hupend zum Ausweichen, und niemand hatte es darauf abgesehen, daß ich im Straßengraben landete. Der gesamte Autoverkehr war zum Erliegen gekommen. Chauffeure und Fahrgäste saßen entweder verdattert in den Wagen oder schlenderten mit stumpfem Gesichtsausdruck drumherum.

Am Bahnhof herrschte eine ungewohnte Hektik. Der Bahnsteig war überfüllt, die Leute wirbelten wild durcheinander. Die elektrisch betriebenen Vorortzüge seien zwar fahrplanmäßig gefahren, aber bei zwei Dieselloks mußte etwas passiert sein, und daher jetzt der Stau.

Nachdem ich dem ONKEL die fünf Schachteln Papirossy ausgehändigt hatte, fing ich an zu berichten, was auf der Straße und auf dem Bahnhof los war; er aber, vom Schaffensprozeß voll in Anspruch genommen, hörte mir gar nicht zu, sondern fragte nur, warum ich keine Streichhölzer mitgebracht hätte. Ich erwiderte, von Streichhölzern sei nicht die Rede gewesen, und er vergrub sich erneut in seine Arbeit. Ich trottete in die Küche, wo ein kleiner Fernseher stand, und beobachtete gemeinsam mit Eulalia Wassiljewna, was sich in dieser schönsten aller Welten so tat. Alle laut Programmzeitschrift ausgedruckten Sendungen waren abgesetzt – sowohl der Spionagefilm als auch die Ziehung der Lottozahlen, die Lesung des Dichters Wadim Schefner und das Fußballspiel. Gesendet wurden immerfort nur aktuelle Nachrichten.

Auf allen Bohrstellen der Erde ruhte die Erdölförderung: Das im Schlamm versumpfende Öl hatte sich in eine trübe unbrennbare Brühe verwandelt. Die Straßen aller Städte der Welt waren von unbeweglichen Autos und Bussen verstopft. Auf allen Feldern standen erstarrte Traktoren herum, die Feldarbeiten ruhten. Die Flugzeuge landeten zwar noch unfallfrei, konnten aber nicht mehr aufsteigen: Im Augenblick des Aufsetzens verlor der Treibstoff in ihren Tanks den Brennwert. Die Schiffe an der Pier konnten nicht mehr ablegen. In Kathedralen, Moscheen, Pagoden, Bethäusern, ja unter freiem Himmel – bei Fackelschein – erschollen Bittgebete um Erdöl. Mehrere kleine Staaten riefen die partielle Mobilmachung aus und zogen an den Grenzen Infanterieregimenter zusammen. Im übrigen, verehrte Leser, wißt ihr ja nicht schlechter als ich, was an jenem Tag geschah – schließlich habt ihr in Geschichte immer aufgepaßt!

Ich hockte also am Bildschirm und verfolgte die Geschehnisse tief bekümmert: Jetzt war die letzte Hoffnung geschwunden, daß mir meine Eltern ein Moped schenken würden, selbst wenn alle übrigen Umstände dies begünstigten. Meine traurigen Betrachtungen wurden von ONKELS Stimme unterbrochen, die aus seinem Zimmer herüberdrang: »Eulalchen, such doch mal in der Küche nach Streichhölzern, meine sind alle!«

Die Tante stürzte zum Küchenschrank und langte nach einer Streichholzschachtel. Sie war leer.

»Du hast mir doch selber alle Streichhölzer weggeschleppt!« kreischte die Tante. Danach bat sie mich, bei Reptilow welche zu holen.

Ich trat in den Vorgarten. Ach, du Schreck, die Tür zu Reptilows Haushälfte war abgeschlossen, und durch die

Ritzen vernahm man ein volltönendes Schnarchen. Der Nachbar hatte vor Freude ordentlich einen zur Brust genommen, und nun schlief er. Ich ging wieder hinein und vermeldete Eulalia Wassiljewna den Sachverhalt, als ONKEL die Küche betrat, den Kugelschreiber in der Hand, die unangerauchte Papirossa zwischen die Zähne geklemmt.

»Ich gehe mal zu Muschkins rüber, vielleicht haben die noch Streichhölzer«, bot die Tante an.

»Was, zu den Muschkins?! Das sind hartgesottene Gegner meiner *Schweifkopftheorie*!« wehrte ONKEL wütend ab. »Von solchen Leuten nehme ich kein Feuer!«

»Was machen wir jetzt? Ich bin am Ende!« schluchzte die Tante.

»Heureka! Daß ich nicht gleich darauf gekommen bin! Mein Bruderherz hat doch vorigen Sonnabend sein Feuerzeug bei uns liegenlassen!« rief ONKEL froh und eilte in sein Zimmer. Wir rannten hinterdrein.

ONKEL zerrte die unterste Schreibtischschublade heraus und entnahm ihr ein vernickeltes Feuerzeug. Er hielt es an die Papirossa, das Gesicht von der Vorfreude auf den zu erwartenden Zug erhellt. Das Ding machte »Klick!«, zündete aber nicht.

»Mistkrücke!« schimpfte ONKEL. »Bis oben hin voll Benzin, und nichts tut sich!«

»Kann es ja auch gar nicht!« versetzte die Tante. »Du selbst warst es doch, der von Reptilow fehlgeleitet den ganzen Benzinkram storniert hat! Jetzt funktionieren alle Feuerzeuge der Welt nicht mehr!«

»Du bist vielleicht komisch!« sagte ONKEL gekränkt. »Wenn alle Feuerzeuge auf Erden außer Betrieb sind, muß das deiner Meinung nach heißen, daß auch meines nicht zündet?! Wo ich gerade eine rauchen will? Ohne Rauchen geht mir die Arbeit nicht von der Hand!« Im weiteren ließ er sich darüber aus, er sehe Reptilows forcierte Empfehlungen jetzt in einem anderen Licht, betrachte sie als Diversion gegen die Wissenschaft schlechthin und gegen sich, Onkel, persönlich.

Wenige Minuten später gab Onkel den Wunsch in das Kästchen ein, das Erdöl und alle seine Derivate sollten ihre früheren Eigenschaften zurückerhalten. Den Zeigefinger der einen Hand auf dem Geräteknopf, hielt er die andere nebst Feuerzeug an die Papirossa. Die außerirdische und die irdische Technik traten gleichzeitig in Funktion. Onkel sog genüßlich den Rauch ein, und bald umhüllte ihn eine bläuliche Wolke von Tabaksqualm. Das Zweinutzungsgerät aber war von grünlichem Nebel umgeben, verlor seine Konturen und löste sich in Luft auf.

Draußen heulten startende Autos, knatternde Motorräder – die Geräuschkulisse brausenden Verkehrs war wiederhergestellt.

Die Große Pause war zu Ende.

7. Epilog

Onkel wurde sehr alt. Er überlebte sowohl Eulalia Wassiljewna als auch Reptilow, konnte aber dennoch sein Monumentalwerk nicht vollenden. Und jetzt mühe ich mich ab, würdiger Fortsetzer von Onkels Lebenswerk, und entwickle seine Theorie weiter, ohne meine Kräfte zu schonen.

Kurz vor seinem Ableben fragte ich den Onkel, ob ich in meinen Memoiren die wirklichen Ursachen für die Große Pause erwähnen dürfe, um jene Pseudogelehrten zu beschämen, die zu diesem Punkt eine haltlose Hypothese auf die andere häuften, kurz: ob ich den Menschen die *Wahrheit* eröffnen dürfe.

Onkels Antwort zeugte von seiner übergroßen Bescheidenheit. Er empfahl, ich solle diese Frage erst dreißig Jahre nach seinem Tode in der Presse beleuchten, denn ihn, Onkel, peinigten Gewissensbisse vor der

Menschheit. Er halte sich für schuldig, seines Lasters wegen die Große Pause zu früh abgebrochen zu haben. Da das Erdöl und alle seine Derivate durch seine, ONKELS, Schuld die Brenneigenschaften zurückerhielten, habe er der Welt auch den Verkehrslärm wiedergebracht; dieser Lärm aber habe seine Arbeit am Manuskript verzögert, dessen Veröffentlichung die Erdbevölkerung doch mit solcher Ungeduld erwarte.

Ruhe sanft, ONKEL! Und du, Saunadirektor, zittre vor der Erhabenheit der Wissenschaft! Dieser Tage habe ich das zweihundertste, das Schlußkapitel der *Schweifkopftheorie* in Angriff genommen.

1976

Das runde Geheimnis

Eine halbwahrscheinliche Geschichte

Beim Schicksal geliehen

An diesem Junitag stand Ju. Lessowalow unter einer Kiefer am Wegrand, Schutz suchend vor einem Wolkenbruch und auf den Vorortbus wartend. Die Chaussee war hier abschüssig, und über den Asphalt lief ein flacher Strom, der eine Menge Waldmüll mit sich führte – kleine Zweige, gelbe Tannennadeln, bergab wie ein Fließband. Und hoch oben am Himmel liefen die Arbeiten für den Einzug des Sommers. Dort wurden in aller Eile Fenster geputzt, wobei Ströme von Wasser auf die Erde flossen; dort wurden donnernd unsichtbare Möbel gerückt, wurden mit tonnenschwerem Hammer unsichtbare Nägel in unsichtbare Wände geschlagen, waren Nachbesserungsarbeiten im Gange, himmlische Elektroschweißer machten Überstunden. Der Himmel schwankte, es donnerte und flammte.

Bei Gewitter unter Bäumen zu stehen ist gefährlich, aber daran dachte Ju. Lessowalow jetzt nicht. Er überlegte, wie er seine Reportage möglichst gut schreiben könnte, suchte nach einer möglichst interessanten Überschrift: »So handeln ehrliche Menschen« oder »Anders handeln konnte er nicht«. Oder vielleicht so: »Der edle Rückgeber«? Das war schon gar nicht übel.

Die Sache war die, daß vor kurzem in der Redaktion ein Brief eingegangen war, in dem ziemlich zusammenhanglos mitgeteilt wurde, der Nachtwächter eines Leningrader Klubs habe bei einem Rundgang eine liegengelassene Aktentasche mit dem Inhalt von 10 000 Rubeln entdeckt. Dieses Geld hatte, wie sich im weiteren herausstellte, der Kassierer D. M. Peritschko im Kinosaal liegengelassen. Er vermißte es erst am nächsten Morgen und stürzte in den Klub, wo er den Nachtwächter N. Lessowalow antraf, der ihm mitteilte, daß er die Fundsache bei der nächstgelegenen Filiale der Staatsbank gänzlich und unversehrt abgeliefert habe. Den Brief hatte M. I. Bakschejewa, die Geschäftsführerin des Klubs, geschrieben und unterzeichnet.

Redaktionsleiter Sawejkow hatte beschlossen, an den Ort des Geschehens den angehenden Journalisten Ju. Lessowalow zu schicken, damit der einen Artikel über den ehrlichen Nachtwächter schreibe. »Um so mehr, als er Ihr Namensvetter ist«, fügte Sawejkow hinzu. »Das ist doch interessant: Lessowalow über Lessowalow.«

»Nein, nicht Lessowalow über Lessowalow, sondern Anakonda über Lessowalow«, korrigierte ihn der angehende Journalist energisch. Er mochte seinen Familiennamen nicht sonderlich und hatte sich darum ein literarisches Pseudonym zugelegt. Übrigens waren bislang noch keine Artikel und Glossen mit dieser exotischen Überschrift in der Zeitung erschienen: all seine eingereichten Arbeiten hatten nicht viel getaugt. Es wurde geargwöhnt, er habe kein Talent. So war nun diese Aufgabe von entscheidender Bedeutung. Sollte diese Reportage genauso schlecht ausfallen wie die vorangegangenen, würde Ju. Lessowalow entlassen werden.

Am nächsten Tag ging Anakonda (wir werden ihn hin und wieder so nennen, da er es nun mal möchte) in den Klub. Hier sammelte er einige Angaben über N. I. Lessowalow. Wie sich herausstellte, hatte der Wächter so seine Fehler. Er trank gern mal einen über den Durst. Manchmal grobste er sogar die Obrigkeit an. Was die gefundene Aktentasche anging, ja, das war an dem. Aber das gehörte ja sozusagen zu seinen Pflichten. Letztes Jahr hatte besagter Lessowalow im Saal ein Damentäschchen mit 58 Rubeln gefunden und ebenfalls bei der zuständigen Stelle abgegeben.

Den Nachtwächter selbst traf Anakonda im Klub nicht an, nicht nur, weil er am Tage hierhergekommen war, sondern weil der Wächter vor zwei Tagen ins Dorf Gnesdowo gefahren war, dreißig Kilometer von der Stadt entfernt: sein Urlaub hatte begonnen. Als Ju. Lessowalow die genaue Adresse von N. Lessowalow erfahren hatte, ging er sogleich zum Busbahnhof und traf nach kurzer Zeit in Gnesdowo ein.

Der Wächter N. Lessowalow hatte sich bei Verwandten einquartiert, in einem Bretteranbau. Auf das Klopfen hin öffnete seine Frau, ein älteres Muttchen in einem abgetragenen und für ihr Alter zu bunten Kleid. Sie bat Ju. Lessowalow, sich einen Moment zu gedulden – ihr Mann schlief. Er hatte am Abend zuvor Besuch gehabt. Der Kassierer Peritschko, der die verlorengegangene Aktentasche zurückerhalten und die Lohngelder ausgezahlt hatte, war gekommen, um N. Lessowalow zu danken. Er hatte eine große Torte mitgebracht und drei Päckchen Kaffee. »Na, was mein Mann ist, der war natürlich sauer - der braucht was andres«, verriet die Frau. »Aber der da sagt zu meinem Mann: ›Ich nehm nach diesem verhängnisvollen Vorfall keinen Wodka mehr in den Mund und werd auch andre davon abbringen.‹ Das muß ihm in die Knochen gefahren sein«, beendete sie ihre Rede und ging ihren Mann wecken.

Schließlich trat ein hochgewachsener alter Mann aus dem Anbau. Er machte ein finsteres Gesicht – vielleicht wegen der Torte, vielleicht, weil es seine Wesensart war. Die Mitteilung, daß der Besucher über ihn schreiben wolle, nahm der Alte ohne die gebührende Freude auf.

»Wie heißen Sie überhaupt?« fragte er mürrisch.

»Juri Lessowalow . . . Genauer gesagt . . . Anakonda.«

»Was?« fragte der Alte brummig zurück. »Wieso heißen Sie Anna Konda?«

»Anakonda – das ist eine Schlange. Sie lebt im Flußbekken des Amazonas, einzelne Exemplare werden bis zu fünfzehn Meter lang.«

»Wieso nennen Sie sich nach 'ner Schlange?« fragte der Wächter taktlos.

»Das ist mein literarisches Pseudonym, es klingt mutig und romantisch«, erklärte Juri geduldig und schlug den Notizblock auf. »Erzählen Sie mir mit eigenen Worten, was Sie zu dieser edlen Tat getrieben hat.«

»Nichts hat mich getrieben«, antwortete der Alte gleichmütig.

»Aber dann erzählen Sie vielleicht, wie alles war?«

»Also, ich sitz nachts im Vestibül. Plötzlich kommt's mir vor, als ob's nach Rauch riecht. Na, denk ich, guckst mal in den Kinosaal. Die Reinemachfrau Ljudka, das faule Stück, muß sonst immer nach der letzten Vorstellung saubermachen, aber an dem Tag war sie schon weg, ich mach's morgen früh, hat sie gesagt. Na, in der letzten Reihe paffen die Jungs manchmal – Ganoven die. Ich denke, vielleicht haben die 'n Zigarettenstummel fallen lassen. Also ich in den Saal – scheint alles in Ordnung zu sein. Ich geh den Mittelgang lang - da seh ich, in der letzten Reihe glänzt was unterm Sitz. Also, ich hin. Da steht 'ne Halbliterflasche, an die fünfzig Gramm sind noch drin, vielleicht auch sechzig. Ich guck genauer hin – eine Tasche liegt da. Also, die fünfzig oder sechzig Gramm hab ich natürlich gepichelt, so was Gutes kann man ja nicht umkommen lassen. Und die Flasche hab ich in die Jackentasche gesteckt. Zwölf Kopeken liegen ja auch nicht auf der Straße rum . . .«

»Und die Tasche, die Aktentasche?«

»Na, die Tasche, die hab ich aufgemacht. Ich seh, Geld ist da drin und irgendwelche Begleitschreiben. Da bin ich zurück ins Vestibül und hab die Miliz angerufen. Aber der dort Dienst hatte, sagt mir: ›Wenn Dokumente bei dem Geld sind, bringen Sie's lieber morgen früh zur

Staatsbank.‹ Na, da hab ich's eben hingebracht und 'ne Quittung dafür gekriegt.«

»Und welche Gedanken sind Ihnen in diesem Moment durch Bewußtsein und Unterbewußtsein geschossen?«

»Nichts ist geschossen, ich war hundemüde.«

Aus dem Alten war nicht viel herauszuholen gewesen. Und jetzt stand Anakonda unter der Kiefer und überlegte, wie er aus dem wenigen eine markante vollblütige Reportage verfassen könnte.

Das Gewitter war vorbei. Da der Bus immer noch nicht in Sicht war, beschloß Juri, bis zur nächsten Haltestelle zu Fuß zu gehen. Der Asphalt war noch feucht, aber der Wasserstrom hatte sich schon verlaufen. Es atmete sich leicht. Die Welt war frisch gewaschen und gelüftet. In Juris Hirn zeichnete sich, im Takt seiner Schritte, bereits das Gerippe der künftigen Reportage ab. Ihn irritierten lediglich die moralischen Mängel des Alten: finsterer Charakter, unzureichende Intelligenz, Kleinlichkeit (». . . Zwölf Kopeken liegen ja auch nicht auf der Straße rum«), Mißachtung eines Pressevertreters . . . Da mußte etliches zu Ende gedacht und schöpferisch verallgemeinert werden, um eine vollgültige Gestalt des edlen Rückgebers zu schaffen.

Plötzlich blieb Anakonda stehen.

Zwei Schritt vom Straßenrand entfernt lag eine braune Aktentasche. Eine neue Tasche mittlerer Qualität. Sie konnte dem Schüler einer höheren Klasse gehören, einem Studenten, vielleicht auch einem Ingenieur. Vollgestopft war sie nicht, sie hätte sogar völlig flach ausgesehen, wäre nicht in der linken unteren Ecke eine Ausbuchtung gewesen: dort mußte ein Gegenstand sein. Die Tasche war ganz trocken. Irgendwer mußte sie eben erst verloren haben, nach dem Gewitter, obwohl doch die ganze Zeit niemand die Chaussee entlanggegangen oder gefahren war.

Anakonda blickte sich nach allen Seiten um, bückte sich

und hob die Tasche auf. Sie war erstaunlich schwer. Wenn nun Gold drin ist? fuhr es Juri durch den Kopf.

Wieder blickte er sich nach allen Seiten um, bog rasch von der Straße ab und ging in den Wald. Das feuchte Moos schmatzte unter seinen Füßen. Erbsengroße Wassertropfen, gleichsam auf Kiefernnadeln gespießt, schienen ihm zuzuwinken. Juri hatte das Gefühl, als starre ihn der ganze Wald an. Die Vögel, die während des Gewitters geschwiegen hatten, sangen jetzt erschreckend laut.

Endlich fand er einen Baumstumpf, der ringsum von jungen Kiefern umstanden war. Er setzte sich. Öffnete das Schloß. Die Tasche hatte zwei Fächer. In dem einen lag ein großer grünlicher Umschlag, im andern – ein dunkler Ball, etwas größer als eine Billardkugel. Juri nahm den Ball heraus und legte ihn sofort wieder zurück. Er war ungewöhnlich kalt und schwer. Dann zog er den Umschlag heraus. Auf dem oberen Teil war ein Firmenstempel mit einer langen und schwer lesbaren Bezeichnung, weiter unten stand ein kleingedruckter Text. Mitten auf den Umschlag war mit Bleistift groß und nachlässig geschrieben: 10000 R. Sollte da wirklich Geld drin sein?

Anakonda riß den Umschlag an der Seite auf. Ihm fiel ein Bündel Zehnrubelscheine mit der Bankbanderole 10 × 100 in die Hand. Dann ein Bündel Fünfzigrubelscheine (50 × 100). Dann wieder ein Bündel Zehnrubelscheine ... Es waren insgesamt Zehntausend, wie auf dem Umschlag stand. Juri versank ins Grübeln. In ihm stritten zwei absolut entgegengesetzte und absolut synchrone Gedanken:

$$\text{Dieses Geld}\ \frac{\text{ist unbedingt}}{\text{ist durchaus nicht unbedingt}}\ \begin{matrix}\text{bei der Bank}\\ \text{abzugeben.}\end{matrix}$$

Er steckte sich eine Zigarette an, machte einen tiefen Lungenzug und sagte leise zu einer jungen Kiefer neben dem Baumstumpf: »Hätte ein anderer das Geld gefunden, hätte der vielleicht auch überlegt, ob er's zurückgibt oder nicht?«

Nach dem Gewitter war es windstill, die kleine Kiefer stand reglos und stumm. Zigarettenrauch verfitzte sich in dem Zweig, der über dem Umschlag hing, die Nadeln wurden gleichsam stumpf und verschwammen. Ein paar Tröpfchen fielen leise auf das grünliche Papier. Von der Chaussee drangen gedämpfte Geräusche herüber – ein Personenwagen. Vielleicht hatten die in dem Auto die Tasche verloren und suchten sie jetzt. Aber das Auto fuhr weiter. Von der Chaussee drang kein Laut mehr herüber. Juris Gedanken flossen hastig und verworren: *Der Alte kann das Geld leicht zurückgeben* ... Endlich Material, das was hergibt. *Er hat keinerlei kulturelle Bedürfnisse* ... wenn ich daran denke, wie alle staunen werden ... *Dem Alten hat's überhaupt nichts ausgemacht, das Geld zur Bank zu bringen* ... das wird eine Sensation: Junger Journalist, der eben erst über dieses Thema ein Interview gemacht hat ... *Aber ich brauche dieses Geld wirklich* ... findet ebenfalls eine Tasche mit Geld und bringt sie ehrlich ... *Es wird mir als materielle Basis dienen* ... zur Bank, nein, vorher in die Redaktion, und alle gratu ... *Aber von dem Geld weiß bloß ich* ... lieren zu dem Ereignis und dem literarischen Erfo ... *Ich kann mir einreden: ich hab das Geld gewonnen* ...

Er stopfte die Geldbündel wieder in den Umschlag und legte ihn mit der Rückseite nach oben auf seine Knie, damit er auch nicht zufällig den Stempel mit der Bezeichnung der Institution las. (Wenn ich das lese, werde ich wissen, wem das Geld gehört, und dann ist es wie Diebstahl; wenn ich's nicht lese, weiß ich nicht, woher das Geld kommt, und es ist einfach ein anonymer Fund.) Dann steckte er sich noch eine Zigarette an, warf sie halb aufgeraucht weg, holte wieder das Geld aus dem Umschlag, betrachtete es. Dann stand er auf und machte sich daran, die Päckchen in den Hosen- und Jackentaschen zu verstauen. Das Jackett wurde gleich enger, umspannte fest seinen Körper, wie eine Rettungsweste. Anakonda faltete den Umschlag zusammen und steckte ihn in die Gesäßtasche. Jetzt mußte er noch die Aktentasche loswerden, sie irgendwo verschwinden lassen, wo sie nie ein Mensch finden würde. Auf die Chaussee kehrte er lieber nicht zurück, er mußte durch den Wald gehen, um eine andere Straße zu erreichen.

»Aber ich nehm ja die Zehntausend nicht für immer!« sagte er fest entschlossen zu sich. »Ich leihe sie mir beim Schicksal. Irgendwann werd ich gut verdienen, dann les ich, was auf dem Umschlag steht, erfahre, wem das Geld gehört, und gebe es zurück. Ich bring es auf die Staatsbank und sage: Nehmen Sie die Summe von einem unbekannten . . .«

Er stapfte tiefer in den Wald, bemüht, geradeaus zu gehen. Aber bald mußte er einen Bogen machen: er war auf Stacheldraht gestoßen. Dunkel, wie aufgequollen vom Rost, hing er an halbverfaulten Pfählen. Juri bog nach rechts ab und kam zu einem Schützengraben. Auf der Brustwehr wuchsen kleine Espen. Im Graben, der mit hohem Gras bewachsen war, stand kaltes, durchsichtiges Wasser. Hier werfe ich die Tasche rein, dachte Anakonda, überlegte es sich aber anders: Ich finde noch einen andern Platz. Das hier ist nicht das Richtige . . .

Rasch ging er weiter, ging immer schneller. Eine Niederung tat sich auf: Bülten, mickrige kleine Sumpfbirken. Ein kleiner Pfuhl mit rötlichem torfhaltigem Wasser. Er ging den morastigen Sumpf entlang. Die Tasche wird sofort untergehen, weil der schwere Ball drin liegt, überlegte er. Da ist der alberne Ball wenigstens zu etwas nutze.

Er holte aus und schleuderte die Tasche in den Pfuhl. Sie beschrieb eine Parabel, schlug schwer auf dem Wasser auf und ging unter. Über den See liefen Kreise, vom Grund stiegen Blasen auf, platzten, dann wurde alles ruhig. Nun würde keiner je etwas erfahren.

Das Erscheinen des Balls

Nachdem Juri eine Weile in der morastigen Niederung herumgeirrt war, stieß er endlich auf einen ausgetretenen Waldweg. Er führte offenbar zu einer befahrenen Straße. Juri schritt zügig aus.

Es wurde bereits Abend. Juri war kalt, im Sumpf hatte er nasse Füße bekommen. Seine Schuhe waren hinüber. Halb so schlimm, dachte er, gleich morgen kaufe ich mir neue, und überhaupt muß ich allerhand kaufen. Auf alle Fälle – einen guten Anzug, dann ein Tonbandgerät, dann . . . Da hörte er hinter seinem Rücken ein Rascheln und drehte sich im Gehen um.

Hinter ihm her rollte ein Ball. Ein dunkler Ball, etwas größer als eine Billardkugel.

Anakonda blieb stehen. Der Ball blieb drei Schritt von ihm entfernt ebenfalls stehen. Anakonda wurde es unheimlich. »Ich hab ihn doch zusammen mit der Tasche in den Pfuhl geworfen, er ist nach allen Gesetzen der Physik untergegangen«, sagte er, ging auf den Ball zu, bückte sich und nahm ihn in die Hand. Es war derselbe Ball! Sehr schwer war er und sehr kalt! Juri erinnerte sich, wie die Sportler die Kugel stoßen, schleuderte den Ball aus Leibeskräften ins Moos und ging rasch weiter.

Weiter vorn war eine winzige Schlucht, ein Flüßchen, über das eine schmale Brücke führte. Ich muß schnell über die Brücke, sagte sich Juri und blickte sich um.

Der Ball folgte ihm. So was Hartnäckiges! ging es Juri durch den Kopf. Der reinste Konstantin! (Konstantin – so hatte ein Junge aus seinem Haus geheißen. Alle Jungs hatten ihn gehänselt: »Kostja, Kostja, Konstantin, mit dem wollen wir nicht spieln!« – aber er war immer hinter ihnen hergerannt – kahlgeschoren, mit rundem Kopf, erstaunlich zäh, hatte sich nicht abschütteln lassen. Jetzt war er Boxer im Federgewicht.)

Ja, der Ball rollte auf dem Weg hinter Juri her.

»Nein, so geht das nicht!« schrie Anakonda und stürzte sich auf den Ball. Er packte ihn, rannte zur Brücke – zwei über das Flüßchen gelegte Holzstämme – und warf ihn ins Wasser, in den dunklen Strudel. Der Ball verschwand in der Tiefe. »Da gehörst du auch hin!«

Juri machte zwei Schritte, blickte sich um, und was mußte er sehen? Der Ball tauchte auf und rollte übers Wasser auf ihn zu, gegen die Strömung.

Da rannte Juri davon, so schnell er konnte. Während er den Hang der kleinen Schlucht hinauflief, blickte er sich wieder um. Konstantin (so werden wir den Ball der Abwechslung halber hin und wieder nennen, um den Leser nicht durch häufige Wiederholungen des Wortes Ball zu ermüden) rollte ohne Anstrengung hinter ihm die schiefe Ebene hoch. Anakonda stürmte in den Wald und schlug zwischen den Bäumen Haken, um den Ball von der Spur abzubringen. Aber bald stellte er fest, daß der Ball sich jetzt durch die Luft bewegte, in Höhe seines Kopfes. Konstantin hatte seinen Platz im Raum gewechselt, wählte zwischen den Baumstämmen die kürzeste Gerade. Es waren weniger Flugbewegungen als lautlose Sprünge in der Horizontalen. Manchmal machte er, entgegen dem Trägheitsgesetz, eine Wendung um neunzig Grad. Er berührte kein einziges Mal den Zweig eines lebenden Baumes, stand ihm aber eine verdorrte Kiefer im Weg, so durchstieß er in unvermindertem Tempo lautlos den Stamm und hinterließ darin ein gleichmäßiges rundes Loch.

Anakonda lief auf eine Lichtung, wo ein Lagerfeuer ausbrannte. Offenbar hatten hier kurz nach dem Regenguß Jäger aus der Stadt gerastet. Juri setzte sich auf einen Baumstumpf, um sich zu verpusten. Konstantin verharrte drei Schritt von ihm entfernt in der Luft: er hing reglos über der Erde, als ruhe er auf einem unsichtbaren Kristallstab.

Da kam Anakonda eine Idee. Er ging in den Wald und sammelte Reisig. Der Ball folgte ihm in immer gleicher

Höhe. Als Juri einen Arm voll Holz beisammen hatte, warf er es ins Feuer, es loderte auf, eine Flamme schlug hoch. Da ging Anakonda zu dem in der Luft schwebenden Ball, versuchte ihn niederzudrücken, um ihn ins Feuer zu stoßen. Aber Konstantin rührte und rückte sich nicht. Anakonda drückte mit aller Kraft auf den Ball, aber der hing, als sei er festgelötet. Erschöpft ließ sich Juri auf dem Baumstumpf nieder und starrte verbittert vor sich hin. Da plötzlich senkte sich der Ball herab, als habe er erraten, was von ihm verlangt wurde, und rollte freiwillig ins Feuer, mittenhinein, unter die brennenden Zweige.

»Das ist genau der richtige Platz für dich!« sagte Anakonda erleichtert.

Er zündete sich eine Zigarette an und hielt die ausgestreckten Beine ans Feuer. Von den feuchten Schuhen stieg Dampf auf, die Füße erwärmten sich. Es war still ringsum, die Vögel hatten sich schon schlafen gelegt. Abendliches Blau kam aus dem Wald auf die Lichtung gekrochen und vermischte sich mit dem Rauch des Feuers. Eine helle Flamme züngelte. Die Mechanik des Balls muß doch von der Hitze schon durchgeschmort sein, da kann ich ja bald gehen, überlegte Juri. Wie weit die Technik bei uns ist, so einen Ball zu konstruieren! Kluge Köpfe, die das ausgetüftelt haben, aber irgendwas haben sie nicht bis zu Ende durchdacht: Der Trottel ist von allein in die Flammen gerollt ... Na, jetzt kann ich wohl gehen. Ich muß bloß noch das Feuer ausmachen. Ich breche einen Zweig ab und schlage die Flammen aus.

Anakonda stand auf und machte zwei Schritte. Plötzlich bewegten sich die brennenden Zweige, und Konstantin tauchte aus dem Feuer, hing über den roten Flammenzungen. Juri spuckte sich auf die Finger und berührte den Ball. Er war genauso kalt wie vorher! Vielleicht hab ich den Verstand verloren? dachte Anakonda. Aber wie kann es bloß dazu gekommen sein? Ich hab mir doch nie über irgendwelche Bälle den Kopf zerbrochen. Mich hat überhaupt nichts Rundes interessiert. Als wir den Globus durchgenommen haben, hat mir der Geographielehrer eine Vier verpaßt. Ich spiele weder Fußball noch Basketball. Und daß ich einen Kugelschreiber benutze, wie alle heutzutage . . .

Seinc Gedanken unterbrechend, kam aus dem Ball, wie ein Wasserstrahl aus einem Feuerwehrschlauch, aber völlig lautlos, ein runder zitronengelber Lichtstrahl geschossen. Der Ball richtete ihn auf das Feuer – und das erlosch augenblicklich, die rotglühenden Holzkohlestückchen wurden schwarz, kein einziges glimmte mehr. Da erlosch auch der zitronengelbe Strahl. Und obwohl es die Zeit der weißen Nächte war, wurde es hier, im Wald, augenblicklich dunkel. Anakonda stand verloren mitten auf der Lichtung und wußte nicht, in welche Richtung er gehen mußte.

Da sauste der Ball in der Luft hin und her, als wollte er die Aufmerksamkeit auf sich lenken. Er sandte einen bläulichen Lichtkegel auf den Boden. Dann bewegte er sich gleichmäßig vorwärts, und Juri folgte ihm. Gras und Moos, alles, was von dem bläulichen Strahl erfaßt wurde, leuchtete, auch wenn der Ball schon vorbei war, noch eine Weile weiter. Anakonda ging auf einem Leuchtpfad, der erst allmählich hinter ihm erlosch. Der Ball verfolgt mich, aber er hilft mir auch, dachte Juri im Gehen. Als hätte er die Patenschaft über mich übernommen. Aber vielleicht wird gerade dadurch alles noch schlimmer?

Kaum hatte Konstantin ihn auf die Chaussee geführt, erlosch sein Strahl. Rechts hinter den Dünen rauschte das Meer, vorn war ein Betonbüdchen zu sehen – die Bushaltestelle. Dort standen etliche Leute.

Wenn ich ihn schon nicht loswerden kann, muß ich ihn wenigstens verstecken, damit ihn die Leute nicht sehen, dachte Juri. Er nahm die Baskenmütze ab und ging auf den Ball zu, um ihn zu ergreifen. Der legte sich friedlich in die Mütze. Aber ihn zu tragen war nicht so leicht, er hatte ein beachtliches Gewicht.

Und wenn jemand fragte: Was hast du denn da? – sage ich: Ich habe einen interessanten Stein gefunden ...

Und wenn ihn jemand sehen will?

Aber keiner interessierte sich dafür.

In der Welt des Schönen

Erst nach Mitternacht stieg Anakonda in seinen fünften Stock hinauf. Aufgrund der späten Stunde war an der Wohnungstür die Kette vorgelegt, er mußte klingeln. Ihm öffnete Wawilon Viktorowitsch, der Nachtschwärmer der Gemeinschaftswohnung. Wawik (wie ihn die andern Wohnungsmieter hinter seinem Rücken nannten) trug einen blauen Pyjama, auf seiner Brust prangte ein großes Nachtglas, das an einem lackierten Riemchen hing.

»Was ist denn das?« fragte er Juri, kaum daß er die Baskenmütze sah. »Haben Sie einen Igel eingefangen?«

»Nein, das ist kein Igel ... Nichts weiter ...«, murmelte Juri.

Aber Wawik hatte schon vergessen, wonach er gefragt hatte. Er eilte auf sein Zimmer zu, das neben Juris lag.

»Angelika hat eine neue Frisur«, sagte er im Gehen bekümmert. »Vielleicht kommen Sie auf einen Sprung zu mir, Juri? Ich leihe Ihnen für drei Minuten das Zeissglas.«

»Wawilon Viktorowitsch! Ich halte es für unmoralisch, die Mädchen heimlich zu beobachten!« erklärte Anakonda in gewohnt-empörtem Ton und hantierte mit dem Schlüssel.

»Ich rühre sie doch nicht an!« entgegnete Wawik schon hinter der Tür. »Hindern Sie mich nicht, in der Welt des Schönen zu leben!«

Anakonda ging in sein Zimmer und legte die Mütze mit dem Ball auf einen Stuhl. Dann machte er Licht und riegelte die Tür zu. Er mußte das Geld verstecken. Die Einrichtung des zehn Quadratmeter großen Zimmers war nicht eben reich an Verstecken. Es gab ein Metallbett, ein altmodisches Bücherregal, einen gelb gestrichenen Schrank, zwei Stühle und einen modernen Schreibtisch. Alles, bis auf den Schreibtisch, hatte Juri von seiner Tante geerbt, die ihn aufgezogen hatte. Sie war vor zwei Jahren gestorben. An seine Eltern konnte sich Juri nicht erinnern.

Fürs erste versteck ich das Geld im Bett, beschloß Anakonda und legte die Bündel, nachdem er sie nachgezählt hatte, am Kopfende auf den Federboden, wobei er die Matratze leicht anhob. Kaum zu glauben, wie reich ich jetzt bin! Und die Hauptsache, keiner weiß davon . . .

Er hörte ein leises Geräusch und blickte sich um. Die Mütze war vom Stuhl gefallen. Der Ball schwebte drei Schritt von Juri entfernt in der Luft, in Höhe seiner Augen.

Das Geld laß ich mir gefallen, aber diese Gratiszugabe ist nicht grade mein Geschmack, dachte er. Aber wenn ich's nüchtern betrachte, hab ich auch keinen Schaden davon. Ich muß bloß aufpassen, daß ihn niemand sieht.

Der Ball hing stumm mitten im Zimmer. In der Wohnung schliefen alle. Nur Warwiks Stimme war von nebenan zu hören:

> Von den Papuas stammt er her, der Shimmy,
> viele nannten schamlos ihn, den Shimmy
> heute tanzt ihn schon die ganze Welt!

In Stunden guter Laune trällerte er oft dieses Liedchen.

Wawilon Viktorowitsch war frischgebackener Rentner, er ging auf die zweiundsechzig zu. In diese Wohnung war er vor anderthalb Jahren auf dem Tauschwege eingezogen. Er trank nicht, spielte nicht Domino, dafür hatte er ein seltsames Hobby. Abends, wenn er das Licht in seinem Zimmer ausgemacht hatte, saß er stundenlang mit dem Fernglas am Fenster. Vor dem Haus war eine große rechteckige Grünanlage, und dahinter, schon auf einer anderen Straße, stand ein hohes, sechsstöckiges Gebäude. In den beiden oberen Stockwerken (mit je 14 Fenstern) wohnten Studentinnen des medizinisch-ökonomischen Technikums. In der Annahme, visuell nicht erreichtbar zu sein, zogen sie selten die Gardinen zu, und Wawilon Viktorowitsch hatte dank seiner Optik die Möglichkeit, in ihr Alltagsleben einzudringen. Seit langem kannte er alle Mädchen von Angesicht, und für jedes hatte er sich einen klangvollen Namen ausgedacht. Dort, in dem bescheidenen Vierbettzimmerchen wohnten Odette, Habañera, Traviata und Aida. Die anderen Mieter der Kommunalwohnung hatten Wawiks abendliche Beobachtungen mitbekommen und verhielten sich ihm gegenüber ablehnend. Aber es war schwer, ja beinah unmöglich, ihn dafür zu belangen. Wurde Wawilon Viktorowitsch auf sein unschönes Tun angesprochen, so antwortete er: »Ich habe nicht die Mittel, mir einen Fernseher zu kaufen. Darum ist das Wohnheim mein Fernseher mit achtundzwanzig Bildschirmen. Ich tu den Mädchen ja nichts zuleide. Ich sehe sie nicht an, wenn sie im Negligé sind, nein, da wende ich mich taktvoll ab! Ich liebe sie väterlich, optisch und platonisch.«

Juri spürte plötzlich, daß er großen Hunger hatte. Kein Wunder, hatte er doch so viele Stunden im Wald zugebracht, ohne etwas zu essen. Er nahm den Teekessel vom Fensterbrett und wollte zur Küche. Der Ball schwebte hinter ihm her. Juri mußte ihn durch die Tür lassen. Er ging auf leisen Sohlen über den Korridor in die Küche, machte das Gas an. Der Ball war auch da, blieb nicht zurück. In seiner Begleitung ging Anakonda ins Bad, wusch sich und kehrte dann zum Herd zurück. Der Kessel zischte schon.

Plötzlich waren vom Korridor leise Schritte zu hören. Offenbar hatte Wawilon Viktorowitsch seinen Beobachtungsposten verlassen und wollte sich stärken. Gleich würde er hereinkommen und Konstantin sehen! Was tun? Juri machte die Herdtür auf und stieß den Ball in die kalte Röhre. Gerade noch rechtzeitig. Wawik kam herein.

»Sie wollen auch ein Täßchen Tee zu sich nehmen?« fragte er und zündete Gas an. »Aber Brötchen haben Sie wohl keine . . . Kommen Sie zu mir, ich leih Ihnen welche, wie ein Assistent dem andern.« Diese Wendung bedeutete in Wawilon Viktorowitschs Mund höchste und edelste Form menschlicher Beziehungen.

Er verließ die Küche. Juri folgte ihm. In Wawilon Viktorowitschs Zimmer roch es nach Pfeifentabak und guter Toilettenseife. Das Fenster stand offen. Unten, in der Grünanlage, standen stumm die Bäume, das junge Laub flirrte. Jenseits der Grünanlage, über die Bäume hinweg, waren die Fenster des Wohnheims zu sehen. Fast alle waren schon dunkel.

»Da, nehmen Sie ein Brötchen«, sagte Wawik. »Mit mir gehen Sie nicht unter . . . Aber was ist denn das? Sieh mal einer an! Ist das Ihrer?«

Konstantin hing in der Luft, drei Schritt von Juri entfernt.

»Ja, meiner . . .«

Wawilon Viktorowitsch nahm den Ball in die Hand. Der leistete keinen Widerstand. Dann ließ Wawik ihn los, und der Ball hing wie zuvor in der Luft.

»Ist der aber schwer und kalt«, sagte Wawik, »und außerdem fällt er nicht. Erstaunlich, wie der Fortschritt fortschreitet! Elektrische Bahnen, synthetische Stoffe, die Vermehrung des Atoms, Transistoren . . . Diesen lieben Ball haben Sie wohl nicht im Gostiny Dwor erworben?«

»Nein. Ich habe ihn geschenkt bekommen. Ich bitte Sie . . .«

Aber Wawilon Viktorowitsch hörte nicht mehr zu. Er hatte bemerkt, daß in einem Fenster des Wohnheims Licht angegangen war, stürzte zur Stehlampe, knipste sie aus und stand dann mit erhobenem Fernglas, den spähenden Blick in die Ferne gerichtet, an seinem Fenster wie ein Kapitän auf der Kommandobrücke.

»Adelheid ist endlich nach Hause gekommen«, verkündete er.

»Wie's aussieht, kommt sie von einem Rendezvous zurück, so spät. Ihr macht mir ganz schön zu schaffen, Mädchen, mein Herz bangt um euer moralisches Niveau! Aber Leoncavalla sitzt immer am Fenster, liest . . .«

»Das war doch so ein Komponist, Leoncavallo«, wandte Juri zaghaft ein. »So einen Mädchennamen gibt's nicht.«

»Aber ja doch! Die Welt des Schönen hat ihre eigenen Gesetze«, parierte Wawik. »Da, sehen Sie selber!« Er drückte Juri das Fernglas in die Hand.

Anakonda, aus Angst, Wawilon Viktorowitsch zu verärgern, von dem er jetzt in gewissem Maße abhängig war, führte das Fernglas an die Augen. Dort, sehr fern und zugleich sehr nah, saß an einem Tischchen am Fenster ein blondes Mädchen in einem blauen Pullover. Die Okulare umrahmten ihr Gesicht mit einer hauchzarten Regenbogenborte, verliehen ihr so etwas wie einen Heiligenschein. Das Mädchen las. Ihr Gesicht war nachdenklich.

»Ein nettes Mädchen«, sagte Anakonda. »Sehr sympathisch.«

»Das sag ich ja: eine richtige Leoncavalla«, behauptete Wawik. »Die Perle des Wohnheims! Und dabei von untadeligem Betragen. Die andern treiben sich auf Tanzböden rum, aber sie liest immerzu. So kleine Büchelchen.«

»Vielleicht Gedichte?«

»Weiß ich nicht. Den Text holt das Fernglas nicht ran. Ich brauchte schon längst eine stärkere Technik. Hier in der Gegend bietet ein Mann ein Fernrohr an. Ein Beutestück, von einem deutschen Unterseeboot. Bloß daß meine materiellen Mittel nicht reichen ... Aber das Teewasser, es kocht bestimmt schon!«

»Wawilon Viktorowitsch, ich habe eine kleine Bitte an Sie«, stieß Anakonda hervor. »Ich bitte Sie sehr, sagen Sie niemandem etwas von diesem Ball.«

»Von dem Ball! Ich werde schweigen wie ein Fisch oder sogar wie ein Grab. Aber tun auch Sie ein edles Werk. Leihen Sie mir das Geld für das Fernrohr. Ich benötige fünfundachtzig Dublonen, wie die alten Griechen sagen.«

»In Ordnung«, antwortete Juri. »Ich leih's Ihnen.«

Wawilon Viktorowitsch ging zur Tür, ihm folgte Anakonda, begleitet von Konstantin. Plötzlich sagte Wawik erstaunt: »Aber was ist denn das? Ein Loch in der Tür! Ich möchte bloß wissen, wer sich diese Eigenmächtigkeit geleistet hat!«

Wirklich, im Türflügel war ein Loch, kreisrund, mit gleichmäßigem Rand. Auf dem Boden lagen keinerlei Holzspäne.

»Das war der Ball«, erklärte Juri mit zitternder Stimme. »Als wir ins Zimmer kamen, haben wir sofort die Tür hinter uns zugemacht, aber er fliegt mir überall nach.«

»Na schön, ich beßre das morgen früh mit Sperrholz aus. So daß keiner was merkt ... Aber die Piaster, wie die alten Römer sagten, könnten Sie mir die vielleicht schon heute geben?«

»Ja.«

In der Küche trat noch ein Streich Konstantins zutage. In der Herdtür gähnte ein rundes Loch. Konstantin hatte mühelos die zwei Eisenplatten der Tür durchbrochen. Die Ränder des Lochs waren absolut glatt, ohne einen Grat und ohne Schweißspuren.

»Ein tüchtiges Kerlchen, Ihr Ball«, sagte Wawilon Viktorowitsch. »Na, macht nichts, ich hab einen Bekannten, der wechselt die Tür aus. Übrigens, der Mann hat einen Zahnarztstuhl zu verkaufen, von so einem träum ich schon lange. Er verlangt für ihn ganze fünfundsechzig . . .«

»Aber was wollen Sie damit?« fragte Anakonda erstaunt. »Sie sind doch kein Zahnarzt.«

»Natürlich bin ich kein Zahnarzt«, gab Wawik bereitwillig zu. »Aber der Stuhl hat sehr bequeme Armlehnen, und außerdem kann man die Kopfneigung regulieren, damit der Nacken nicht steif wird. So ein Stuhl ist wie geschaffen zum Beobachten, dann komme ich weniger aus meinem Zimmer, also gibt es auch weniger Chancen, daß ich zufällig was über den Ball ausplaudere.«

Der größte Flaschenlieferant

Als Juri endlich zu Bett gegangen war, wurde er augenblicklich ein Untertan des autonomen Reichs der Träume, wo es kein Geld gab und keine Konstantins. Er wachte erst am frühen Nachmittag auf – so hatte ihm der Vortag zugesetzt. Drei Schritt von seinem Kopfende hing in Augenhöhe der dunkle Ball.

Und das Geld? Juri fuhr hoch. Wenn er sich das nun bloß eingebildet hatte? Der Ball war da, aber das Geld nicht?! Er sprang aus dem Bett, hob die Matratze an. Die Bündel lagen friedlich da. Eins war etwas dünner als die anderen – ihm hatte er in der Nacht fünfzehn Zehnrubelscheine für Wawik entnommen.

Bevor er in den Brotladen ging, wickelte er den Ball in eine Zeitung und steckte ihn ins Einkaufsnetz. Konstantin ließ es geschehen. So schlecht ist das gar nicht, überlegte Juri. Konstantin muß die ganze Zeit bei mir sein, aber in welcher Lage und Verpackung, ist ihm egal. Er will keine Selbstreklame. Also werde ich ihn nachts freilassen, und am Tage trag ich ihn mit mir herum, was soll's. Er ist zwar ganz schön schwer, aber da kann man nichts machen.

Als Juri an Wawiks Tür vorbeikam, stellte er befriedigt fest, daß in das Loch akkurat Sperrholz eingesetzt und es zinkweiß gestrichen war. Dann ging er in die Küche und warf als erstes einen Blick auf die Tür des Gasherds. Sie war neu, ohne Loch. Wawilon Viktorowitsch hatte Wort gehalten. Hat er also doch ein Gewissen, dachte Anakonda. Freilich ist es teuer, hat mich hundertfünfzig Rubel gekostet, aber besser so eins, als gar keins.

Als Juri endlich gefrühstückt und seine Zimmertür sorgfältig abgeschlossen hatte, machte er sich auf den Weg zum Gostiny Dwor, um Einkäufe zu tätigen. Während er im Taxi zum Kaufhaus fuhr, durchblitzte ihn ein Gedanke: den Chauffeur bezahlen, rasch die Autotür hinter sich zuschlagen und den Ball im Netz auf dem Sitz zurücklassen. Aber gleich darauf wies er die Versuchung von sich. Mit Konstantin war nicht zu spaßen: Der brachte es fertig, die Tür des »Wolga« zu durchschlagen, dann war der Skandal da. Es war schon besser, sich nicht mit ihm anzulegen.

Im Gostiny Dwor kaufte Anakonda als erstes eine Tasche – eine Kreuzung von Rucksack und Einkaufstasche; er konnte sie in der Hand tragen und auf dem Rücken. Nachdem er das Netz mit Konstantin in dieser bequemen Rucksacktasche verstaut hatte, schritt Juri zu weiteren Anschaffungen. Da er bislang nie viel Geld gehabt hatte, beschloß er, sich zuerst an leichten Bagatellausgaben zu trainieren und dann zu teuren Sachen überzugehen. Um in Schwung zu kommen, kaufte er einen Teeglasuntersatz, ein Zigarettenetui mit der Abbildung der Peter-Paul-Turmspitze, einen Plastpinguin, Socken, einen Schuhanzieher, eine Zuckerdose aus Glas, eine Taschenlampe, ein Gasfeuerzeug, einen ewigen Kalender, einen Porzellanfuchs und ein Tischthermometer. Dann ging es in die zweite Runde: Er kaufte gute Schuhe für 35 Rubel, vier Oberhemden, einen Pullover für Kira (45 Rubel), einen Pullover für sich zu 37 Rubel, einen Anzug zu 178 Rubel, einen Fotoapparat »Kiew«. Das reicht für heute, entschied er. Morgen setz ich diese angenehme Beschäftigung fort, aber jetzt eß ich erst mal eine Kleinigkeit, irgendwo auf dem Newski-Prospekt, und dann fahr ich nach Hause.

Mit Einkäufen beladen, verließ Anakonda das Kaufhaus. Bald darauf saß er an einem Tischchen, aß genüßlich eine Stulle mit Räucherwurst und spülte sie mit Kaffee hinunter. Plötzlich hörte er an seinem Ohr eine heisere, aber laute Säuferstimme:

»He, grüß dich, alter Schwede,
sollst froh und glücklich sein,
sollst stets zu futtern haben
und abends kühlen Wein.«

Juri zuckte zusammen und blickte auf. Vor ihm stand ein junger Mann mit leicht gedunsenem Gesicht. In der Hand hielt er ein Netz voll leerer Schnapsflaschen.

»Überheblich bist du geworden, Jurka, kennst deinen alten Schulfreund nicht mehr!« rief der Unbekannte und ging wieder zu Versen über:

»Als Flaschenlieferant bin ich der größte,
als Dichter ein Avantgardist.
Leg du mir die Hand um den Nacken
und fühle dich herzlich begrüßt!«

Anakonda legte ihm nicht die Hand um den Nacken. Er erkannte in dem jungen Mann seinen Klassenkameraden Tolik Drewesny. In der Schule hatte Tolik als angehender Dichter gegolten. Die Wandzeitung brachte ständig Gedichte von ihm, er nahm an Poetenturnieren und Vernissagen teil; große Hoffnungen wurden auf ihn gesetzt. Nach der Abschlußfeier war ihm Anakonda weder persönlich noch in Druckerzeugnissen wiederbegegnet. Jetzt war Drewesny in höchst unerwarteter Form und in einem höchst unpassenden Moment aus dem Nichtsein aufgetaucht.

»Grüß dich, Tolja!« sagte Juri und machte ein interessiertes Gesicht. »Wie geht's, wie steht's? Wo arbeitest du?«

Drewesny antwortete lautstark in Versen:

»Als staatlicher Weinbrenner hab ich
die Hacken mir abgerannt,
dann haben sie mich gefeuert,
jetzt spüre ich ständigen Brand.«

Von den Nebentischchen blickten sie schon zu ihnen herüber. Bloß kein Aufsehen, dachte Juri beunruhigt. Die schleppen einen zur Miliz, und dort entdecken sie den Ball.

»Jetzt gehen wir in den Lebensmittelladen und von dort zu mir. Ich mach dich mit Tusa bekannt«, verkündete Drewesny und fuhr in Versen fort:

»Ein himmlicher, lieblicher Engel,
der lebte im himmlischen Blau,
er war in jeder Beziehung
eine einzigartige Frau.

Sie wurde Objekt der Begierde,
meine Frau, und ich bin voller Glück . . .«

»Los, komm schon!« sagte Anakonda und griff hastig nach seiner Tasche mit Konstantin und den Einkäufen. Drewesny schritt hinter ihm her.

Der Ball ist nicht untätig

Am nächsten Tag erwachte Anakonda mit schwerem Kopf. Ihm war übel. Am Boden lagen zerknautscht und zerfetzt die Pakete mit den Einkäufen. Der Ball hing drei Schritt vom Bett entfernt in der Luft. Juri drehte sich auf die andere Seite, versuchte wieder einzuschlafen, aber da übermannte ihn solche Schwermut, daß der Schlaf verflog. Das Leben kam ihm häßlich und sinnlos vor. Ihm fiel ein, daß er bis jetzt seiner redaktionellen Aufgabe nicht nachgekommen war. Er fühlte sich von allen schöpferischen Kräften verlassen. Dann erinnerte er sich an das blöde Besäufnis am Vorabend und daran, wie ihn der Schwätzer Drewesny davongejagt hatte. In seinem Kopf stampften Preßlufthämmer, kreischten Kreissägen, schepperten Kästen mit leeren Schnapsflaschen.

Das beste wäre, einzuschlafen und nicht wieder aufzuwachen, dachte Anakonda schwermütig. Dann gäbe es keine Kopfschmerzen mehr, keinen Ball und auch mich selber nicht. Was mußte ich mich von dem Geld verlokken lassen!

Das Zimmer wurde für einen Moment von rosa Licht erhellt. Konstantin näherte sich Anakonda, blieb etwa achtzig Zentimeter vor seinem Gesicht stehen. Auf dem Ball bildete sich eine kleine Beule. Sie streckte sich in Richtung Juri und verwandelte sich in eine straffe Spirale. Am Ende der Spirale entstand eine winzige Platte. Aus der Platte wuchs ein kleiner durchsichtiger Meßzylinder. Er füllte sich mit blauschillernder Flüssigkeit.

»Vergiften willst du mich!« sagte Anakonda. »Na los, dann vergifte mich, ich Schuft hab's nicht anders verdient!«

Er nahm den Zylinder, trank die bittere Flüssigkeit in einem Zug aus und warf das Gefäß weg. Die Platte schnellte an der Spirale nach vorn, fing den Zylinder ein, und alles verschwand im Ball. Er war wieder glatt, ohne den geringsten Huckel. Juri aber wartete auf sein trauriges Ende.

Doch die Flüssigkeit zeitigte eine andere Wirkung. Die Kopfschmerzen ließen nach, die Schwermut ebbte ab. Anakonda schlief ein. Nach einer Stunde wachte er gesund und munter auf. Er beschloß, sofort an die Arbeit zu gehen und setzte sich an den Schreibtisch. Er schrieb seine Reportage. Bald darauf war sie fertig. Sie begann so:

Der edle Rückgeber

Verschmitzt, mit munterem Humor und fröhlichem Lachen empfing mich der edle Rückgeber N. I. Lessowalow in seiner bescheidenen, aber gemütlichen Vorstadtwohnung. Das hohe Lebensethos des edlen Rückgebers disponiert ihn zu einer weitgefächerten rückgeberischen Tätigkeit. Als ich ihn besuchte, trank dieser hervorragende Rückgeber auf der Veranda Eichelkaffee. Dem Plattenspieler entströmte eine melodische Geigenrhapsodie. Vom Tonband rieselte eine grüblerische Klaviermelodie.

»Ich mag dieses nützliche Getränk«, vertraute mir der ehrbare Rückgeber mit freundlichem Zwinkern an. »Besonders angenehm trinkt es sich bei der gemütvollen, ins Wehmütige gehenden Musik von Bach, Rimski-Korsakow und anderen hervorragenden Komponisten. Seit meiner barfüßigen Kindheit liegen bei mir zwei Hobbys vor: Musik und die Rückgabe von Fundsachen. Ich liebe es, den Menschen die von ihnen verlorenen Münzen, Gegenstände und Nahrungsprodukte einzuhändigen ...«

Die Reportage füllte elf handgeschriebene Seiten. Also werden es ungefähr neun Schreibmaschinenseiten, gerade ein Keller, dachte Juri. In den nächsten Tagen schaff ich mir eine Schreibmaschine an, Geld hab ich ja. Aber es wäre schön, wenn ich die Reportage heute schon abtippen könnte. Er wandte sich scherzhaft an den Ball: »Wenn du mir wenigstens helfen wolltest, Konstantin. Aber du hängst hier bloß tatenlos in der Luft.«

Konstantin blinkte mit lila Licht. Aus dem Ball schoben sich zwei gewundene Auswüchse und einige Stäbe. Sie senkten sich auf den Tisch, begannen zu wachsen, sich zu verflechten, bildeten ein kompliziertes Arbeitssystem. Vierzehn Sekunden später hielt einer der Auswüchse bereits eine Manuskriptseite in seinen dunklen Klemmgreifern. Ein feiner bläulicher Strahl kroch über die Zeilen. Das leere Blatt Papier war in einen Komplex von Schienen und Federn gespannt, darüber bewegte sich lautlos ein kleiner Zylinder und hinterließ in klarer Schrift einen Schreibmaschinentext.

Nach drei Minuten und siebenundvierzig Sekunden war das Manuskript in dreifacher Ausfertigung abgeschrieben. Dann begann das Arbeitssystem zu verschwimmen, zu schrumpfen. Der Ball nahm die Stäbe und Auswüchse in sich auf und wurde wieder glatt. Anakonda verglich sein Manuskript sorgfältig mit dem maschinengeschriebenen Text. Kein einziger Fehler. An zwei Stellen hatte Konstantin sogar Schreibfehler verbessert. Diese Korrekturfähigkeit des Balls berührte Juri unangenehm.

Am nächsten Morgen fuhr Anakonda in die Redaktion. Oje, die Reportage wurde kühl aufgenommen.

Sawejkow sagte: »Viel Verlogenheit und Schönfärberei. Sie packen es nicht. Auch der Alte ist Ihnen nicht gelungen. Er ist warm, aber blaß. Versuchen Sie ihn abzukühlen und zu beleben. Ich hab da einiges angestrichen.«

Juri nahm das von Sawejkow vollgekritzelte Manuskript und trottete niedergeschlagen nach Hause – den Alten zu beleben. Aber wie er das machen sollte, wußte er nicht. Er fühlte, daß er nicht besser schreiben konnte. Vor Kummer ging er ins Frunse-Kaufhaus und kaufte zwei Nylonhemden, dann grübelte er eine Weile und erwarb einen Tallinner Leuchter und einen Ziehharmonikaspieler aus Porzellan. Da die Einkäufe nicht sehr umfänglich waren und in der Tasche Platz fanden, beschloß er, dieses Mal kein Taxi zu nehmen, sondern mit dem O-Bus nach Hause zu fahren. Der Bus war nicht voll, und Juri bekam einen Fensterplatz. Aber er war keine zwei Stationen gefahren, als aus dem Rucksack ein klägliches Miauen kam. Was zum Teufel ist das? dachte er erstaunt. Eine Katze kann ja wohl nicht reingekommen sein. Kein Zweifel, das ist wieder ein Streich von Konstantin.

Inzwischen wurde das Miauen immer lauter und kläglicher.

»Eine Gemeinheit so was!« sagte an Juri gewandt eine Frau, die auf der anderen Seite des Ganges saß. »Sich erst eine Katze anschaffen und sie dann quälen. Sie haben sie mit Ihren Einkäufen eingequetscht! Sie erstickt ja in Ihrem Rucksack.«

»Entschuldigen Sie, liebe Bürgerin, ich habe keine Katze bei mir«, entgegnete Anakonda höflich.

»Sind wir vielleicht taub, wie! Der lügt, ohne rot zu werden!« erklangen empörte Stimmen.

»Er hat irgendwo einen wertvollen Kater geklaut, und jetzt versteckt er ihn. Ich hör's an der Stimme: das ist ein Angorakater«, äußerte ein älterer Bürger, ein Katzenkenner.

»Zur Miliz müßte man ihn bringen!« sagte irgendwer. »Dort werden sie herausfinden, wo der Hund begraben liegt!«

Anakonda ergriff seinen Rucksack und stürzte zum Ausgang. Er stieg fünf Haltestellen vor seinem Haus aus. Kaum hatte er den Fuß auf den Asphalt gesetzt, da hörte das Miauen auf. Aber fahren mochte er nicht mehr, er ging zu Fuß. Er ging und dachte über Konstantins Schrullen nach.

Als er in seine Straße kam, erblickte er eine Menschenmenge. Sie begann sich bereits zu zerstreuen, nachdem sie das Ereignis ausgiebig erörtert hatte. Da stand der Bus, ebenjener - Juri hatte sich die Nummer gemerkt -, stark zur Seite geneigt. Rechts hatte er eine große Delle. Ein

Fenster war völlig eingeschlagen – das Fenster, an dem noch vor kurzem Juri gesessen hatte.

»Ein Lkw wollte gerade noch durchbrausen«, erklärte eine Bürgerin Anakonda. »Die Passagiere haben es alle überlebt, sind mit Prellungen und dem Schrecken davongekommen. Bloß gut, daß an dem Fenster da niemand gesessen hat – der wär hingewesen!«

Juri begriff, daß Konstantin ihn gerettet hatte. Aber als die Welle der Freude zurückgeflutet war, dachte er beklommen: Wenn er retten kann, kann er auch vernichten.

Der Bruch mit Kira

Zu Hause fand Juri ein Telegramm vor: bin zurück von krim stop erwarte dich morgen datsche stop kira. Der Text erfreute und beunruhigte ihn. Voriges Mal hatte ihm Kira vom Süden ein Telegramm über ihre bevorstehende Rückkehr geschickt, damit er sie vom Flugplatz abhole. Vielleicht war sie diesmal in irgendwessen Begleitung zurückgeflogen?

Anakonda hatte Kira vor zwei Jahren auf einer Studentenparty kennengelernt. Das Mädchen hatte ihm sehr gefallen. Sie waren gemeinsam ins Kino, ins Theater und an den Strand gegangen. Aber von Liebe hatten sie noch nicht gesprochen. Kira war ein selbständiges und arrogantes Mädchen, an sie heranzukommen war nicht so leicht. Sie hatte vor kurzem ein Universitätsstudium beendet und arbeitete jetzt als Laborantin in einem biologischen Institut. Ihr Vater war ein angesehener Professor der Galvanotherapie, hatte eine Datsche und einen Wagen. Zu Juris Ehre sei gesagt, daß er, als er Kira kennenlernte, weder vom Titel ihres Vaters noch vom Wolga, noch von der Datsche wußte. Im Gegenteil, er war ganz verdattert, als er von dem hohen materiellen Niveau des Mädchen erfuhr. Das war mit der Grund, daß er sich nach Abschluß des Instituts keine Arbeit auf seinem Fachgebiet gesucht hatte, sondern in der Redaktion. Er wollte ein berühmter Journalist werden und damit Kira beweisen, daß auch er nicht auf den Kopf gefallen war. Aber leider wollte es mit dem Journalismus nicht klappen. Schon drei Monate gehörte er der Redaktion an, aber alle seine Artikel wurden verworfen. Einzige Hoffnung blieb jetzt die Reportage über den edlen Rückgeber.

Juri zwang sich an den Schreibtisch und ging daran, die Reportage umzuarbeiten. Aber es flutschte nicht. Konstantin hing daneben, war ihm aber nicht bei der Arbeit behilflich. Offenbar wollte er sich nicht in den schöpferischen Prozeß einmischen. Anakonda war sehr müde. Bevor er sich schlafen legte, überprüfte er die Bündel unter der Matratze. Alles in Ordnung! Noch viel Geld!

Er wachte zeitig auf. In aller Eile wusch er sich, trank Tee, steckte dann Konstantin in den Rucksack, legte den Pullover für Kira darüber und machte sich auf den Weg zum Bahnhof. Unterwegs kaufte er einen Strauß südlicher Rosen.

Als Juri aus der elektrischen Vorortbahn stieg, hatte er noch zehn Minuten bis zu Kiras Datsche. Kira saß auf der Veranda, Sonnenbräune stand ihr. Sie empfing Anakonda nicht gerade feindselig, aber doch recht kühl. Juri hatte gleich das Gefühl, daß sich Kira nicht sehr über sein Kommen freute. Die Blumen nahm sie gnädig an, den Pullover aber wies sie zurück.

»Juri, ich brauche keine materiellen Geschenke. Nimm es mir bitte nicht übel. Von dir ist wohl endlich was gedruckt worden, wie's aussieht?«

»Vorschuß für eine kleine Reportage«, warf Anakonda lässig hin. »Ich hab einen ganz passablen Keller über einen edlen Rückgeber geschrieben.«

»So ein Wort gibt's überhaupt nicht«, sagte Kira mit monotoner Stimme. »Übrigens, in Feodossia hab ich am

Strand einen interessanten Mann kennengelernt. Er ist auch Leningrader, Journalist, aber er ...«

»Deine Strandbekanntschaften interessieren mich nicht«, unterbrach Anakonda sie unzufrieden.

»Bitte keinen Streit«, antwortete Kira ruhig. »Wollen wir baden gehen?«

»Fürchtest du nicht, dich zu erkälten nach dem Süden?« fragte Juri diplomatisch. Er mochte nicht zum Fluß gehen. Wußte er doch, daß sich Konstantin im Wasser an seine Fersen heften würde.

»Ganz und gar nicht«, antwortete Kira lächelnd. »Ich fürchte, du bist sehr faul geworden. Schnapp dir einen Spaten, dort neben der Garage, und grab im Garten ein Loch für einen Zaunpfahl. Wir werden jetzt alle Gäste zur Arbeit anstellen. Ich geh inzwischen und helfe meiner Mutter, das Mittagessen vorzubereiten.«

Anakonda zog das Jackett aus, nahm automatisch die Tasche mit dem Ball auf und ging nach dem Spaten.

»Wozu nimmst du den Rucksack mit?« fragte Kira lachend. »Du kannst wohl nicht ohne ihn leben?«

»Ich hab mich einfach schrecklich an ihn gewöhnt. Ohne ihn komm ich mir vor wie ohne Hände«, sagte Juri mit gespielter Unbekümmertheit, nahm den Spaten und ging ans andere Ende des Gartens.

Der alte Zaun war umgestürzt, und an der Grenze des Grundstücks waren in gleichmäßigen Abständen viereckige Löcher für die Pfähle des künftigen neuen Zauns ausgehoben. Einige Löcher waren noch nicht gegraben, nur der Rasen war ausgestochen, dort, wo sie zu graben waren. Anakonda legte den Rucksack neben sich und machte sich geruhsam an die Arbeit. Plötzlich hatte er eine Idee. Er überschritt das Territorium des Grundstücks, stach mit dem Spaten hastig ein viereckiges Stück Rasen aus und begann schnell ein neues Loch zu graben. Jetzt arbeitete er mit voller Kraft, die Erde flog nur so. Als das Loch etwa achtzig Zentimeter tief war, nahm Juri, nachdem er sich verstohlen nach allen Seiten umgeblickt hatte, den Ball aus dem Rucksack und warf ihn in das Loch. Der Ball legte sich schwer und fügsam auf den feuchten Grund. Anakonda schüttete ihn mit Erde zu.

Diesmal hab ich dich überlistet, wie's scheint, dachte er. Schlaf in Frieden, teurer Konstantin! Die Erde sei dir leicht!

Nachdem Juri Konstantins Grab zugeschüttet hatte, trampelte er die Erde fest. Sodann trat er ein Stück beiseite und weidete sich am Werk seiner Hände und Füße. Wie licht und weit auf einmal die Welt ohne Ball war! Wie schön die Vögel sangen! Wie fröhlich es sich atmete!

Anakonda hob den leicht gewordenen Rucksack auf und machte einen Schritt in Richtung Datsche. Zum Abschied drehte er sich um – und sofort erlosch der Tag. Die festgestampfte Erde blähte sich, dann erschien Konstantin. Ohne Hast hatte er sich seinen Weg durch die Erde gebahnt und nahm seinen gewohnten Platz in der Luft ein, drei Schritt von Juri entfernt. Kein einziges Sandkörnchen klebte an ihm. Er war genau so wie vor seiner Beerdigung.

Um das Maß vollzumachen, ertönten ganz in der Nähe Schritte, und Kira rief erstaunt: »Juri, was ist das? Warum fällt er nicht?«

»Das ist ein Ball . . . Ein Ball wie jeder andere«, stammelte Juri vor Schreck. »Du kannst ihn in die Hand nehmen.«

Kira nahm vorsichtig den Ball und ließ ihn gleich wieder los.

»Ist der aber schwer! Und kalt wie ein Frosch. Wo hast du den her?«

»Kira, ich werde dir alles erzählen, aber schwöre, daß du keinem Menschen was sagst.« Mit diesen Worten führte Juri das Mädchen zu einer Gartenbank und erzählte ihr die ganze Wahrheit.

Kira hörte ihm zu, ohne ihn zu unterbrechen, dann

sagte sie: »Natürlich werde ich keinem was sagen. Das ist eine sehr unschöne Geschichte. Ja, ich zweifle seit längerem an dir, und wie's aussieht, zu Recht ... Sei nicht böse, aber ich bitte dich um eins: solange du diesen schrecklichen Ball bei dir hast – komm nicht mehr zu mir.«

»Kira, aber wenn mich dieser Ball nun nie mehr freigibt?« fragte Anakonda voller Verzweiflung.

»Dann komm nie mehr zu mir.«

Eine wissenschaftliche Konsultation

In tiefer Niedergeschlagenheit kehrte Anakonda heim. Seit er der Macht des Balls anheimgefallen war, hatte er teuflisches Pech. Wie sollte er sein Leben in die frühere Bahn lenken? Wie sollte er Konstantin loswerden?

Er erinnerte sich an den Umschlag, den er in der Aktentasche gefunden hatte, und griff in die Gesäßtasche. Aber die Tasche war leer. Anakonda erschrak. Er hatte ihn verloren ... Aber da fiel ihm ein, daß er längst einen neuen Anzug trug, den alten hatte er in den Schrank gepackt. Er stürzte zum Schrank und zerrte die alte Hose heraus. Sie roch nach Wald, ein paar Kiefernnadeln fielen auf den Boden, als Juri die Gesäßtasche abtastete und den Umschlag herauszog.

Darauf stand geschrieben:

Planet X (Der Name unterliegt der Geheimhaltung)
Institut zur Erforschung ferner Planeten
Unterabteilung Untersuchung des Planeten Erde
Gruppe Psychologie und Ethik

Verehrter Finder!

Verfahre mit dem Geld, wie du es für richtig hältst. Wenn du diese Zeilen liest, hast du vielleicht schon einen Teil des Geldes ausgegeben, aber fahre fort, es nach eigenem Ermessen zu verbrauchen (oder aufzuheben).

Dieser Text klärte nichts, im Gegenteil, er stiftete in Anakondas Herzen noch größere Verwirrung. Da fiel ihm ein, daß er dieser Tage in der Zeitung von der Gründung eines neuen Wissenschaftlichen Instituts zur Erforschung Ungeklärter Naturerscheinungen (WIEUN) gelesen hatte. Er beschloß, sich gleich am nächsten Tag dorthin zu wenden. Womöglich konnten sie ihm helfen?

Juri wurde ohne jegliche Bürokratie sofort ins Arbeitszimmer des Institutsleiters Rasswetow geführt. Als Juri ihm seinen Journalistenausweis zeigte, sagte Rasswetow: »Es ist verfrüht, über das Institut zu schreiben. Wir haben noch wenige Fakten, Genosse Lessowalow.«

»Eigentlich bin ich Anakonda«, präzisierte Anakonda sofort. »Wissen Sie, das ist so eine Schlange. Sie lebt am Oberlauf des Amazonas, einzelne Exemplare werden bis zu vierzehn Meter lang.«

»Zehneinhalb Meter«, korrigierte Rasswetow. »Haben Sie das schon lange?«

»Was?«

»Nun, daß Sie sich für eine Schlange halten.«

»Ich halte mich keineswegs für eine Schlange«, sagte Juri beleidigt. »Das ist lediglich mein literarisches Pseudonym.«

»Ach so ist das! Denn sehen Sie, gestern ist ein Bürger zu uns gekommen, der sich für einen Pinguin hält. Das ist nicht unser Ressort.«

»Aber ich bin nicht so einer. Ich komme in einer Sache . . . Ich möchte Ihnen ein Geheimnis anvertrauen. Aber erforschen Sie auch wirklich unerklärliche Erscheinungen?«

»Ungeklärte«, verbesserte Rasswetow. »Ja, die erforschen wir. An uns sind schon einige . . . nun, wie soll ich sagen . . . seltsame Dinge herangetragen worden. Die Bevölkerung kommt uns bereitwillig entgegen. Am dritten Tag zum Beispiel hat uns ein junger Naturforscher ein interessantes Objekt gebracht. Er hat es auf der Straße aufgegriffen.«

Mit diesen Worten öffnete Rasswetow eine Tür. Aus dem Nebenzimmer kam ein Dackel hereingelaufen und legte sich auf den Teppich neben dem Tisch.

»Was soll das für ein Objekt sein? Ein gewöhnlicher Hund!« sagte Juri ärgerlich. »Ich rede mit Ihnen von Mensch zu Mensch, und Sie kommen mir mit irgendwelchen Hunden!«

»Das ist kein Hund, sondern eine bioelektronische Konstruktion, ausgeführt in Form eines Hundes und auf die Erde gesandt, um Informationen zu sammeln«, erklärte Rasswetow mit gesenkter Stimme. »Sehen Sie ihn genauer an.«

»Großer Gott, er hat ja sechs Beine! Warum haben Sie das nicht gleich gesagt?« ereiferte sich Anakonda. »Wozu hat er sechs Beine?«

»Rückversicherer von der Venus«, warf Rasswetow hin. »Das ist ihr Werk. Im großen und ganzen keine üble Konstruktion, aber um den Haltbarkeitskoeffizienten zu erhöhen, haben sie ein Paar Beine hinzugefügt . . . Also, was wollten Sie mir mitteilen? Haben Sie keine Scheu, wir haben diesem Dackel sofort das Sendesystem herausgeschraubt, so daß die auf der Venus nichts erfahren werden.«

»Ich möchte, daß auch auf der Erde keiner was erfährt«, erklärte Anakonda. »Gleich zeige ich Ihnen auch eine Konstruktion. Aber lesen Sie erst, was hier geschrieben steht.« Und er drückte Rasswetow den geheimnisvollen Umschlag in die Hand.

Rasswetow las, was auf dem Umschlag stand, schüttelte den Kopf, sagte aber nichts.

Da nahm Juri den Ball aus der Tasche, und der hing sogleich in der Luft. Der bioelektrische Hund sprang bei

Konstantins Anblick vom Teppich, zog den Schwanz ein und rannte kläglich winselnd ins Nebenzimmer.

»Ein höchst seltsamer Ball«, sagte Rasswetow nachdenklich. »Ist er nicht aggressiv?«

»Nein, Sie können ihn in die Hand nehmen. Er beißt nicht. Das wär mir noch lieber als so was.«

Rasswetow hielt den Ball eine Weile in der Hand und ließ ihn dann los. Konstantin nahm seinen Platz in der Luft wieder ein. »Ein höchst seltsamer Ball«, wiederholte Rasswetow. »Soviel ich weiß, gibt es in der Geschichte keine analogen Fälle. Das spezifische Gewicht scheint höher als bei Blei zu sein. Sagen Sie, ändert sich häufig seine Temperatur?«

»Sie ändert sich überhaupt nicht. Nicht einmal, wenn er ins Feuer geworfen wird. Er bleibt immer so kalt.«

»Seltsames Objekt«, sagte Rasswetow zum drittenmal. »Erzählen Sie, wie und wann Sie mit ihm in Berührung gekommen sind. Was ging dem Augenblick voraus, als er Kontakt mit Ihnen aufnahm? Sagen Sie mir alles ohne Vorbehalt, wie einem Arzt.«

»Ich werde Ihnen die ganze Wahrheit erzählen«, erklärte Juri, »aber Sie müssen mir versprechen, daß außerhalb des Instituts niemand von dem Ball erfährt.«

»Das will ich Ihnen gern versprechen«, antwortete Rasswetow. »Aber sollte sich im Prozeß der Erforschung des Balls herausstellen, daß durch Wahrung des Geheimnisses Leben und Gesundheit anderer Menschen bedroht sind oder die Möglichkeit besteht, daß Informationen von der Erde auf einen anderen Planeten gelangen, muß ich mein Versprechen zurücknehmen.«

»Ich verstehe Sie«, sagte Anakonda. »Natürlich, wenn der Ball anderen Menschen Schaden zufügen kann, muß das Geheimnis geopfert werden . . . Aber nun hören Sie.«

Juris Erzählung dauerte lange. Rasswetow hörte aufmerksam zu. Dann führte er Anakonda in ein Laboratorium, wo der Ball verschiedenen Tests unterzogen wurde.

Gegen Abend verließ Juri mit Konstantin das Institut, und von nun an ging er die ganze Woche zum Institut wie zur Arbeit. Was wurde mit Konstantin nicht alles angestellt! Er wurde in einen Thermostat gelegt, in schärfste Säuren und Laugen getaucht, wurde elektrischem Strom ausgesetzt, mit einem Vorschlaghammer bearbeitet, in Zement gemauert, mit Stahl- und Bleiplatten abgedeckt. Gegen Ende der Woche faßte Rasswetow die Untersuchungsergebnisse zusammen und händigte Juri eine Kopie des Berichts aus.

Forschungsinstitut	Registrierkarte Nr. 19/s
Arbeitsbezeichnung des zu untersuchenden Objekts: AEASB *(alldurchdringender exterritorialer außerirdischer selbstgelenkter Ball)*	Analoga in der Kartei ungeklärter Erscheinungen: *keine Analoga*
Erscheinungsbild des Objekts im Zustand der Ruhe: *ein Ball von ebenmäßiger Form und dunkler Farbe*	Gefährlichkeitsgrad nach dem 12stufigen Kargersystems bei Aggressivität: *12. Stufe nach Karger*

A. Physikalisch-chemische Eigenschaften:

1. Durchmesser: *77,631 mm*
2. Atomgewicht: *265,24*
3. Spezifische Wärmekapazität: *keine*
4. Schmelzpunkt: *nicht geklärt*
5. Reaktion auf Säuren: *keine*
6. Reaktion auf Laugen: *keine*
7. Radioaktivität: *keine*
8. Elektrische Leitfähigkeit: *keine*

B. Psychologische Eigenschaften:

1. *Vernunftsbegabt*
2. *Nicht emotional*
3. *Nicht aggressiv* (s. Punkt 1 »Besondere Merkmale«)
4. *Befähigt, Ereignisse vorauszusehen*
5. *Befähigt, vielseitige Schutzfunktionen gegenüber dem Wesen auszuüben, mit dem er Kontakt aufgenommen hat*

C. Mechanisch-funkionelle Besonderheiten und Anomalien:

1. *Obwohl der Wichte nach schwerer als Wasser und atmosphärische Luft, schwimmt er und schwebt in der Luft*
2. *Überwindet mühelos jedes beliebige Medium*
3. *Zu vielseitigen physikalischen, chemischen und mechanischen Handlungen befähigt*
4. *Universell*
5. *Autonom*
6. *Nicht durch irdische Mittel zerstörbar*

Besondere Merkmale:

1. *Ist entweder nicht auf Zerstörung lebendigen Stoffes programmiert oder hat selbständig den Entschluß gefaßt, Eiweißverbindungen keinen Schaden zuzufügen*
2. *Physikalisch exterritorial*
3. *Quelle der Energiespeisung unbekannt*
4. *Entstehungsort ungeklärt*

Anakonda las den Bericht aufmerksam durch.

»Wie ist das zu verstehen -›physikalisch exterritorial‹?« fragte er Rasswetow.

»Als wir den AEASB untersuchten, mußten wir diesen wissenschaftlichen Arbeitsbegriff einführen. Der AEASB ist in dem Sinne exterritorial, daß er, obwohl er sich auf der Erde befindet, nicht den physikalischen Gesetzen der Erde unterworfen ist, sondern den Gesetzen jenes Sternensystems, von dem er gekommen ist.«

»Das alles macht mir wenig Freude«, sagte Juri. »Hier in dem Bericht steht kein Wort darüber, wie ich den Ball loswerden kann. Denken Sie, es fällt mir leicht, ihn immer mit mir herumzuschleppen? Er hat mir schon sämtliche Sehnen ausgedehnt. Von der psychischen Seite ganz zu schweigen.«

»Leider kann ich Ihnen keine praktischen Empfehlungen geben. Der Fall ist zu ungewöhnlich. Ich fürchte, die beste Variante für Sie wird sein, den Status quo beizubehalten und sich mit dem Gedanken zu trösten, daß Sie der einzige Mensch auf der Welt sind, der mit einem so ungewöhnlichen interplanetaren Objekt Verbindung aufgenommen hat.«

»Zum Teufel mit solchen interplanetaren Kontakten!« rief Anakonda. »Und warum hat er sich ausgerechnet an mich gehängt?«

»Vielleicht hat der AEASB Sie schon früher beobachtet. Er brauchte für sein Experiment einen Menschen mit ganz bestimmtem Charakter ... Nun, sagen wir, einen, der im Grunde seines Wesens rechtschaffen ist, aber einer Versuchung nicht immer standhalten kann. Der Kontakt war in dem Moment hergestellt, als Sie beschlossen, das Geld zu verwenden. Von da an nahm der AEASB Sie unter Beobachtung und Schutz. Solange der Kontakt besteht, läßt der AEASB nicht zu, daß Ihnen ein Haar gekrümmt wird. Er ist so allmächtig, daß er Ihr Leben und Ihre Unversehrtheit sichert, selbst wenn Sie in das Epizentrum einer Atombombenexplosion geraten sollten.«

»So eine Unversehrtheit brauche ich nicht, Genosse Rasswetow! Ich möchte normal leben, und dann normal sterben ... Und wenn ich mich dem Gericht stelle, Genosse Rasswetow? So und so, ich hab mir Zehntausend angeeignet, verurteilen Sie mich zu einer Gefängnisstrafe. Vielleicht läßt der Ball im Gefängnis von mir ab?«

»Ein irdisches Gericht droht Ihnen nicht«, antwortete Rasswetow. »Vom juristischen Standpunkt aus haben Sie keinen Diebstahl begangen, sich nicht mal eine Fundsache angeeignet. Der AEASB hat Ihnen faktisch das Geld untergeschoben, oder, wenn Sie so wollen, angeboten. Da der AEASB materiell existiert und als denkendes und vernunftbegabtes Wesen auftritt, kann er vollauf als juristische Person und vorheriger Besitzer des Geldes angesehen werden. So daß Sie de jure und de facto die Zehntausend von einer juristischen Person – dem AEASB – als Geschenk erhalten haben. Folglich haben Sie weder vor dem Gesetz noch vor den Menschen ein Verbrechen begangen. Sie haben ein Verbrechen vor sich selbst begangen, genauer gesagt, an sich selber.«

»Moment mal, Genosse Rasswetow, der Ball kann dieses Geld doch nicht durch ehrliche Arbeit verdient haben. Er hat es irgendwo gestohlen oder aber gefälscht. Also habe ich das Recht, als Mittäter verurteilt zu werden.«

»Nach einer Woche Umgang mit dem AEASB bin ich zu folgendem Schluß gekommen: Wenn er auch den physikalischen Gesetzen der Erde nicht unterworfen ist, so verhält er sich zu den menschlichen Gesetzen und Regeln doch mit dem nötigen Respekt. Er ist zu klug und zu mächtig, um die Erde in überflüssiges Chaos zu stürzen. Natürlich könnte er alle Banken der Welt ausrauben oder Milliarden Falschgeld drucken, aber ich glaube, er geht nicht diesen Weg ... Verehrter AEASB, sagen Sie bitte, wie sind Sie zu den zehntausend Rubeln gekommen?« wandte sich Rasswetow an den Ball.

Konstantin erstrahlte in grünem Licht, und an der Wand erschien eine Leuchtschrift, die langsam wieder erlosch:

$$1 = 0; \qquad 0 = 1$$

»Jetzt ist alles klar«, sagte Rasswetow. »Er erneuert Banknoten. Täglich und stündlich geht ein physikalischer Verlust von Geldscheinen vor sich; sie verbrennen bei Feuersbrünsten, versinken bei Schiffskatastrophen, sind nicht mehr im Umlauf. Und diese Banknoten stellt der AEASB wieder her. Machen wir einen kleinen Versuch.«

Mit diesen Worten zog Rasswetow einen Dreirubelschein und Streichhölzer aus der Jackentasche. Er notierte die Seriennummer des grünen Geldscheins und zündete ihn an. Als das Papier verbrannt war, bat Rasswetow Konstantin: »Stellen Sie ihn bitte wieder her!«

Der Ball leuchtete für einen Augenblick blau auf, dann fuhr er eine Schiene mit einer kleinen Platte aus. Von der Platte fiel ein Dreirubelschein auf den Tisch. Der Ball zog die Schiene wieder ein.

»Es ist derselbe Geldschein, die Seriennummer stimmt überein«, verkündete Rasswetow. »Haben Sie vielen Dank, verehrter AEASB! Ich werde diesen Schein bis ans Ende meiner Tage aufheben . . . Aber vielleicht sagen Sie uns trotzdem, woher Sie zu uns gekommen sind und weshalb?«

Der dunkle Ball hing stumm und reglos in der Luft, drei Schritt von Anakonda entfernt.

»So hängt er mir dauernd vor Augen, und ich kann nichts dagegen machen«, sagte Juri. »Gibt es denn wirklich keinen Ausweg, Genosse Rasswetow?«

»Ich habe kein Recht, Ihnen Ihr Verhalten vorzuschreiben«, antwortete Rasswetow. »Aber da alles mit dem Geld angefangen hat, scheint mir, daß man bei diesem Punkt mit den Überlegungen ansetzen muß. Also, der AEASB hat Ihnen zehntausend Rubel eingehändigt. Ihn interessiert, wie Sie sich bei Besitz des Geldes verhalten. Solange Sie noch eine Kopeke von dieser Summe haben, bleiben die Beziehungen des AEASB zu Ihnen so, wie sie jetzt sind. Das heißt, Sie werden unter der Ägide des AEASB leben; er wird Sie beobachten und Sie gleichzeitig vor allen physischen Gefahren schützen, Ihnen vielleicht sogar medizinische Hilfe leisten. Solange Sie noch Geld des AEASB besitzen, sind Sie praktisch unsterblich. Aber das ist eine ziemlich traurige Unsterblichkeit. Stellen wir uns nun eine andere Variante Ihres Verhaltens vor. Sie geben auf schnellstem Weg das ganze Geld aus, und der AEASB verläßt Sie, denn nach logischem Ermessen ist dann seine Mission beendet, das Experiment durchgeführt. Aber in diesem Fall sind mehrere Varianten denkbar. Variante A: Der AEASB verläßt Sie, ohne daß es Folgen für Sie hätte; Variante B: Der AEASB verläßt Sie, nachdem er eine letale Aktion an Ihnen vorgenommen hat, um keinen unnötigen Zeugen auf der Erde zurückzulassen. Denn wenn Sie nicht mehr sein Mündel sind, oder, um es genauer zu sagen, sein Versuchsobjekt . . .«

»Ach so sieht das aus! Er kann mich also auch umbringen?«

»Ja. Vergessen Sie nicht, daß der AEASB bei all seinem Verstand keinerlei Emotion hat, er ist ein reiner Pragmatiker. Wenn er es für zweckdienlich hält . . .«

»Na, da bin ich ja in was reingerasselt!« sagte Anakonda und nahm den Rucksack mit dem Ball. »Also dann, Genosse Rasswetow, vielen Dank für die Aussprache . . . Aber Sie werden doch Wort halten? Ich hoffe, daß mein Kontakt zu dem Ball nicht in der Presse ausposaunt wird.«

»Nein, nein. Das hätte nur dann Sinn, wenn die Menschen über irgendwelche Mittel verfügten, auf den AEASB einzuwirken. Aber der ist allmächtig, alldurchdringend und unzerstörbar. Pressemitteilungen würden nur eine weltweite Panik auslösen. Zum Abschluß möchte ich Ihnen eine Bitte vortragen. Der AEASB kennt vorzüglich die materielle Welt und ist imstande, sie umzugestalten und sich gefügig zu machen. Die psychische Welt des Menschen aber kennt er unzureichend und studiert sie in gewissem Maße an Ihnen. Vielleicht sind Sie für ihn das Normal. Aber wenn dem so ist, kann er nach diesem Normal ein Urteil über die gesamte Menschheit fällen. Also verhalten Sie sich dem AEASB gegenüber möglichst taktvoll, oder, wie man früher sagte, tolerant.«

Eine wichtige Entscheidung

Nach Hause zurückgekehrt, ließ Anakonda Konstantin aus der Tasche, und der blieb wie gewöhnlich in der Luft hängen. Juri überlegte. Wie sollte er vorgehen: das Geld auf schnellstem Wege ausgeben und einer möglichen Befreiung beziehungsweise seinem Ende entgegensehen oder mit dem Geld haushalten und ein trauriges Dasein unter Konstantins Macht fristen? Wie sollte er sich entscheiden?

Bis in die Nacht saß er und grübelte. Dann stand er auf und trat ans Fenster. Er dachte: Wenn an der Bank dort unten ein Mann vorübergeht – muß ich mit dem Geld haushalten; wenn es eine Frau ist – muß ich das Geld furchtlos ausgeben. Im nächsten Moment bog ein Mädchen in Blau aus der Allee und ging mit leichtem Schritt an der Bank vorbei. Im durchsichtigen Dämmer der weißen Nacht kam Juri ihr Gesicht bekannt vor. Das war ja Leoncavalla! Jenes sympathische Mädchen, das er einmal durchs Fernglas gesehen hatte!

»Ich werde das Geld restlos ausgeben«, verkündete Anakonda seinen Entschluß. »Entweder ich sterbe, oder ich werde wieder ein Mensch.«

Kaum hatte er dies ausgesprochen, wurde behutsam an die Wand geklopft, und aus dem Nebenzimmer kam Wawiks Stimme: »Juri, könnten Sie nicht auf einen Sprung zu mir kommen?«

Anakonda ging zu ihm. Konstantin schwebte hinter ihm her.

Im Zimmer brannte kein Licht. Wawik saß im Zahnarztstuhl, der mit Bolzen fest im Parkett verankert war, am Fenster. Das Haupt des Beobachters ruhte bequem auf der verstellbaren Kopfstütze. Das Fernrohr hing an einem ausgeklügelten System von Seilen und Stangen.

»So lebe ich nun, versunken in die Welt des Schönen«, begann Wawik rührselig. »Aber leider fahren die Mädchen über die Ferien weg. Ich weiß, sie kommen im Herbst wieder, braungebrannt, noch schöner, bringen das Aroma von Feldmargeriten mit, den Duft von Waldmaiglöckchen . . .«

»Wawilon Viktorowitsch, den Duft können Sie doch nicht durchs Fernrohr sehen«, unterbrach ihn Juri.

»Ach, stutzen Sie meinem Traum nicht die Flügel!« entgegnete Wawik schmachtend. Und dann in anderem Ton: »Sie sind natürlich mit dem Ball hier? Ah, ich seh schon, er ist gesund und munter, unser lieber Kleiner . . . Juri, wir sollten wieder mal miteinander reden wie ein Assistent mit dem andern.«

»Wollen Sie wieder Geld?« fragte ihn Anakonda auf den Kopf zu.

»Mein junger Freund, warum so grob, so schmalspurig! Geld brauch ich nicht, ich muß meine Optik verstärken. Verstehen Sie, ein Bekannter von mir verkauft ein kleines tragbares Teleskop. Er verlangt dafür ganze achtzig Louisdors.«

»Ich gebe Ihnen diese Louisdors«, sagte Juri gelassen. »Mir tut's um die Louisdors nicht mehr leid.«

Eine unverhoffte Variante

Am andern Tag ging Juri, seinen Konstantin in der Tasche, zur Vertretung der Aeroflot. Er hatte beschlossen, nach Sotschi zu fliegen. Die Weintraubenzeit hatte noch nicht begonnen, und Anakonda erstand ohne weiteres ein Ticket für die TU-104. Dann ging er ins Kaufhaus, wo er einen halbwegs brauchbaren Koffer erwarb.

»Sie wollen verreisen?« fragte Wawik, als er Juri mit dem Koffer nach Hause kommen sah.

»Ja, ich fliege morgen ans Schwarze Meer.«

»Ich freue mich für Sie . . . Im Süden gibt es so viel Schönes, das der Beobachtung wert ist. Ach ja, Sonne,

Meer, braungebrannte Mädchen am Strand, Festtag des Seins und des Bewußtseins! Wie schade, daß Sie nur ein Ticket gekauft haben! Sie haben nicht an Wawilon Viktorowitsch gedacht, an den Menschen, der fremde Geheimnisse so zuverlässig hütet!«

»Na schön, Wawilon Viktorowitsch, nehmen Sie mein Ticket. Und hier haben Sie Geld für den Rückflug und alle sonstigen Ausgaben. Ich will nicht mehr fliegen«, sagte Anakonda mit fester Stimme. Er hatte begriffen, die beste Methode, Wawik wenigstens für eine Weile loszuwerden, war, ihn in den Süden zu schicken und selber in der Stadt zu bleiben. Konstantin hätte ihm das Kurortleben ohnehin sehr erschwert.

»Danke, Juri!« stieß Wawik hervor und wandte sich hastig ab, um Tränen der Ergriffenheit zu verbergen.

Am nächsten Morgen fuhr Wawilon Viktorowitsch, nachdem er Strandutensilien und Fernrohr in den von Juri entliehenen Koffer gepackt hatte, zum Flugplatz und erhob sich in die Luft. Unten schlummerte in leichtem Dunst, wie in ein hauchdünnes Nylonhemd gehüllt, eine grüne Ebene. Bald darauf zeigte sich unter der rechten Tragfläche das Mattgrün des Meeres; links lagen brünette Berge in Büstenhaltern aus ewigem Schnee.

Am selben Tag nahm Anakonda verstärkte Geldausgaben in Angriff. Hatte er sich aber noch kürzlich Dinge gekauft, die einen praktischen Sinn besaßen, so floß das Geld jetzt durch andere Kanäle. Er ging auf den Markt, kaufte dort alle Blumen auf und verteilte sie sodann auf der Straße an vorbeikommende Mädchen. Am Abend suchte er eine Grillbar auf und verkündete lautstark, er habe Geburtstag und wolle darum alle freihalten. Die meisten wiesen solch einmaliges Anerbieten beleidigt zurück, aber es fanden sich auch welche, denen es überaus gelegen kam. Juri war im Handumdrehen von Schmeichlern und Schmarotzern umschwärmt. Von dem Tage an begann das Geld dahinzuschmelzen wie Zucker im Tee.

Nach einer Woche stellte Anakonda fest, daß ihm noch dreißig Rubel geblieben waren. Und zwei Tage später – Juri wachte mit schwerem Kopf nach einem Zechgelage mit seinen neuen Freunden auf – fand er in seiner Jakkentasche nur noch einen Zehnrubelschein. Er durchwühlte die übrigen Taschen, es kamen noch zwei Rubel und sechzig Kopeken zusammen. Da wußte er, daß der entscheidende Tag angebrochen war. Er würde nun das letzte Geld ausgeben – und der Ball würde entweder fortfliegen und ihn von seinem Joch erlösen oder ... Komme, was wolle!

Anakonda nahm die Tasche mit Konstantin und betrat das nächstgelegene Restaurant. Nachdem er kräftig zu Mittag gegessen hatte, schlenderte er durch die Straßen, bis es Abend wurde. Die weißen Nächte gingen zu Ende, und warme Finsternis senkte sich auf die Stadt. In der Newa spiegelten sich die Lichter der Brückenlaternen. Leuchtreklamen strahlten auf dem Newskiprospekt in fröhlichen Farben. Auf den Gehsteigen flanierten glückliche Pärchen, gingen schöne Mädchen spazieren. Das alles sehe ich vielleicht zum letztenmal, dachte Juri mit Abschiedskummer, während er nach Hause trottete.

Im Lebensmittelgeschäft an der Ecke kaufte Anakonda eine Flasche Kognak – wenn schon zugrunde gehen, dann mit Kognak! Außerdem kaufte er noch ein Päckchen Zigaretten Marke »Opal« und Streichhölzer. Jetzt besaß er noch ein Fünfkopekenstück. Nur dieses Fünfkopekenstück verband ihn noch mit Konstantin, und vielleicht auch mit dem Leben.

Zu Hause ließ er den Ball aus der Tasche, und der hing wie immer drei Schritt von ihm entfernt in der Luft. Dann goß sich Juri ein Wasserglas voll Kognak, trank es in einem Zug aus, ohne etwas nachzuessen, und steckte sich eine Zigarette an. Gleich darauf trank er ein zweites Glas. Trunkene Wärme breitete sich in seinem Körper aus, die Welt begann zu pulsieren. Die Zimmerwände liefen bald auseinander, bald rückten sie zusammen, als wollten sie Juri zerquetschen. Schließlich nahm er den verheißungsvollen Fünfer aus der Tasche und trat ans Fenster.

Die Häuser vor dem Fenster schwankten, die Stadtlichter flammten auf und erloschen, flammten auf und erloschen, wie SOS-Signale. Im Wohnheim gegenüber brannte nur in einem Fenster Licht, im vierten von außen. Anakonda kam es vor, als sitze auf dem Fensterbrett das Mädchen in Blau – Leoncavalla. Plötzlich raste das Fenster in die Höhe und erlosch. Juri warf den Fünfer. Der fiel mit stillem Klang aufs Pflaster. Aus, vorbei . . .

Er drehte sich um. Konstantin hing wie immer in der Luft, drei Schritt von ihm entfernt. Die wissenschaftliche Voraussage Rasswetows hatte sich nicht erfüllt. Der Ball hatte eine eigene unerwartete Variante gewählt: er hatte beschlossen, für immer bei Juri zu bleiben. Ein krankhafter Gedanke schoß Anakonda durchs Hirn: Wie wär's, wenn ich mich aufhänge? Freilich geh ich dabei drauf, aber anders kann ich Konstantin nicht loswerden.

Er torkelte zum Bett, bückte sich und zog ein Seil darunter hervor. Früher hatte er einem Zirkel junger Alpinisten angehört, und dieses Seil war Bestandteil seiner Ausrüstung gewesen. Juri machte eine Zerreißprobe – aber es war sehr stabil. Er mußte nicht lange überlegen, wo er es befestigen könnte. Über der Tür ragten zwei dicke Eisenhaken, an denen früher eine Portiere gehangen hatte. Er brauchte sich bloß einen auszusuchen.

Der Ball leuchtete lautlos in traurig-bläulichem Licht auf. Im selben Moment verwandelte sich das Seil in grauen Mulm, zerfiel zu fasrigem Staub. Die Haken verschwanden. Dort, wo sie gesessen hatten, waren jetzt kleine dunkle Löcher.

»Sich ganz normal aufhängen, nicht mal das gönnst du einem!« schrie Anakonda und drohte Konstantin mit der Faust. »Aber ich überliste dich!«

Er rannte zum offenen Fenster, sprang aufs Fensterbrett, umfaßte den Kopf mit beiden Händen und stürzte sich hinunter. Die menschenleere Straße, die dunklen Bäume der Grünanlage, die schwarzen Gitterstäbe der Umzäunung – alles raste ihm entgegen. Im selben Augenblick hielt eine elastische Kraft sein Fallen auf. Er blieb über der Straße in einer Hängematte stecken, geknüpft aus feinsten eiskalten Sprungfedern, und der Ball schwebte über ihm. Dann hob Konstantin Juri aufs Fensterbrett, holte die Leinen ein und zog ihn ins Zimmer.

Anakonda warf sich weinend aufs Bett.

Ein schimpfliches Leben

Juri wachte gegen Mittag auf. Er hatte einen Brummschädel. Ihm war schlecht. Der Ball hing wie immer in der Luft, drei Schritt vom Bett entfernt. Juri dachte an die Erlebnisse vom Vorabend und stöhnte auf. Was sollte er jetzt tun? Konstantin würde immer und ewig bei ihm bleiben. Vom Geld war keine Kopeke mehr da, sein Leben war zerstört, und sterben durfte er auch nicht ... Was sollte er tun?

Er stand widerwillig auf, zog sich träge an, ging zum Tisch und warf einen Blick auf die leere Flasche. Als er das Geld mit vollen Händen ausgab, hatte er sich angewöhnt, morgens einen Ernüchterungsschluck zu trinken, aber jetzt hatte er ja keine Kopeke mehr. Freilich besaß er noch alle möglichen Sachen – das Tonbandgerät, den Fotoapparat, einiges an Kleidung. Er könnte es in einen Kommissionsladen bringen. Aber da würde er das Geld nicht gleich bekommen, mußte warten, bis die Sachen verkauft waren. Und was sollte er so lange essen! Aus der Redaktion war er entlassen, dort um etwas zu bitten wäre peinlich. Was sollte er tun?

Der Ball erhellte das Zimmer mit blauem Licht. Er fuhr wieder die Schiene mit der viereckigen Platte aus. Von der Platte fielen zwei abgegriffene Rubelscheine auf den Tisch.

»Du hast also beschlossen, für meinen Unterhalt aufzukommen.« Anakonda grinste schief. »Großzügig bist du nicht grade, Konstantin. Aber auch dafür danke . . . Was soll's, kriech in die Tasche, wir kaufen was zu essen und zu trinken.«

Zuerst kaufte Juri eine Viertelliterflasche Moskowskaja und ein Päckchen Zigaretten Marke »Pamir«, dann dreihundert Gramm drittklassige Leberwurst und Brot. Wieder zu Hause, nahm er die Einkäufe und Konstantin aus der Tasche, stellte den Wodka auf den Tisch. Nach dem ersten Gläschen aß er etwas Wurst, steckte sich eine Zigarette an und dachte über sich nach: So schlecht ist das gar nicht. Mit Wodka kann man leben. Und vor allem, an Wodka kann man sterben, und dagegen bist du machtlos, mein Freund Konstantin. Ich werde systematisch trinken, werde mich zu Tode trinken, und dann ist dieses schimpfliche Leben vorbei.

Der Ball leuchtete in grünem Licht auf. Ein dünnes Strahlenbündel schoß zur Flasche und erlosch. Schlimmes ahnend, goß sich Anakonda mit zitternder Hand ein zweites Gläschen ein, führte es an die Lippen und spuckte gleich darauf die Flüssigkeit angewidert auf den Boden. Der Wodka hatte sich in Wasser verwandelt.

Für Juri begann ein alkoholloses, arbeitsloses, trostloses Leben. Jeden Morgen bekam er von Konstantin zwei Rubel, legte den Ball in den Rucksack und ging einkaufen. Dann nahm er ein bescheidenes Frühstück zu sich, ergriff den Rucksack mit Konstantin und irrte in der Stadt umher. Ohne nach links und rechts zu blicken, die Augen auf den Asphalt geheftet, trottete er dahin und wußte selber nicht, wohin – bloß nicht zu Hause sitzen. In seinem Zimmer befiel ihn Schwermut, außerdem konnte er nicht die ganze Zeit in der Wohnung zubringen: die Nachbarn sahen ihn schon schief an, wunderten sich, daß er nicht zur Arbeit ging. Also strich er durch die Straßen. Den Rucksack mit Konstantin trug er jetzt auf dem Rücken. Er hatte sich schon fast daran gewöhnt, so wie sich ein Buckliger an seinen Buckel gewöhnt.

War Anakonda bis zum Umfallen in der Stadt umhergeirrt, kehrte er heim, machte sich unlustig ein einfaches Mittagessen, aß es unlustig – und zog wieder los. Er ließ sich gehen, rasierte sich nicht mehr; sein neuer teurer Anzug wurde dreckig und glänzte speckig, aber er säuberte ihn nicht. Er erhoffte nichts mehr und erstrebte nichts mehr und ging den Menschen immer mehr aus dem Weg. Seine Bedürfnisse reduzierten sich auf die Nahrung, und auch da war ihm gleich, was er aß. Die zwei Rubel, die ihm Konstantin gab, reichten ihm zum Leben. Natürlich, er hatte Sachen, die er verkaufen konnte, aber er war zu faul, sie in den Kommissionsladen zu bringen. Und was sollte er jetzt auch mit überschüssigem Geld? Wenn er abends nach Hause kam, trank er Tee, aß Brot dazu, legte sich ins Bett und schlief sofort ein. Er träumte nichts. Der Ball schien sogar die Träume von ihm fernzuhalten.

Leoncavalla-Tanja

Es war Mitte August. Juri war durch die Stadt gestrichen und fühlte, daß es Zeit zum Mittagessen war. Den Rucksack auf den Schultern, ging er durch die Grünanlage auf sein Haus zu. Er hatte es nicht eilig. An diesem Tag zog es ihn überhaupt nicht in seine vier Wände. Am Vortag nämlich war Wawik aus dem Süden heimgekehrt, und es hatte eine unangenehme Szene gegeben.

Wawik war abgemagert, sein linkes Augenlid zuckte nervös. Er war höchst unzufrieden, daß ihn Juri in den Süden geschickt hatte; keine zehn Pferde würden ihn da wieder hinbringen. Wie sich herausstellte, war er von einer Frau beobachtet worden, als er im Pyjama und mit Fernrohr wie ein Scharfschütze Position auf einem Felsen bezog, der sich unweit des Frauen-Nacktbadestrandes befand. Die Frau erhob Geschrei, andere Frauen kamen herbeigelaufen. Sie kreischten, kniffen Wawik und schlugen ihm sogar das Fernrohr um die Ohren. Es wurde stark beschädigt und mußte repariert werden.

»Aber Wawilon Viktorowitsch, Sie haben doch noch das Fernglas und das tragbare Teleskop«, bemerkte Juri.

»Das bestreite ich nicht. Aber jeder Mensch möchte doch gern ein vollständiges Sortiment an optischen Instrumenten haben. Außerdem habe ich mich völlig verausgabt im Süden, wo Sie mich ja hingeschickt haben . . .«

»Wawilon Viktorowitsch, meine materielle Lage ist sehr wacklig geworden. Wenn Sie wollen, nehmen Sie das Tonbandgerät. Sie können es verkaufen. Und hier den Pullover. Es ist zwar ein Frauenpullover, aber den kriegen Sie auch los.«

»Sie machen mich froh, mein junger Freund. Aber könnten Sie mir nicht auch mit Bargeld aushelfen?«

»Wawilon Viktorowitsch, ich hab kein Bargeld. Der Ball gibt mir zwei Rubel am Tag.«

»Juri, wenn Sie mir jeden Tag ein Viertel dieser Summe überlassen, wird es nur zu Ihrem Vorteil sein.«

»Aber Wawilon Viktorowitsch, was nutzen Ihnen meine fünfzig Kopeken?«

»Ach, Juri, ich bin nicht habgierig. Aber die Optik fordert Opfer. Ich habe beschlossen, für ein Scherenfernrohr zu sparen. Dann werde ich die Welt des Schönen noch besser beobachten können.«

Anakonda widersprach nicht, ihm war schon alles gleichgültig. Er angelte aus der Jackentasche zwei Fünfzehnkopekenstücke und ein Zwanzigkopekenstück. Wawik streckte die Hand aus. Konstantin hüllte sich für einen Moment in eine durchsichtig-opalfarbene Wolke.

»Ich danke Ihnen, Juri!« sagte Wawik und nahm das

Geld, aber plötzlich schrie er vor Schmerz auf, ließ die Münzen fallen und blies sich auf die Finger. »Das werde ich Ihnen nicht verzeihen! Mir glühende Münzen zu geben! Eine Unverschämtheit so was!«

»Das war der Ball ... Er will meinen Lebensstandard schützen«, sagte Juri und bückte sich nach den Münzen. Sie waren überhaupt nicht heiß.

»Eine Unverschämtheit!« wiederholte Wawik. »Sie mit Ihrem dunklen Ball, Sie hätten schon längst vor der Bevölkerung entlarvt werden müssen. Gleich morgen zeig ich Sie bei der Hausverwaltung an!« Er hatte sich das Tonbandgerät und den für Kira gekauften Pullover geschnappt, war aus dem Zimmer gerannt und hatte wütend die Tür hinter sich zugeschlagen.

Ja, heute zog es Juri überhaupt nicht nach Hause. Durchaus möglich, daß dort neue Unannehmlichkeiten auf ihn warteten. Darum nahm er den Rucksack ab, setzte sich auf eine Bank und steckte sich eine Zigarette an. Um den Moment des Heimgehens hinauszuzögern, rauchte er langsam, mit Gefühl, mit Verstand, und sann darüber nach, daß ihm wenigstens das Rauchen geblieben war, das hatte ihm Konstantin noch nicht verboten.

So saß er allein auf der Bank, ganz an der Seite, in der Nähe eines gipsernen Aschenbechers. Auf der anderen Seite der Allee dösten auf genauso einer Bank zwei Rentner. Die Grünanlage war fast menschenleer; jedes Jahr im August verwaist Leningrad: viele Erwachsene sind in Urlaub, alle Kinder auf der Datsche oder in Pionierlagern. Es war still. Der Himmel, von leichtem Wolkendunst verhangen, sandte gleichmäßiges mildes Licht.

Von links waren gedämpfte Schritte zu hören. Juri drehte sich um. Die Allee entlang kam Leoncavalla. Er erkannte sie sofort, obwohl sie diesmal ein helles Baumwollkleid trug. In der Hand hielt sie eine kleine Tasche, auf der tanzende Frösche auf weißglänzendem Grund abgebildet waren. Wenn sie sich auf die Bank setzt, heißt das, in meinem Leben ist noch nicht alles verloren, gibt es noch Hoffnung, den Ball loszuwerden, dachte Juri. Sein Herz klopfte plötzlich so, als stürze er in einen Abgrund oder fliege zum Himmel auf, gradewegs zur Sonne.

Sie ging mit leichtem Schritt an der Bank vorbei, blieb dann plötzlich stehen, als sei ihr etwas eingefallen, trat einen Schritt zurück und setzte sich ans äußerste Bankende, legte die Tasche neben sich.

»Danke, Leoncavalla!« entfuhr es Juri.

Das Mädchen sah ihn erstaunt, aber keineswegs unfreundlich an. Dann trat ein besorgter Ausdruck in ihr Gesicht. Sie rückte näher zu Juri. »Ist Ihnen nicht gut?« fragte sie sanft und treuherzig. »Warum sind Sie so blaß geworden? Soll ich Ihnen ein Glas Wasser holen?«

»Nein, nein, es ist nichts ... Das kommt, weil ich so lange auf den Beinen war ... ich bin stundenlang rumgelaufen ... Sie brauchen sich nicht zu beunruhigen ...« Juri hatte so lange mit keinem Menschen mehr gesprochen (abgesehen von Wawik), daß er nach Worten suchen mußte.

»Ja, sieht so aus, als ginge es Ihnen wieder besser«, sagte das Mädchen. »Sie sind nicht mehr ganz so blaß ... Aber warum haben Sie Leoncavalla zu mir gesagt? Das war doch so ein Komponist. Ich heiße Tanja. Und wie heißen Sie?«

»Eigentlich war ich Anakonda. Wissen Sie, das ist so eine Schlange. Sie kommt am Oberlauf des Amazonas vor. Einzelne Exemplare erreichen eine Länge von zehneinhalb Metern. Aber aus mir ist kein Anakonda geworden.«

»War das Ihr Pseudonym?« erriet Tanja.

»Ja, genau. Ich wollte Journalist werden, aber ich hab kein Talent. Also bin ich einfach Juri. Ich wohne in dem Haus da.«

»Es gefällt mir, daß Sie so offen über sich sprechen. Ich glaube, Sie sind ein guter Mensch.«

»Da irren Sie sich. Ich habe etwas Schlechtes getan, also kann ich nicht gut sein. Diese Sache quält mich sehr ...«

»Nein, ich glaube nicht, daß Sie ein schlechter Mensch sind. Aber Sie sehen wirklich zerquält aus ... Ich bin Ihnen ein paarmal auf der Straße begegnet. Aber Sie gukken ja keinen Menschen an.«

»Ich kenne Ihr Gesicht auch. Ich hab Sie gesehen ...«

»Ich wohne im Wohnheim, gleich in dem Haus dort. Sie haben mich bestimmt auch manchmal auf der Straße gesehen ...«

»Ja, ja ... Aber warum sind Sie den Sommer über hier? Warum sind Sie in den Ferien nicht weggefahren?«

»Wohin sollte ich fahren? Ich habe keine Verwandten. Das heißt, in Pskow habe ich eine Tante, doch sie hat im April geheiratet, und ihr Häuschen ist sehr klein ... Aber im Sommer ist es in Leningrad gar nicht so schlecht. Gestern war ich wieder in der Ermitage, und morgen will ich ins Russische Museum.«

»Allein?«

»Ja. Was ist? Wenn Sie wollen, gehen wir zusammen.«

»Morgen hab ich sehr viel zu tun, da kann ich nicht«, schwindelte Juri.

Er hätte das Angebot sehr gern angenommen, doch er wußte, daß man ihn mit dem Rucksack in keine Gemäldegalerie lassen würde.

»Aber ich will übermorgen nach Mochowo fahren, Pilze sammeln. Möchten Sie nicht mitkommen?« Dieser Gedanke an Wald und Pilze war ihm ganz plötzlich gekommen.

»Ja«, antwortete Tanja. »Ich gehe sehr gern in die Pilze. Und wo treffen wir uns?«

»Am besten hier, um sieben Uhr morgens.«

Juri nahm nicht den Fahrstuhl, er rannte die fünf Stockwerke hoch, ohne die Last des Balls auf seinem Rücken zu spüren. Obwohl er Tanja erst in zwei Tagen wiedersehen würde, wollte er sich unverzüglich ein menschenwürdiges Aussehen geben. Er rasierte sich sorgfältig und putzte seine Schuhe. Dann nahm er den unvermeidlichen Rucksack mit Konstantin und ging ins Bad, um dort sein Nylonhemd und seine Socken zu waschen. Im Korridor lief ihm Wawik über den Weg.

»Juri, ich hab mich gestern wohl ein bißchen hinreißen lassen«, sagte er leise. »Ich versichere Ihnen reinen Herzens: Ich werde Sie nicht anzeigen. Aber ich hoffe, auch Sie werden sich nicht über meine optischen Reisen in die Welt des Schönen verbreiten.«

»Werd ich nicht«, antwortete Juri kurz angebunden.

Wawik ging in sein Zimmer und trällerte:

»Nur Kamele tanzten früher Shimmy,
Botokuden liebten ihn, den Shimmy,
heute tanzt ihn schon die ganze Welt!«

Am nächsten Morgen baute sich Juri neben einem Kommissionsladen auf und verkaufte seinen Fotoapparat zu einem Schleuderpreis, er wollte nicht mit leeren Taschen über Land fahren.

Das Gespräch im Wald

Der Morgen des Rendezvous brach an, ein lichter und stiller Morgen. Als Juri in die Grünanlage kam, wartete Tanja dort schon auf ihn. Sie saß auf der Bank; als sie ihn erblickte, stand sie sofort auf und ging ihm entgegen. Sie trug ein einfaches graues Kleid und hatte eine Tasche bei sich, in der für alle Fälle ein Regenmantel lag.

»Na, in Ihr Täschchen gehen ja nicht viele Pilze«, sagte Juri.

»Dafür haben Sie einen großen Beutel«, antwortete Tanja lächelnd. »Was ist da drin?« Sie hob den Rucksack, der auf Juris Schultern hing, leicht an. »Oi, warum ist er denn so schwer?«

»Da ist ein Nylonmantel drin, falls das Wetter umschlägt. Und außerdem noch ein Ball. Er ist sehr schwer. Ich trage ihn zum Training, damit mir später bei Touristenwanderungen das Gepäck nicht so viel ausmacht«, antwortete Juri geistesgegenwärtig. Aber ihm war mit einem Schlag die Stimmung verdorben, und die ganze Fahrt über – in der Straßenbahn und dann in der elektrischen Vorortbahn – antwortete er zerstreut auf Tanjas Fragen. Der Gedanke an Konstantins grenzenlose Macht über ihn ließ ihm keine Ruhe.

Aber noch mehr verfinsterte sich Juri, als sie in Mochowo ausstiegen und in den Wald gingen. Dieser Wald erinnerte ihn an jenen anderen. Auch hier querte ein mit Espengestrüpp zugewachsener Schützengraben ihren Weg, und an halbverfaulten Pfosten hing verrosteter Stacheldraht. Auch hier war Kiefernwald, dann kam eine kleine Erhebung, und dahinter tat sich eine Niederung auf. Und wieder braute sich ein Gewitter zusammen – wie damals. Diesmal prallten am Himmel mächtige Kampfkräfte aufeinander. Anfangs waren die Schläge kurz und leise. Aber bald griff schwere Himmelsartillerie ein – Granatwerfer aus der Reserve des Oberkommandos. Die Entscheidungsschlacht wurde ausgetragen. Der Himmel donnerte und flammte. Auch die Erde bekam etwas ab. Splitter pfiffen durch die Zweige, schlugen auf die Blätter ein. Es roch nach brennendem Torf. Juri und Tanja standen, in ihre Regenmäntel gehüllt, unter einer Birke und suchten Schutz vor dem Hagel.

»Sie haben kein Glück mit mir«, sagte Juri düster. »Pilze haben wir bis jetzt noch keine gefunden, sind bloß wieder ins Gewitter gekommen. Haben Sie keine Angst?«

»Ein kleines bißchen, aber ich find's auch lustig«, antwortete das Mädchen. »Doch warum haben Sie ›wieder‹ gesagt?«

»Ich hab mich versprochen. Für Sie ist es nicht – wieder, aber für mich. Ich verbinde eine schlechte Erinnerung mit einem Gewitter.«

»Sie sind überhaupt sehr traurig. Als bedrückte Sie etwas.«

»Soll ich Ihnen erzählen, was mich bedrückt? Bestimmt werden Sie mich danach verachten und nie mehr wiedersehen wollen – und Sie tun recht daran ... Aber ich habe niemanden auf der Welt, der mich anhört ... Bitte, hören Sie mich an. Und dann bringe ich Sie zur Stadt zurück, und dort trennen wir uns für immer.« Mit diesen Worten holte Juri Konstantin aus dem Rucksack. Der Ball blieb wie immer in der Luft hängen.

»Da ist er, sehen Sie? Was glauben Sie, ist es ein guter oder ein schlechter Ball?«

»Ja, ich sehe«, sagte Tana. »Aber ich glaube, er ist weder gut noch schlecht. Er ist entsetzlich fremd.«

»Und ob er das ist! Das ist der AEASB. Der alldurchdringende exterritoriale außerirdische selbstgelenkte Ball. Ich habe ihn Konstantin getauft. Jetzt erzähle ich Ihnen, wie ich dazu gekommen bin ...«

In diesem Augenblick krachte ganz in der Nähe ein ohrenbetäubender Donnerschlag. Etwa hundert Meter von Tanja und Juri entfernt qualmte der Wipfel einer Tanne und stürzte zu Boden. Ein Windstoß trug harzigen Rauchgeruch herüber. Konstantin leuchtete rosa auf und wurde wieder dunkel. Er sonderte einen hellgrünen Lichtring ab, der breitete sich aus und stieg nach oben. Gleich darauf tat sich in den dunklen Wolken ein rundes Loch von zirka einem halben Kilometer Durchmesser auf. Die Sonne kam durch. Indes die Himmelsschlacht weitertobte, entstand über Juri und Tanja eine gewitterfreie neutrale Zone.

»Das ist Konstantins Werk, er schützt uns vor Blitzen«, erklärte Juri. »Genauer gesagt, er schützt nur mich, andere Menschen kümmern ihn nicht. Aber nun hören Sie mir zu ...« Und ohne Vorbehalte vertraute er Tanja an, unter welchen Umständen sich der Ball an ihn gehängt hatte und wie er, Juri, nun unter der Macht des Balls leben mußte.

Die Erzählung dauerte lange. Als Juri seinen traurigen Bericht beendete, ging auch die Himmelsschlacht zu Ende. Die eine kämpfende Seite hatte die andere niedergerungen, und im Himmel brach Frieden an. Im Wald wurde es still, nur Vogelgezwitscher war zu hören. Juri blickte Tanja an und sah, daß ihr Tränen übers Gesicht liefen.

»Warum weinen Sie?« fragte er. »Ich hätte dazu allen Grund.«

»Sie tun mir so leid«, antwortete das Mädchen. »Man muß irgendwas unternehmen, so kann doch kein Mensch leben.«

»Was soll man da schon unternehmen«, erwiderte Juri traurig.

Er verstaute den Ball im Rucksack, legte den Regenmantel darüber und stapfte durch den schütteren Wald in Richtung Straße. Tanja ging hinter ihm, und auf einmal sagte sie: »Völlig klar, was man unternehmen muß. Man muß die Zahntausend durch ehrliche Arbeit verdienen und dem Ball zurückgeben. Sie müssen das Geld in genau so eine Aktentasche legen und an die Stelle bringen, wo Sie sie gefunden haben. Dann wird der Ball Sie freigeben.«

»Tanja, ich hab es von Anfang an so gesehen, daß ich mir dieses Geld vom Schicksal leihe. Aber wie soll ich jetzt diese Schuld begleichen?«

»Natürlich, so viel Geld zu sparen, das ist bestimmt nicht leicht«, sagte das Mädchen nachdenklich. »Aber ich werde Ihnen helfen. In einem Jahr bin ich mit dem Technikum fertig und werde nicht schlecht verdienen.«

»Danke, Tanja ... Aber wie soll ich denn Geld verdienen? Ein Journalist ist nicht aus mir geworden. Ich hab eine Lehrausbildung, aber ich kann doch keine pädagogische Arbeit aufnehmen: Wie soll ich Menschen erziehen, wenn ich kein reines Gewissen habe! Und in die Produktion kann ich auch nicht gehen: Was soll ich dort mit Konstantin machen? Der Pförtner wird mich anhalten und fragen: Zeig mal, was du da in deinem Rucksack hast.«

»Juri, Sie müssen sich eine Arbeit suchen, wo es keinen Pförtner gibt.«

»Ja, so werd ich's machen ... Tanja, sind Sie nicht müde? Geben Sie mir Ihre Tasche.«

»I wo, sie ist ja ganz leicht ... Na gut, wenn Sie wollen – bitte. Und ich trage Ihren Rucksack.«

»Aber er ist doch schwer ... Na, probieren Sie's mal zum Spaß. Daß Sie aber nicht weiter als drei Schritte von mir weggehen. Sonst bricht Konstantin aus dem Rucksack aus.«

Tanja schulterte den Rucksack und ging neben Juri. Plötzlich rief sie: »Da, ein Pilz! Na endlich! Eine Rotkappe!« Und sie rannte auf den Pilz zu. Bis dahin waren es etwa sieben Schritte.

»Vorsicht, Tanja!« mahnte Juri. »Der Ball wird gleich ...«

Aber der Ball blieb im Rucksack. Das Mädchen ging fünf, sechs, acht Schritte – der Ball blieb im Rucksack.

»Tanja, Sie haben ihn dressiert!« rief Juri. »Er hat sich nicht losgerissen! Machen wir noch einen Versuch. Nehmen Sie den Rucksack ab, legen Sie ihn auf den Boden und kommen Sie zu mir.«

Sie legte den Rucksack ins Moos und ging auf Juri zu. Aber kaum machte sie den vierten Schritt, schoß der Ball aus dem Rucksack und hing im nächsten Augenblick neben ihr in der Luft, dann flog er zu Juri. Der seufzte betrübt.

»Seien Sie nicht traurig«, sagte Tanja. »Wenn wir wieder in der Stadt sind, setze ich einen Flicken auf Ihren Rucksack, und bis dahin tragen wir den Ball in meiner Tasche.«

»Mich betrübt etwas anderes. Ich hatte plötzlich gehofft, daß ich Konstantin hier im Wald lassen kann, daß ich ihn endlich los bin. Aber es ist noch viel schlimmer geworden: nicht nur, daß ich ihn nicht losgeworden bin, jetzt hängt er sich auch noch an Sie. Sieht so aus, als wären wir beide für Konstantin zwei Stiefel eines Paares.«

»Was soll's, da werden Sie es von nun an leichter haben«, sagte das Mädchen ruhig.

»Und Sie dafür schwerer. Haben Sie keine Angst davor?«

»Nein, ich bin froh, daß ich Ihnen helfen kann. Und wissen Sie, ich wohne doch vorläufig allein im Wohnheim. Da kann ich den Ball für ein paar Tage zu mir nehmen, damit Sie sich ein bißchen von ihm erholen. Niemand wird etwas erfahren.«

»Danke, Tanja. Aber ich möchte Ihnen einen Rat geben: Bitte, ziehen Sie abends die Gardinen zu. In unserem Haus gibt's nämlich einen, der gern in fremde Fenster guckt. Er hat alle möglichen optischen Geräte.«

»Danke, Juri, daß Sie mir das sagen. Ich wäre nie auf den Gedanken gekommen, daß uns jemand beobachten könnte. Aber wir haben Mullvorhänge; es sieht nur so aus, als wären sie undurchsichtig. Übrigens ziehen wir bald in ein neues Gebäude um. Das Haus hier wird dem Trust ›Nordwestfrachttrans‹ übergeben. Es wird ein Männerwohnheim.«

In die Stadt zurückgekehrt, begleitete Juri das Mädchen bis zum Wohnheim, ging nach Hause und schlief zum erstenmal seit vielen Tagen ohne Ball. Aber er schlief nicht sofort ein. Zwar war Konstantin nicht bei ihm, aber das Bewußtsein, daß er real existierte und sich zur Zeit bei Tanja aufhielt, machte ihn auch nicht gerade froh. Ich hätte ihr nicht diese Belastung aufbürden sollen, dachte Juri. Morgen hole ich den Ball zurück.

Am Morgen wurde höflich an die Tür geklopft. Wawik kam herein.

»Wo ist denn der liebe Ball?« fragte er zartfühlend. »Ich habe wahnsinnige Sehnsucht nach unserem gemeinsamen runden Freund. Juri, könnten Sie mir nicht etwas behilflich sein, den Kauf jenes optischen Geräts zu beschleunigen, von dem ...«

»Wawilon Viktorowitsch, die Mädchen ziehen bald in ein neues Wohnheim. Und in dem hier werden Baggerführer und Bauschlosser wohnen ...«

»Welch entsetzliche Neuigkeit! Die Welt des Schönen geht zugrunde!« Und der arme Alte verließ mit gesenktem Kopf und feuchten Augen das Zimmer.

Bald darauf ertönte ein zaghaftes Klingeln. Juri öffnete die Wohnungstür, und in den Flur trat Tanja. In der Hand hielt sie die schwere Tasche mit dem Ball.

»Juri, Sie wundern sich wohl, daß ich zu Ihnen komme?«

»Ich freue mich«, antwortete er leise.

Im Zimmer ließ Tanja sofort den Ball aus der Tasche, und dieser nahm seinen gewohnten Platz drei Schritt von Juri entfernt ein.

»Geben Sie mir Ihren Rucksack, ich bessere ihn aus«, sagte das Mädchen. »Und hier haben Sie zwei Rubel. Der Ball hat sie mir vor zehn Minuten überreicht. Und gleich darauf hat er mit seinem blauen Strahl Ihren Namen und die Adresse an die Wand geschrieben. Noch bevor die Schrift erloschen war, habe ich mich zu Ihnen auf den Weg gemacht.«

»Danke, liebe Tanja! Schön, daß Sie gekommen sind, und schön, daß Sie Konstantin mitgebracht haben. Er muß nun mal bei mir sein, denn auf die Zehntausend war ich erpicht, und nicht Sie.«

»Juri, aber wenn Sie unbedingt mal ohne Ball sein müssen, dann geben Sie ihn vorübergehend mir. Versprechen Sie mir das?«

»Ich versprech's.«

Am selben Tag noch schrieb sich Juri in einen Kurzlehrgang für Kesselheizer ein, er bekam ein Stipendium, und Konstantin stellte sofort die Zahlung der täglichen zwei

Rubel ein. Dieser Übergang zur wirtschaftlichen Rechnungsführung freute Juri und Tanja. Nach Abschluß des Kurses begann Juri im Heizungskeller eines Wohnhauses zu arbeiten. Und in seiner Freizeit fuhr er zum Umschlagbahnhof Leningrad-Nawalotschnaja, wo er Güterwagen belud. Im Kesselhaus trug er stets seinen Rucksack auf den Schultern und erzählte allen, das sei zum Training, denn er bereite sich auf eine Touristenwanderung vor. Wenn er jedoch zu den Verladearbeiten ging, ließ er Konstantin häufig in Tanjas Obhut. Richtiger, Tanja saß zu Hause unter Konstantins Aufsicht.

Ein halbes Jahr nach der denkwürdigen Fahrt nach Mochowo heirateten die jungen Leute, und Tanja zog zu Juri. Die Hochzeit feierten sie in aller Bescheidenheit, es gab Gebäck, aber keinen Schnaps. Gäste hatten sie nicht eingeladen. Nur ein ungeladener Gast – der unvermeidliche Konstantin – nahm an diesem alkoholfreien Hochzeitsgelage teil.

Der Ball verschwindet

Seit dem Hochzeitstag waren ein Jahr und einige Monate vergangen. Juri und Tanja lebten sehr einträchtig, aber es wäre falsch, zu sagen, daß sie glücklich waren, denn die ständige Anwesenheit Konstantins drückte schwer auf ihr Gemüt. Der Ball war der gleiche geblieben: dunkel, kalt, allmächtig und allwissend. Sich an ihn zu gewöhnen war unmöglich, so wie man sich unmöglich daran gewöhnen könnte, mit einer Atombombe in einem Zimmer zu wohnen.

Obwohl die Eheleute durchaus nicht schlecht verdienten (Tanja hatte inzwischen das Technikum abgeschlossen und arbeitete auch), lebten sie äußerst bescheiden, versagten sich alles. Die Arbeitskollegen und die Mieter der Gemeinschaftswohnung hielten sie für geizig und habgierig. Aber Juri und Tanja konnten keinem Außenstehenden erzählen, warum sie so sparsam lebten. Denn das war ihr Geheimnis. Sie sparten, um Konstantin die Zehntausend zurückzuzahlen und sich von seiner unverfrorenen Anwesenheit zu befreien.

Die Arbeitskollegen hielten die beiden jungen Leute nicht nur für Geizhälse, sondern auch für unsympathische, verschlossene, ungesellige Geschöpfe, die sich in ihre enge kleine Welt eingekapselt hatten. Und das war nicht verwunderlich: die Jungverheirateten luden niemanden zu sich nach Hause ein, besuchten selbst niemanden, beteiligten sich nie an Touristenwanderungen und hielten sich überhaupt von ihren Mitmenschen fern. Die Leute wußten nicht und konnten nicht wissen, daß sich Tanjas und Juris Ungeselligkeit durchaus nicht aus schlechten Charaktereigenschaften erklärte, sondern aus dem Wunsch, Konstantins Existenz geheimzuhalten. Die Leute wußten nicht, daß Juri und Tanja selber sehr unter der aufgezwungenen Zurückgezogenheit litten. Dieses Einsiedlerleben machte besonders Tanja schwer zu schaffen, denn sie war von Natur fröhlich und umgänglich. Aber sie trug die Last dieses Geheimnisses, weil sie Juri liebte. Das Geheimnis blieb ein Geheimnis.

Dieses geschah am 12. Januar.

Juri ging nach der Nachtschicht nach Hause. Unfrohe Gedanken beherrschten ihn an diesem Wintermorgen. Er dachte darüber nach, daß er und Tanja erst eintausendeinhundertfünfzig Rubel auf dem Sparbuch hatten. Das war natürlich eine hübsche Summe, aber um sich von Konstantin freizukaufen, mußten sie zehntausend sparen. Wie viele entbehrungsvolle Jahre standen ihnen noch bevor? Freilich würde mit der Zeit das Sparen schneller gehen, denn ihr Gehalt würde sich erhöhen, aber trotzdem . . . Sich selber bedauerte Juri nicht weiter, aber Tanja tat ihm leid. Sie ging in abgetragenen Kleidern, ihr blauer Wollpullover war völlig ausgeblichen und an den Ellbogen durchgewetzt und ihr Mantel längst aus der Mode. Während ihres ganzen gemeinsamen Lebens waren sie nur dreimal im Kino gewesen, von Theater konnte überhaupt nicht die Rede sein. Zwar beklagte sich Tanja mit keinem Wort, aber er wußte, daß es für sie nicht leicht war. So ging die Jugend dahin.

Juri stampfte quer durch die verschneite Grünanlage auf sein Haus zu, da sah er in seinem Fenster Licht. Das beunruhigte ihn. Denn Tanja mußte um diese Zeit schon zur Arbeit gegangen sein. War sie etwa krank? Er ging schneller, dann rannte er. Da war die Haustür. Der Fahrstuhl ... wie langsam der hochfuhr!

Als Juri ins Zimmer trat, saß Tanja mit gesenktem Kopf am Tisch. Sie hatte verweinte Augen. Vor ihr lag ein Brief. Juri nahm wie gewohnt den Rucksack ab und ließ Konstantin heraus. Der blieb wie gewöhnlich in der Luft hängen.

»Tanja, was hast du? Bist du krank?«

»Nein. Aber ich habe auf dich gewartet. Da, lies das. Von Tante Warja aus Pskow.« Sie streckte Juri ein Blatt Papier hin, das mit großer Schrift beschrieben war.

»Tanja, sag schon, was passiert ist.«

»Tante Warjas Haus ist abgebrannt, mit all ihrer Habe. Sie wohnt schon eine Woche bei Nachbarn, in irgendeiner Durchgangskammer ... Und ihr Mann ist auf der Stelle zu seiner früheren Frau zurückgekehrt. Tante Warja ist jetzt ganz allein. Sie tut mir so leid, sie hat mich doch aufgezogen, ohne an sich zu denken ... Verstehst du, sie bittet mich, ihr tausend Rubel zu leihen. Aber ich weiß, daß sie es nicht zurückgeben kann.«

»Und ihre Kollegen, werden die ihr denn nicht helfen?«

»Natürlich werden sie ihr helfen. Sie haben ihr schon ein Darlehen gegeben. Aber es ist doch alles verbrannt, das Häuschen, und alles, alles ... Und sie hatte nichts versichert ...«

Juri steckte sich eine Pamir an und begann im Zimmer auf und ab zu wandern – vom Fenster zur Tür und zurück. Der Ball folgte ihm. Dann setzte sich Juri aufs Bett, sog gierig den Zigarettenrauch ein und betrachtete ein paar Minuten lang Konstantin, der drei Schritt von ihm entfernt in Augenhöhe hing. Dann richtete er den Blick auf Tanja; sie saß immer noch am Tisch, in ihrem fadenscheinigen einstmals blauen Pullover, der jetzt Gott weiß was für eine Farbe hatte. Dann stand er auf, steckte sich eine zweite Zigarette an und sagte: »Tanja, geh jetzt zur Arbeit, sonst rechnen sie dir's als Arbeitsbummelei an. Und ich leg mich bis elf aufs Ohr.«

»Warum bis elf?« fragte Tanja verwirrt.

»Weil die Sparkasse erst um elf aufmacht. Und dann geh ich zur Post. Wie soll ich's schicken: per Postanweisung oder telegrafisch?«

»Telegrafisch . . . Danke, Juri. Ich hab auch nichts anderes von dir erwartet . . . Aber jetzt müssen wir wieder von vorn anfangen. Wirst du es durchhalten?«

»Mit dir – ja!«

In diesem Moment entstand um Konstantin ein sich leise drehender Ring. Daraus kam ein blauer Strahl, der über die Wand glitt. Er hinterließ dort die deutlichen, allmählich wieder verlöschenden Worte:

Ich reise ab, nachdem ich mich von den wertvollen seelischen Eigenschaften eines gewöhnlichen Erdenbewohners überzeugt habe. Von nun an wird die Erde in die Liste der Planeten aufgenommen, mit denen freundschaftlicher Kontakt möglich ist. Danke für die Aufmerksamkeit.

Dann stieg der Ball auf, näherte sich dem Fenster und fuhr zwei schwarze Schienen aus. Sie reckten sich zur Lüftungsklappe, und einen Moment später war der Ball draußen. Der AEASB entfernte sich, erst sehr langsam, dann immer schneller und schneller vom Fenster, vom Haus, von der Straße, von der Stadt, von der Erde. Eine

Weile war noch eine leuchtende Spur zu sehen, sie lag über der Grünanlage, über den fernen Dächern und stieg schräg zum Himmel auf, zu den Sternen.

Bald verflüchtigte sich auch die Spur.

1969

Ein Palast für drei oder Das Geständnis eines Junggesellen

Einleitung

Heute habe ich mir für siebenundzwanzig Rubel eine neue Armbanduhr zugelegt. Sie hat vergoldete Zeiger und ein modernes Zifferblatt für Leute mit Niveau: statt der Ziffern sind nur Striche drauf. Ein gebildeter Mensch erkennt auch an diesen Strichen, wie spät es ist. Auf dem Gehäuse aber steht klipp und klar zu lesen, daß diese Uhr nicht etwa einfach und simpel ist, sondern schlag- und stoßsicher und obendrein wasserdicht. Ich glaube, daß ihr ein langes Leben beschieden sein wird.

Aber ob ich noch viel davon haben werde? Ich bin Rentner, gehe auf die Vierundsechzig zu, bin außerdem Junggeselle und habe niemanden, dem ich die Uhr vermachen könnte. Wenn ich also, bevor diese schlagsichere Uhr den Geist aufgibt, einen Schlaganfall kriege, kommt sie auf die Inventarliste, wird im An- und Verkauf feilgeboten und gelangt in fremde Hände. Na, meinetwegen kauf sie, unbekannter Bürger! Ich gönne sie dir.

Vor dieser Uhr besaß ich eine andere, eine goldene. Die trug ich seit meinem neunzehnten Lebensjahr, ohne jemals Hudelei mit ihr zu haben. Das Lederband mußte ich ab und zu auswechseln, die Uhr aber ging immer auf die Minute, ja auf die Sekunde genau und brauchte nie zum Uhrmacher.

Jetzt werden Sie gleich im Kopf nachrechnen – dreiundsechzig minus neunzehn gleich vierundvierzig – und zu mir sagen: »Sie flunkern ja, das gibt's nicht, daß eine Uhr ohne Reparatur vierundvierzig Jahre lang geht!« –

»Sie ist aber so lange gegangen!« antworte ich Ihnen darauf. »Aus dem Alter, in dem man flunkert, bin ich raus.«

Dann werden Sie mir eine Fangfrage stellen: »Und was ist aus dieser wunderbaren Uhr geworden, die vierundvierzig Jahre lang ohne Rast und Ruh getickt hat? Ist sie zu guter Letzt etwa doch noch kaputtgegangen?«

»Sie ist nicht kaputtgegangen«, antworte ich Ihnen. »Sie ist verschwunden.« Eines Nachts bin ich aufgewacht und habe gesehen, daß die Uhr weg war. Das Armband lag auf dem Nachttisch, die Uhr aber war nicht mehr da. Nur ein graues Häufchen Staub war auf dem Armband zurückgeblieben. Die Uhr selbst aber hatte sich in Luft aufgelöst.

Zuvor hatte mich ein Traum an ein rätselhaftes Ereignis aus meiner Jugendzeit erinnert. Als ich mir diesen Traum ins Gedächtnis rief, wurde mir klar, warum die Uhr nicht mehr da war.

Wenn Sie die Geschichte hören wollen, dann erzähle ich sie Ihnen. Zugleich erfahren Sie daraus, warum ich nie geheiratet habe.

Tossja Vertiko

An meine Eltern und meinen Geburtsort kann ich mich nicht erinnern, und ausdenken will ich mir da nichts. Schließlich fülle ich hier keinen Fragebogen aus, sondern erzähle eine wahre Begebenheit. Ich beginne damit, daß ich mich lange Zeit ohne Aufsicht herumtrieb und schließlich in einem Leningrader Kinderheim landete. In dem Heim gab es eine Schule und eine Werkstatt. Als mein Jahrgang entlassen wurde, besorgte das Kinderheim vielen von uns Jungen Arbeit in der Produktion, obwohl damals noch Arbeitslosigkeit herrschte. Ich kam in ein Werk, das keinen Namen hatte, sondern nur eine Nummer, und stand dort an der Presse. Außerdem nahm ich ein Fernstudium an einer Fachschule auf.

In der ersten Zeit nach der Entlassung wohnte ich in

einem Raum des Kinderheims, dann aber erhielt ich zusammen mit meinem Altersgefährten Goscha Nachodkin ein dreiundzwanzig Quadratmeter großes Zimmer in einer Gemeinschaftswohnung in der Ligowkastraße. Das Heim zweigte aus seinen Beständen für Goscha und mich zwei Betten, zwei Stühle, einen Tisch, einen Primuskocher und einen großen Teekessel ab. Einen Kochtopf und Teller erstanden wir von unserem eigenen Geld.

Goscha und ich lebten friedlich und einträchtig zusammen, teilten alles brüderlich und blickten hoffnungsvoll in die Zukunft. An die Wand hängten wir einen Plan unseres künftigen Lebens, in den wir unsere Erfolge im Studium und in der Arbeit für mehrere Jahre im voraus eintrugen. Erwähnen möchte ich noch, daß wir uns beim Kochen und Aufräumen abwechselten. Unser Zimmer war ziemlich sauber und roch immer nach Parfüm. Goscha arbeitete nämlich als Reparaturschlosser in der Kosmetikfabrik »Lenshet« und brachte von dort hin und wieder Parfüm mit. Natürlich trug er das Duftwasser nicht flakonweise heraus, sondern füllte es in eine kleine Kinderwärmflasche. Diese Wärmflasche band er sich unter dem Hosengurt auf den Bauch. Da in der Fabrik vor allem Frauen arbeiteten, saßen auch in der Pförtnerloge Frauen, die sich genierten, bei Männern unter der Gürtellinie nachzusehen, ob sie etwas mit nach Hause nahmen. Natürlich war das, was Goscha da machte, sozusagen asozial, ja sogar kriminell. Aber auf Grund unserer verwahrlosten Kindheit hatten wir zu solchen Dingen damals eine andere Einstellung. Auf den Trick mit der Wärmflasche war Goscha ganz von selbst gekommen. Er war überhaupt ein sehr befähigter, ja sogar talentierter Mensch.

Goschas Talent bestand darin, daß er schon seit seinen Kinderjahren künstlich aufstoßen konnte. Als Landstreicher hatte er sich damit auf Trödelmärkten sogar Geld verdient. Er hatte ein paar Leute um sich geschart, Luft hinuntergeschluckt und sie auf jede nur erdenkliche

Weise wieder ausgestoßen: bald wie eine gezierte Jungfer, bald wie ein betrunkener Kutscher – ganz wie das Publikum es wünschte. Und das kam bei ihm so laut, so natürlich und gekonnt heraus, daß die Zuhörer begeistert waren und ihm Münzen und Eßwaren in die Mütze warfen. Auch im Kinderheim erfreute er uns mit seinem Talent, und der Schlafraum Nummer sieben, in dem Goschas Bett stand, war der lustigste im ganzen Haus.

Und nun, da Goscha erwachsen war, wirkte er sogar im dramatischen Zirkel des Klubs mit, der sich in der Nähe unseres Hauses, ebenfalls in der Ligowka, befand. Sobald dort ein Laienstück über das Leben ehemaliger Kaufleute und Bourgeois gespielt wurde, erhielt Goscha eine Rolle. Auf die Bühne ließ man ihn allerdings nicht. Er stand mit einem Schalltrichter in der Hand hinter den Kulissen und rülpste, wann immer die Handlung es zuließ. Wenn ein betrunkener Kaufmann oder Bourgeois auf der Bühne erschien, verstand sich das Aufstoßen von selbst, und der Schauspieler legte hin und wieder eine Pause ein, damit Goscha den Schalltrichter an die Lippen führen und an seiner Stelle aus vollem Halse rülpsen konnte. Auch wenn das Stück Goschas Talent wenig Raum bot, schmuggelte er von sich aus ein paar Rülpser zwischen die Worte der handelnden Personen. Und als es auf der Bühne schon gar keine Bourgeois mehr gab – sie waren als Klasse längst ausgemerzt –, rülpste Goscha in irgendein ernsthaftes Gespräch zwischen dem positiven Helden und der Heldin hinein, und das Publikum grölte und rief: »Da capo!«

Nach Schluß der Vorstellung, wenn die Darsteller noch einmal auf die Bühne kamen, trat auch Goscha hinter den Kulissen hervor, stellte sich bescheiden mit seinem Schalltrichter zwischen die Schauspieler und verbeugte sich tief. Und auch er erhielt das ihm zustehende Quantum Applaus.

Trotz dieser künstlerischen Erfolge blieb Goscha ein

feiner Kerl. Er wurde weder eingebildet, noch trug er mir gegenüber die Nase hoch. Wir lebten zusammen wie Brüder und besprachen alle Fragen miteinander. Und auch unser Arbeitsleben verlief friedlich und verheißungsvoll.

Aber nicht umsonst habe ich diesem Kapitel die Überschrift »Tossja Vertiko« gegeben. Diese Tossja trieb einen Keil in unser Leben, und obwohl sie uns keinen Augenblick entzweien konnte, begannen mit ihr doch all unsere verhängnisvollen Mißgeschicke, die mir noch heute, im vorgerückten Rentenalter, zu schaffen machen.

Tossja Vertiko wohnte im selben Aufgang wie wir. Sie war ebenfalls neunzehn Jahre alt und hatte nicht die geringste Ähnlichkeit mit irgendeinem Möbelstück. »Vertiko« war nur ihr Spitzname aus der Kinderzeit. Die Jungs auf unserem Hof erklärten uns, daß Tossja als Kind klein und dick und schwerfällig gewesen sei, weshalb man ihr den Spitznamen »Vertiko« gegeben habe. Bis zu ihrem neunzehnten Lebensjahr hatte sich das gelegt, und sie war zu einem hübschen Mädchen herangewachsen, ihren Spitznamen aber behielt sie, damit man sie nicht mit der anderen Tossja verwechselte, die auch in unserem Haus wohnte.

Dieser Tossja Vertiko begegnete ich oft auf der Treppe, und immer wieder tat mir ihr Anblick wohl. Sie hatte einen Schmollmund, eine sorgfältig ondulierte Stirnlocke und trug eine rosa Batistbluse und einen knackengen grauen Rock, wie es damals Mode war. Ein Mädchen zum Anbeißen. Eines Tages faßte ich mir ein Herz und sprach sie an. Sie gab mir höflich Bescheid und erzählte, daß sie in einem Kino als Gehilfin der Platzanweiserin arbeite und daß sie einigen Besuchern durchaus nicht gleichgültig sei, daß sie aber niemandem Hoffnungen mache. Nach diesem Gespräch spürte ich, daß sie auch mir durchaus nicht gleichgültig war.

Seitdem verliebte ich mich von Mal zu Mal mehr in sie. Und auch Tossja plauderte gern mit mir. Einmal lud ich sie sogar ins Kino ein, aber sie sagte, sie fände es komisch, wenn sie ins Kino ginge, wo sie doch dort arbeite und sich jeden Film kostenlos ansehen könne. Manchmal kam sie auch zu uns, um sich ein paar Streichhölzer oder eine Prise Salz zu holen. Dann baten wir sie herein und unterhielten uns mit ihr über Filme und über Filmschauspieler. Auch Goscha plauderte gern mit ihr, und sie ging ein paarmal mit in den Klub, um sein Theaterspiel zu bewundern.

Bald fiel mir auf, daß mit Goscha irgend etwas nicht stimmte. Beim Saubermachen war er nicht mehr bei der Sache. Statt die Streichhölzer und Kippen ordentlich zusammenzufegen und in den Ofen zu werfen, kehrte er sie unters Bett, als müsse das so sein. Außerdem merkte ich, daß es in unserem Zimmer nicht mehr nach Parfüm roch. Dafür duftete neuerdings Tossja sieben Meilen gegen den Wind.

Eines Tages schüttete Goscha, als er Küchendienst hatte, Zucker statt Salz in die Erbsensuppe, füllte sie so in die Teller und löffelte diese Suppe, ohne seinen kulinarischen Mißgriff zu bemerken. Und da wurde mir klar, daß auch er sich verliebt hatte. In wen, war nicht schwer zu erraten. Deshalb beschloß ich, mich mit Tossja auszusprechen, herauszufinden, wer von uns beiden ihr besser gefiel, und dem Freund nicht im Wege zu stehen, falls er bei ihr mehr Chancen hatte.

Als Tossja am Abend aus dem Kino kam, paßte ich sie im Treppenhaus ab und bat sie, mit mir bis zum Dachbodenpodest hinaufzusteigen, wo uns niemand stören würde. Sie war einverstanden. Wir gingen in den fünften Stock, und dort fragte ich sie zur Einleitung erst einmal, nach welchen Blumen sie dufte. Nach Reseda? Nach Heliotrop? Oder nach Nelken?

»Nach allen möglichen«, antwortete Tossja, ohne verlegen zu werden. »Dank der Aufmerksamkeit deines Freundes dufte ich nach allen Blumen, die's gibt, während ich von seiten gewisser anderer Leute solche Aufmerksamkeiten vermisse.«

Ich verstand diesen Wink mit dem Zaunpfahl und hätte ihr um ein Haar verraten, daß Goscha das Parfüm aus seinem Betrieb mitbrachte. Was konnte ich dagegen in meinem Betrieb für sie abzweigen? Doch nicht etwa Schraubenmuttern oder Unterlegscheiben? Um meinen Freund nicht bloßzustellen, hielt ich jedoch den Mund. Ich beschloß, nicht länger um den heißen Brei herumzureden.

»Tossja, könntest du dich in mich verlieben?« fragte ich sie ohne Umschweife.

Tossja kniff die Augen zu, überlegte und antwortete dann: »Wassja, das ist eine sehr komplizierte, psychologische Frage, die ich nicht so Knall und Fall beantworten kann. Einerseits, was dein Gesicht und deine Figur angeht, gefällst du mir ganz gut. Andererseits werde ich mich wohl kaum in dich verlieben können. Schließlich bin ich nicht irgendeine Hergelaufene und auch kein Flittchen, sondern ein anständiges Mädchen, und wenn ich mich verliebe, dann nur mit dem Ring am Finger.«

»Wenn's weiter nichts ist, Tossja! Ich bin auf der Stelle bereit, mit dir zum Standesamt zu gehen!« sagte ich hitzig.

»Aber ich nicht«, erwiderte Tossja. »Ich bin mir nämlich nicht sicher, ob du eine große Zukunft hast.«

Da erklärte ich ihr, daß es um meine Zukunft nicht schlecht bestellt sei, da ich bald in eine höhere Lohngruppe käme, daß ich ein Fernstudium an der Fachschule absolvierte und mit der Zeit Meister werden könnte.

»Ach, geh mir mit deiner Lohngruppe und deiner Fachschule.« Tossja lächelte spöttisch. »Unter meinen Bewerbern sind viele, die's weiter gebracht haben als du, sogar ein Sportler aus der höchsten Leistungsklasse ist darunter. Außerdem läuft mir ein Ingenieur nach – ein solider Mann mit einer Armbanduhr. Aber keiner soll auf eine leichte Beute hoffen!«

»Tossja, ist Goscha dir sympathisch?« Das war für mich die entscheidende Frage.

»Äußerlich nicht allzu sehr«, gab Tossja zu. »Aber mir gefällt, daß er so aufmerksam ist. Gestern hat er mir beispielsweise wieder Parfüm geschenkt: ›Weiße Nacht‹. Außerdem gefällt mir an ihm, daß er ein Künstler ist. Wenn du wüßtest, wie man ihn im Klub feiert! Im Vergleich zu dir hat er größere Chancen.«

»Tossja, besteht noch Hoffnung, daß du dich eines Tages in mich verliebst?«

»Ein klein wenig Hoffnung besteht durchaus«, antwortete Tossja. »Du mußt nur zusehen, daß du's zu was bringst. Vielleicht schlägt dann eines Tages auch mein Herz für dich. Aber auch dann nur mit dem Ring am Finger. Denk daran, daß ich nicht irgend so eine traurige Hopfenstange bin!«

Dieses persönliche Gespräch betrübte mich einerseits, andererseits weckte es Hoffnungen. Ich begriff, daß ich um mein Glück kämpfen mußte. Es galt, in Tossjas Augen etwas darzustellen. Mich Goscha gegenüber zu behaupten, war natürlich schwer, denn er besaß Talent. Andererseits hatte Tossja zugegeben, daß sein Aussehen ihr nicht so gut gefiel wie meins. Mit diesem Pluspunkt mußte es mir gelingen, den Sportler und den Ingenieur mit der Armbanduhr auszustechen. Wenn ich mir eine Armbanduhr zulegte und mich obendrein in irgendeiner Sportart qualifizierte, schlug ich zwei Fliegen mit einer Klappe: Sowohl der Ingenieur als auch der Sportler hätten dann bei Tossja nichts mehr zu melden. So gelangten Goscha und ich ins Finale und konnten in aller Freundschaft um Tossja wetteifern. Und wenn einer von uns beiden merkte, daß er kein Glück hatte, konnte er sich beizeiten zurückziehen, während der andere sie sanft, aber fest bei der Hand nahm und aufs Standesamt führte.

Die Uhr

Den Inhalt des oben geschilderten wichtigen Gesprächs gab ich Goscha getreu wieder und teilte ihm auch meine Überlegungen dazu mit. Er gestand sofort, Tossja ebenfalls zu lieben, und erklärte sich mit meinem Plan einverstanden: Ich würde die beiden unbekannten Rivalen aus dem Feld schlagen, und anschließend sollte das Schicksal entscheiden, wer von uns – Goscha oder ich – Tossjas Herz und Hand gewann. Er riet mir, ich solle mich, sobald es Winter würde, im Skilaufen üben. In dieser Sportart könne man leicht Champion werden. Was aber die Uhr anging, so sagte er zu mir: »Für deine Uhr werden wir gemeinsam das Geld zusammensparen.« So ein grundanständiger Kerl war das!

Dazu muß man sagen, daß es heutzutage einfach ist, sich eine Uhr anzuschaffen – selbst Schulkinder besitzen schon welche. In jenen NÖP-Jahren aber konnte sich nur ein gutsituierter, vermögender Mensch eine Uhr leisten. Eine Armbanduhr galt damals als ein Zeichen der Solidität. Mein Freund und ich begannen also zu sparen. Wir kürzten unsere Verpflegungsration und hörten vorübergehend auf, der Genossenschaft die Miete zu zahlen. Dabei magerten wir zwar ab, und die Hausverwaltung drohte uns mit dem Gericht, aber in ein paar Monaten hatten wir die Summe beisammen, für die man eine Uhr mittlerer Preisklasse bekam.

An einem Herbsttag ging ich auf den Trödelmarkt und sah mich dort um. Bald entdeckte ich, daß ein Trödler eine sympathisch aussehende Uhr mit einem Gehäuse aus brüniertem Stahl anbot. Er ließ sie in seiner Hand auf und ab hüpfen und rief in singendem Tonfall: »Eine Uhr für Kälte und Hitze! Mit sieben Schräubchen und zwanzig Steinen! War noch nie kaputt, ist noch nie 'runtergefallen, mußte noch nie zur Reparatur! Geht das ganze Jahr! Die ist ihr Geld wert!«

Ich trat an den Trödler heran, er ließ mich die Uhr anfassen, hielt sie mir ans Ohr und nannte ihren Preis. Der Preis entsprach ungefähr meiner Barschaft.

»Greif zu, du wirst's nicht bereuen!« flüsterte der Trödler mir eindringlich zu. »Da du mein Sohn sein könntest, laß ich dir fünf Lappen ab. Ich geb dir die Uhr, obwohl ich sie selbst liebend gern tragen würde, aber leider ist mein Mütterchen krank, und ich brauch das Geld für ihre Pflege.«

Über den Rabatt beglückt, erstand ich die Uhr zusammen mit dem Lederarmband. Und kaum saß sie an meinem Handgelenk, hatte ich auch schon das Gefühl, ein bedeutender Mensch zu sein. Und als ich Tossja am nächsten Tag auf der Treppe begegnete, wie von ungefähr auf meine Uhr sah und sagte: »Na, für mich wird's langsam Zeit«, da interessierte sich Tossja lebhaft für die Anschaffung und hieß sie gut. Wie ich merkte, hatte sie gleich eine bessere Meinung von mir. Und wirklich, die Uhr sah nach was aus, das mußte man ihr lassen. Sie ging zwar unregelmäßig und zeigte nicht die genaue Zeit an, aber Goscha und ich besaßen ja noch einen Wecker, der richtig ging und so den Mangel ausglich.

Man soll das Eisen schmieden, solange es heiß ist: Es wurde höchste Zeit, zum zweiten Teil des Programms überzugehen, das heißt, das Skilaufen zu erlernen und Champion zu werden. Der erste Schnee war nämlich schon gefallen.

Mein Versuch, Sportler zu werden

Bald darauf meldete ich mich in der Skisektion an und ließ mir gegen Quittung ein Paar Skier und Skischuhe geben. Skistiefel, wie man sie heute hat, kannte man noch nicht – das waren damals einfach hohe Schuhe mit hochgebogenen Spitzen. Und auch die Bindung war zu jener Zeit noch nicht so bequem und sicher wie heute.

Ich nahm mir vor, weder alpiner Skiläufer noch Skispringer zu werden – ehrlich gesagt, hatte ich keine Lust, ständig zu stürzen, mir blaue Flecke zu holen und mein Ansehen zu ramponieren. Ich beschloß, Langläufer zu werden, das heißt auf freiem, ebenem Terrain Ski zu laufen. Darum begann ich mit dem Training nicht auf festem Boden, sondern auf dem Wasser, genauer gesagt auf dem Eis. Was aber könnte ebener sein als ein zugefrorener Fluß? Und nachdem sich auf der Newa eine feste Eisdecke gebildet hatte und eine dicke Schneeschicht darauf lag, widmete ich meine ganze freie Zeit dem Skisport. Selbst meinen Urlaub nahm ich im Winter, um mich voll und ganz auf das Training konzentrieren zu können. Und Sie dürfen mir glauben, es lief ganz gut.

Als ich eines Tages mit meinen Skiern aus dem Haus ging und mich auf den Weg zur Newa machte, blies ein stürmischer Wind, und Schneetreiben setzte ein. Deshalb beschloß ich, nach Hause zurückzukehren. Als ich dann aber an einer Bierstube vorbeikam . . .

Verehrte Leser! Bei diesen Worten haben Sie sicher ein angenehmes Prickeln verspürt und geglaubt, ich wäre in die Bierstube gegangen, hätte mich dort betrunken und in diesem Zustand etwas angestellt, wäre eingesperrt worden, und damit hätte das Unglück begonnen. Ach, wenn es nur so wäre! Aber leider kam alles ganz anders.

Ich ging also an der Bierstube vorbei, als ich plötzlich eine Stimme hörte: »He, junger Mann, willst du dir drei Rubel verdienen?« Diese Worte richtete der Fahrer eines neben der Kneipe stehenden klapprigen Lieferwagens an mich. Dann erklärte er mir, worum es ging. Zusammen mit seinem Bruder hatte er jemandem aus einem entlegenen Sowchos eine illegale Fuhre Holz gebracht, und nachdem sie das Geld für das Holz kassiert hatten, hatte sich sein Bruder betrunken, und dem Fahrer war nichts anderes übriggeblieben, als ihn auf die Ladefläche zu legen. Jetzt schlief sein Bruderherz friedlich, aber sobald er aufwachte, bestand die Gefahr, daß er in voller Fahrt aus dem Wagen sprang, zumal die Tür nur locker in den Angeln hing. Die drei Rubel sollte ich dafür bekommen, daß ich mich zu dem Betrunkenen in den Wagen setzte und ihn daran hinderte hinauszuspringen.

»Müssen Sie weit?« fragte ich.

»Bis zu unserem Dorf sind's anderthalb Stunden«, antwortete der Fahrer. »Aber wenn er friedlich ist, kann ich dich auch früher rauslassen.«

Ich sagte mir, daß es im Wald jetzt sicher nicht so windig und kalt war wie in der Stadt und ich dort trotz des Schneetreibens weitertrainieren konnte. Und auch die drei Rubel kamen mir gut zupaß. Darum stimmte ich dem Geschäft prinzipiell zu. Der Fahrer öffnete die Sperrholztür des Wagenkastens, und ich schob meine Skier hinein und stieg dann selbst ein. Der nüchterne Bruder des Betrunkenen machte die Tür von draußen zu, warf den Motor an und fuhr los.

In dem Wagenkasten war es ziemlich dunkel, hier gab es nur zwei winzige, vom Schnee zugewehte Fenster, die hoch über meinem Kopf angebracht waren. Auf dem mit Holzresten bedeckten Boden schlief ein Mann in einem Schafpelz, unter seinem Kopf lag statt eines Kissens ein Birkenklotz. Eine Zeitlang schlief der Mann ruhig, doch als der Wagen in den Kurven zu schwanken begann, sprang er plötzlich auf und wollte ins Kino gehen. Ich suchte ihm klarzumachen, daß es weit und breit kein Kino gab, aber er drängte mich mit aller Macht zur Tür. Deshalb mußte ich von meinen Fäusten Gebrauch machen. Da ich mich als Kind oft geprügelt hatte und der Unbekannte betrunken und schwerfällig war, brachte ich ihn ziemlich rasch zur Räson, und er schlief wieder ein. Der Lieferwagen rumpelte unterdessen in raschem Tempo dahin. Anfangs merkte ich, wie sich der Wagen durch die Stadt schlängelte, dann hörten die Kurven auf, und wir rollten auf einer Chaussee entlang. Aber wo wir uns befanden und welche Richtung wir einschlugen, wußte ich nicht, weil ich nicht ans Fenster reichte. Übrigens war mir das auch ziemlich egal.

Auf einmal blieb der Lieferwagen stehen. Jetzt hörte ich das Heulen des Schneesturms. Dann öffnete der Fahrer die Tür, und Schneeflocken wirbelten in den Wagenkasten herein.

»Na, lebt mein Bruderherz noch?« fragte der Fahrer.

»Klar«, antwortete ich. »Hören Sie nur, wie er schnarcht. Allerdings mußte ich meine Fäuste einsetzen, weil er unbedingt ins Kino wollte.«

»Richtig so, das braucht er ab und zu«, meinte der Fahrer. »Wenn er was getrunken hat, will er immer ins Kino, das ist sein Kulturfimmel. Aber jetzt sollten wir ihn in die Kabine schaffen. Wir sind nämlich bald da, und es ist besser, wenn er in wachem Zustand ins Dorf zurückkommt, damit's kein unnötiges Gerede gibt. Wenn wir ihn erst soweit haben, kannst du gehen, wohin dein Herz begehrt.«

Wir rieben dem Betrunkenen die Ohren mit Schnee ein, damit er wieder zu sich kam, und hievten ihn in die Kabine. Dann holte ich meine Skier aus dem Wagenkasten.

»Vielen Dank, hier sind deine drei Rubel«, sagte der Fahrer. »Oder kommst du mit ins Dorf? Du könntest dich bei uns aufwärmen. Sieh doch, was für ein Unwetter das ist.«

»Nein, danke«, antwortete ich. »Ich muß trainieren.«

»Des Menschen Wille ist sein Himmelreich«, murmelte der Fahrer.

Und bald darauf verschwand der Wagen im Schneegestöber. Erst jetzt fiel mir ein, daß ich vergessen hatte zu fragen, wo wir uns hier befanden und wo die nächste Bahnstation war. Ich stand auf einem Feldweg, linkerhand ragte ein Fichtenwald auf, rechts dehnte sich eine spärlich mit Bäumen bewachsene Sumpflandschaft. Ich wußte nicht einmal, in welcher Richtung Leningrad lag. Das machte mir aber nicht allzu viel aus, weil ich voller Kraft und von dem Wunsch erfüllt war, so schnell wie möglich Champion zu werden und Tossjas Herz zu gewinnen. Außerdem glaubte ich, durch das Heulen des Schneesturms hindurch in der Ferne eine Lok pfeifen zu hören. Ich schnallte mir die Skier unter und lief über den jungfräulichen Schnee quer durch den Wald auf dieses Pfeifen zu.

Das nächste, was ich in meiner Erinnerung vor mir sehe, ist ein Wald, durch den ich auf Skiern lief. Dieser Wald war sumpfig, in ihm wuchsen Krüppelkiefern und -birken, und unter dem Schnee spürte ich die Bülten, die mich aber nicht störten, weil der Schnee hoch genug lag. Da riß plötzlich die Bindung an meinem linken Ski und ließ sich nicht wieder flicken. Also warf ich mir Skier und Skistöcke über die Schulter und stapfte, immer wieder bis zum Gürtel versinkend, durch das Schneetreiben. Ich wollte wieder auf den Feldweg zurück, konnte ihn aber nicht mehr finden. Meine Skispur hatte der Schnee längst verweht. Das Schneetreiben aber ließ nicht nach, die Kälte drang durch Mark und Bein, Hände und Füße erstarrten. Allmählich kam mir zu Bewußtsein, daß es schlecht um mich stand, und ich legte einen Schritt zu. So lief ich eine oder anderthalb Stunden und erkannte plötzlich die Stelle wieder, an der meine Bindung gerissen war und die tiefen Fußspuren einsetzten, die der Schnee noch nicht hatte zuwehen können. Also war ich im Kreis gelaufen und an meinen Ausgangspunkt zurückgekehrt.

Da warf ich die Skier fort – ich konnte jetzt kein überflüssiges Gewicht gebrauchen – und suchte weiter nach dem Feldweg. Er war und blieb jedoch verschwunden. Und plötzlich spürte ich, daß mein rechter Fuß wie abgestorben war. Ich setzte mich unter eine kleine Kiefer und schlug die Füße aneinander, aber auch das half nicht. Allmählich starben auch meine Arme ab. Zu guter Letzt überkam mich eine angenehme Mattigkeit, und ich schlief beim Heulen des Schneesturms ein.

Ich hatte einen schönen Traum. In diesem Traum war ich zwölf Jahre alt und lag im Kinderheim im Schlafraum für die Jüngeren, und der diensthabende Erzieher weckte alle Jungen, mich aber ließ er schlafen, weil ich es verstand, alle möglichen Krankheiten zu simulieren. »Er ist krank«, sagte der Erzieher, »mag er schlafen, solange er will.« Und ich rekelte mich wohlig in meinem Bett und freute mich, daß ich mich nicht zu waschen und nicht zum Unterricht zu gehen brauchte, sondern nach Herzenslust schlafen konnte.

Die geheimnisvolle Luke

Plötzlich spürte ich durch den Schlaf hindurch, wie jemand an meine Schulter faßte. Ich dachte schon, der Erzieher hätte gemerkt, daß ich simuliere, und beschlossen, mich in den Waschraum zu jagen. Unlustig schlug ich die Augen auf. Aber kaum hatte ich sie offen, als ich auch schon wieder zu träumen glaubte.

Vor mir stand ein Mädchen, so schön, wie ich noch nie eins gesehen hatte. Selbst wenn man zu einer Zeit, wo die Straßen am belebtesten sind, zehnmal den Newski-Prospekt auf und ab spaziert, begegnet man so einem Mädchen nicht. Sie stand auf hellgelben Skiern vor mir und trug einen teuren Skianzug aus grauer Wolle mit eingewebten bläulich-weißen Schneeflocken und eine Mütze aus dem gleichen Material. Wie kommt ein so wunderschönes Mädchen in diese Einöde? schoß es mir durch den Kopf. Bin ich vielleicht schon erfroren und im Paradies und habe einen Engel vor mir? Ich glaubte zwar nicht an Gott, aber als Verwahrloster hatte ich hin und wieder eine Kirche in der Hoffnung aufgesucht, dort etwas Kleingeld zu ergattern, und was Engel waren, wußte ich.

Ich sah mir das Mädchen noch einmal von oben bis unten an. Flügel hatte sie nicht, aber sie war so hübsch und sympathisch, daß ihre soziale Herkunft unmöglich irdischer Art sein konnte.

»Entschuldigen Sie, sind Sie vielleicht ein Engel?« fragte ich sie mit kaum gehorchender Zunge.

»Nein, ich bin Lida«, antwortete das Mädchen. »Ein Engel bin ich bestimmt nicht. Sie aber erfrieren hier noch.« Und sie schüttelte mich und versuchte mich hochzuziehen. Mir aber versagten die Beine den Dienst.

Da schnallte sie ihre Skier ab und schleifte mich, immer wieder im Schnee versinkend, hinter sich her. In ihren Augen standen Tränen, und ich schämte mich, weil ich so stocksteif war. Ich spannte meine letzten Kräfte an, stemmte mich hoch und schleppte mich, auf die Schulter des Mädchens gestützt, vorwärts. Meine Füße spürte ich allerdings nicht mehr.

Nach kurzer Zeit erreichten wir eine kleine Lichtung. Das Mädchen führte mich zu einer Espe, damit ich mich an ihr festhalten konnte, trat selbst an einen anderen Baum und strich mit der Hand über den Stamm. Mir kam es so vor, als drücke sie dabei auf einen kleinen Hebel, der kaum merklich aus der Rinde ragte.

»Gleich können Sie sich aufwärmen«, sagte sie freundlich. »Es wird schon wieder werden. Meine Mutter hilft Ihnen, sie ist Ärztin.«

»Wo soll hier eine Ärztin herkommen?« fragte ich mit schwerer Zunge. »Wenn man erst mal tot ist, ist man tot. Wer nicht tot ist, ist nicht tot, aber wer tot ist, der ist tot. Sagen Sie mir ganz ehrlich, Genossin Engel: Bin ich nun tot, oder bin ich nicht tot?«

»Wir sind gleich da«, antwortete das Mädchen sanft. »Jetzt werden wir kontrolliert. So ohne weiteres kommen wir nicht hinunter.«

Da sah ich an einem Fichtenstamm auf der anderen Seite der Lichtung ein kleines weißtes Quadrat aufleuchten. Das Quadrat blinkte zweimal und erlosch dann, und an seiner Stelle ging ein rundes grünes Licht an.

Eine Sekunde später geriet mitten auf der Lichtung der Schnee in Bewegung, und ein kreisrunder, immer größer werdender Spalt tat sich auf. Und plötzlich hob sich mit leisem Zischen und Pfeifen ein runder Lukendeckel mitsamt einer Bülte; die Bülte war anscheinend nur zur Tarnung daran befestigt worden. Der Deckel klappte senkrecht hoch, seine Innenseite blinkte metallisch und zeigte schräg verlaufende Einkerbungen. Aus dem schwarzen Schacht stieg warme Luft, und die Schneeflocken schmolzen, sobald sie in den Luftstrom gerieten. Die Öffnung war rund wie ein Kanalisationsschacht, nur ein wenig größer.

Was mag das sein? fragte ich mich erstaunt, brachte aber keinen Ton heraus.

»Setzen Sie sich hierher und wärmen Sie sich, nachher steigen wir hinunter«, sagte das Mädchen und zog mich zu der Luke. »Setzen Sie sich, lassen Sie die Beine baumeln und halten Sie die Hände über den Schacht. Ich hole nur meine Skier, die darf ich nicht hier oben lassen.«

Sie ging. Ich saß gekrümmt am Lukenrand. Aus dem Schacht wehte es noch immer warm herauf, und meine Füße – besonders der rechte – taten mit einemmal sehr weh: Sie tauten allmählich auf. Und auch meine Arme begannen zu prickeln.

Bald darauf kehrte das Mädchen zurück. Sie brachte die Skier und warf sie in die Luke. Sie schienen sehr lange zu fallen. Erst nach einer ganzen Weile hörte man tief unten einen dumpfen Aufschlag.«

»Die sind hinüber!« sagte ich.

»Macht nichts«, antwortete Lida. »Hauptsache, ich lasse nichts oben liegen. Geht's Ihnen schon besser? Können Sie runterklettern?«

»Ja«, antwortete ich. »Wohin führt dieser Schacht?«

»In unsere Wohnung. Sie werden schon sehen.«

Ich beugte mich über die Luke. Im Licht schimmerten die Metallstufen und das Geländer, die steil hinabführten, silbrig. Die runde Wandung des Schachts blinkte in mattem Gold. Tief unten war alles dunkel.

»Ich gehe voran, damit Ihnen nichts passiert«, sagte Lida, schob mich sanft beiseite und kletterte in den Schacht. Dann steckte auch ich mühsam die Beine hinein, ertastete eine Stufe, hielt mich an dem warmen, glatten Geländer fest und machte mich an den Abstieg ins Ungewisse.

Von oben klatschten die im warmen Lufthauch geschmolzenen Schneeflocken als Tropfen herunter. Ein paar Stufen unter mir hörte ich Lida im Dunkeln leise die »Ramona« singen – einen Schlager jener Jahre. »Ramona, zum Abschied sag' ich dir Good-bye, Ramona, ein Jahr geht doch so schnell vorbei. Verzag nicht und klag nicht, denn in Gedanken bin ich bei dir, bei Tag bringt die Sonne, bei Nacht der Mond die Grüße dir von mir . . .« Ich hörte ihr mit Vergnügen zu, Lida hatte eine angenehme Stimme. Außerdem sang sie ja nur für mich, damit ich wußte, sie war in der Nähe und ließ mich nicht im Stich.

»Wie heißen Sie?« fragte Lida plötzlich und hörte mit dem Singen auf.

»Wassili Wassiljewitsch«, antwortete ich. »Aber Sie können ruhig Wassja zu mir sagen.«

»Wassja, ich mache jetzt Licht.« Mit diesen Worten drückte sie auf einen kleinen Knopf im Geländer, und in dem Schacht wurde es hell. Ich sah eine mit gelben Metallscheiben verkleidete Wand vor mir. Gleichzeitig ging über mir automatisch der Lukendeckel zu, und das Heulen des Schneesturms verstummte schlagartig. Überrascht fuhr ich zusammen, und meine Hände glitten vom Geländer, es gelang mir jedoch, das Gleichgewicht zu bewahren. Allerdings stieß ich mir dabei den linken Arm am Geländer und merkte plötzlich, daß sich meine Uhr in ihre Bestandteile auflöste.

»Verflucht! So ein Bandit!« murmelte ich durch die Zähne.

»Was schimpfen Sie so? Was ist passiert?« fragte Lida erschrocken.

»Ich schimpfe nicht auf Sie, sondern auf den Trödler«, antwortete ich. »Meine Uhr hat sich aufgelöst. Die sieben Schräubchen und die zwanzig Steine – alles ist herausgefallen! Bloß das Gehäuse ist noch da. Da soll man noch einem Menschen glauben!«

»Machen Sie sich nichts draus, Wassja, Sie kriegen eine neue Uhr. Ich werde Vater bitten, eine goldene Uhr zu bauen, und sie Ihnen dann schenken.«

»Sie brauchen mir keine Uhr zu schenken«, erwiderte ich gekränkt. »Ich wohne zwar in der Ligowka, aber daß ich von einem Mädchen Geschenke annehme, kommt nicht in Frage. Ihr Vater ist wohl Uhrmacher?«

»Nein. Aber er kann Uhren bauen.«

»Mal eine andere Frage, Lida«, sagte ich. »Als Metallarbeiter interessiert mich, womit diese Wand verkleidet ist. Woraus bestehen diese Scheibchen? Das ist weder Kupfer noch Messing . . . Ich kann's nicht ergründen.«

»Die Täfelchen sind aus Gold«, erklärte Lida. »Mein Vater meint, daß Gold keiner Korrosion unterliegt. Die Treppe und das Geländer aber sind aus Platin. Platin ist ja auch ein ganz guter Baustoff.«

Nun wäre ich beinahe doch noch die Treppe hinuntergefallen.

»Wie denn?« fragte ich. »Die Wände sind aus Gold und die Stufen aus Platin? Wo bin ich hier? Oder ist das alles ein wirrer Traum?«

»Nein, nein, Sie träumen nicht«, antwortete Lida ungerührt. »Aber Sie werden bei uns noch viele seltsame Dinge erblicken.«

Unterdessen endete die Treppe, und wir standen auf einer kleinen Plattform, auf der Lidas zerbrochene Skier lagen. Vor uns hatten wir eine geschlossene Wand aus dunklem brüniertem Metall, aus dem wie bei einer Schreibmaschine mit Buchstaben versehene Tasten ragten.

Ich sah auf meine Uhr und überzeugte mich davon, daß von ihr tatsächlich nur noch das Gehäuse übrig war – alle anderen Teile waren mitsamt dem Zifferblatt herausgefallen.

»Nehmen Sie diesen Schund von meinem Handgelenk«, bat ich Lida. »Meine Finger sind noch ganz klamm. Nehmen Sie diesen Schund und werfen Sie ihn auf die Erde! Ich will nicht mehr daran erinnert werden, daß man mich so übers Ohr gehauen hat!«

Das Mädchen nahm die Reste der Uhr von meinem Handgelenk und warf das Gehäuse weg, das Armband aber verstaute sie in ihrem Skianzug.

»Das werden Sie noch brauchen«, meinte sie lächelnd.

Dann drückte sie vier Tasten in der Wand, wobei sie ihren Namen eingab, und plötzlich rückte die Wand zur Seite. Wir betraten einen langen Korridor, der uns langsam weiter abwärts führte. Hier waren die Wände mit polierten Jaspis- und Malachitplatten verkleidet, und der Fußboden bestand aus rosa Marmor. An den Wänden hingen matt schimmernde Leuchter, die ein gleichmäßiges, helles Licht ausstrahlten.

Wohin bin ich hier nur geraten? fragte ich mich verblüfft. Luftschutzkeller gab es damals noch nicht, und an eine Metro war überhaupt noch nicht zu denken, aber auch mit einem Bergwerksschacht hatte das Ganze nicht die geringste Ähnlichkeit. Vielleicht ein geheimes Versteck ausländischer Spione? Ja, sogar ein so fataler Verdacht kam mir.

»Halt!« rief ich. »Ich will wissen, wohin du mich lockst! Merk dir: Aus mir bekommst du kein militärisches Geheimnis heraus!« Entschlossen, keinen Schritt weiterzugehen, lehnte ich mich an die Wand.

»Was fällt dir ein, so mit mir zu reden!« erwiderte Lida gekränkt. »Ich brauche deine Geheimnisse nicht!«

»Und wer hat diese unterirdische Anlage errichtet? Antworte mir: Wessen Werk ist das?«

»All das hat mein Vater geschaffen. Dir kommt das natürlich merkwürdig vor. Aber mein Vater ist ein ungewöhnlicher Mensch. Er hat von Geburt an die Gabe, etwas aus dem Nichts zu erschaffen.«

Von Lidas Geständnis überwältigt, löste ich mich von der Wand und trabte brav wie ein Kind hinter meiner Begleiterin her. Ich sagte mir, daß ein so wunderbares Mädchen keine Spionin sein konnte. Außerdem hätte ich, ehrlich gesagt, selbst wenn man mich gefoltert oder, im Gegenteil, zu bezirzen versucht hätte, überhaupt keine militärischen Geheimnisse verraten können. Ich kannte nämlich keine. Das Werk, in dem ich arbeitete, hatte zwar keinen Namen, sondern nur eine Nummer, aber es war das Werk »Lenchosmetalloschtamp Nummer sechs«, in dem Konsumgüter hergestellt wurden: verzinkte Waschbottiche, Babybadewannen, Trinkwassertanks und Spülkästen für Sanitärzellen.

Bald endete der prunkvolle unterirdische Korridor, und wir gelangten in eine runde Marmorhalle. Durch die hohen Fenster fiel helles künstliches Licht, das dem Sonnenlicht sehr ähnlich war. Diese Halle mündete in einen mit Eiche getäfelten Saal, dem sich ein wieder anders gestalteter anschloß, worauf wir in einen Saal mit einer Empore und einer Bühne gelangten. Allmählich verlor ich die Übersicht über diese komfortable Zimmerflucht. Mir stand vor Staunen der Mund offen, Lida aber verzog keine Miene, sie war an das alles gewöhnt.

Unsere Schritte hallten durch den menschenleeren unterirdischen Palast. Ich fragte Lida, warum uns nirgendwo jemand begegnete und ob viele Leute in diesem Schloß wohnten. Darauf erzählte sie mir seelenruhig, daß der Palast von drei Menschen bewohnt werde und daß er ihrem Vater, ihrer Mutter und ihr gehöre.

»Ein Palast für drei!« rief ich aus.

»Ja«, bestätigte Lida ungerührt, »wir sind zu dritt.«

Bald darauf durchquerten wir einen weißen Marmorsaal

mit einem großen Schwimmbecken, gelangten in einen Flur und standen plötzlich auf einem gewöhnlichen Treppenpodest, wie man es in Leningrader Häusern oft antrifft.

Vor einer gewöhnlichen, in braunes Wachstuch geschlagenen Holztür blieben wir stehen – auch solche Türen findet man in Leningrad nicht selten –, und Lida drückte auf einen gewöhnlichen Klingelknopf.

Uns öffnete eine noch recht ansehnliche, schlanke Frau in mittleren Jahren. Wir kamen in eine Diele ohne jeden überflüssigen Luxus. Eine Diele wie hundert andere.

»Mama, ich möchte dir meinen neuen Bekannten Wassili Wassiljewitsch vorstellen«, erklärte Lida. »Er ist halb erfroren und braucht Hilfe.« Und, an mich gewandt, fügte sie hinzu: »Macht euch bekannt: Meine Mutter heißt Jelisaweta Petrowna.«

Sie führten mich ins Zimmer und baten mich, auf der Couch Platz zu nehmen. Lidas Mutter befahl mir, die Schuhe auszuziehen, und untersuchte meine Füße. Wie sich herausstellte, hatte ich mir die rechte Fußsohle erfroren, sie war völlig gefühllos. Jelisaweta Petrowna rieb meinen Fuß mit Salbe und Spiritus ein. Bald darauf verspürte ich einen so heftigen Schmerz, daß mein Herz wie rasend klopfte.

»Beißen Sie die Zähne zusammen, mein Lieber, beißen Sie die Zähne zusammen«, sagte Jelisaweta Petrowna freundlich. »Du, Lida, hol eine Schüssel mit warmem, jedoch keinesfalls heißem Wasser.«

Trotz meiner Schmerzen sah ich mich neugierig in der Wohnung um. Das Zimmer war ungefähr dreißig Quadratmeter groß, die Einrichtung nicht übel, aber irgendwelchen Luxus konnte ich auch hier nicht entdecken; weder die Wände noch die Zimmerdecke waren mit Gold oder Edelsteinen ausgelegt. Das Licht, das durch die zarten Vorhänge fiel, stammte zwar nicht von der Sonne, war aber dem Tageslicht sehr ähnlich. Die eine Tür führte in die Diele, die andere in einen Nebenraum.

Bald fühlte ich mich ein wenig besser. Ich erhielt ein Paar Pantoffeln, und Lida führte mich in ein Badezimmer, das sich neben der Toilette befand. Die Sanitärzelle war weiß gekachelt, und alles blitzte vor Sauberkeit, aber auch hier fehlte jeder Prunk. Als ich, den erfrorenen Fuß nachziehend, ins Zimmer zurückkehrte, war dort bereits der Tisch für vier Personen gedeckt. Selbst eine Karaffe mit Wodka stand da.

Aus dem Nebenraum kam ein Mann in mittleren Jahren, der ein sehr intelligentes Gesicht hatte. Er sah aus wie ein ingenieurtechnischer Mitarbeiter. Seine Kleidung war zwar nicht sonderlich elegant, aber sauber. Lida machte uns miteinander bekannt, und ich erfuhr, daß ihr Vater Nikolai Alexejewitsch hieß.

»Ich freue mich, einen Gast von der lauten Erde in unserem stillen Heim empfangen zu können«, sagte er, während er mir die Hand drückte. »Trinken Sie?«

»Im allgemeinen nicht, aber um den Appetit anzuregen, leere ich gern ein Gläschen auf unsere Bekanntschaft«, antwortete ich gesetzt und stieß mit Nikolai Alexejewitsch an, worauf sich alle dem Abendbrot zuwandten.

Das Essen war wohlschmeckend und nahrhaft, aber zu meinem Erstaunen erblickte ich keinerlei ungewöhnliche Speisen und Getränke auf dem Tisch.

Nach dem Abendbrot bat mich der Hausherr in sein Kabinett, ließ mich in einem Sessel Platz nehmen und bot mir zu rauchen an. Das Kabinett war groß und gemütlich eingerichtet, in ihm standen mehrere Bücherregale, aber überflüssigen Luxus konnte ich auch hier nicht entdekken. Nur eine Spielzeuglok auf dem Schreibtisch weckte mein Interesse. Sie stand auf einem kleinen Podest unter einer Glasglocke.

Nikolai Alexejewitsch eröffnete das Gespräch mit den Worten: »Natürlich wundern Sie sich über das alles. Sie wissen, daß Sie sich tief unter der Erde befinden. Sie haben meinen unterirdischen Palast gesehen, Sie sind erschüttert, ja überwältigt und zweifeln allmählich an Ihrer Zurechnungsfähigkeit. Stimmt's?«

»Genau«, gab ich bereitwillig zu. »In meinem Kopf geht alles drunter und drüber.«

»Fürchten Sie nichts, Sie sind bei klarem Verstand«, versicherte mein neuer Bekannter. »Sie und ich und all das, was Sie hier sehen, existiert wirklich. Das ist natürlich nicht so leicht zu glauben, aber wenn Sie sich die Geschichte meines Lebens anhören, wird Ihnen einiges klar werden.«

Der Bericht des Schöpfers

Nikolai Alexejewitsch lehnte sich in seinem Ledersessel zurück, sog an seiner Papirossa Marke »Sappho« und erzählte mir von sich. Die Geschichte seines Lebens war so ungewöhnlich, daß sie sich mir beinahe wortwörtlich einprägte und ich sie hier mit den Worten des Schöpfers wiedergeben kann.

»Ich kam in Petersburg in der Uferstraße an der Prjashka zur Welt«, begann Nikolai Alexejewitsch. »Mein Vater war ein kleiner Beamter, meine Mutter Hausfrau. Meine Eltern lebten bescheiden, aber einträchtig. Als ich sechs Jahre alt war, erkrankte mein Vater schwer und starb bald darauf. Kurz vor seinem Tode rief er mich an sein Bett und wollte mir offensichtlich etwas Wichtiges mitteilen. Aber da er sehr geschwächt war und hohes Fieber hatte, war seine Rede verworren und voller unverständlicher Ratschläge: ›Vergrab dein Talent nicht in der Erde . . .‹, ›Glaub nicht an Hirngespinste . . .‹ Er konnte mir jedoch nichts Konkretes mehr sagen, weil es ihm immer schlechter ging und der Doktor mich aus dem Sterbezimmer schickte.

Als mein Vater nach Mitrofanjewskoje gebracht wurde, saß ich auf dem Wagen, und ich erinnere mich, daß ziemlich viele Leute seinem Sarg folgten. Damals dachte ich mir nichts dabei, aber als ich heranwuchs, erfuhr ich von unseren Nachbarn, daß mein Vater seiner Güte und seiner bescheidenen Lebensweise wegen von vielen Menschen sehr geschätzt worden war. Es hieß auch, daß er mit seinen ungewöhnlichen Fähigkeiten beim Zirkus viel Geld hätte verdienen können. Von diesen Fähigkeiten habe er jedoch nur außerordentlich selten und stets völlig uneigennützig Gebrauch gemacht. Er verstand sich darauf, einen Vogel im Flug anzuhalten und aus frischer Milch von einem Augenblick zum anderen saure zu machen oder umgekehrt, und wenn er mit der Hand über den Rücken einer Katze strich, verwandelte sich diese nach dem Wunsch ihres Besitzers aus einer grauen in eine schwarze oder aus einer schwarzen in eine gelbe. Einmal soll er auf dem Hof ein weinendes Mädchen getroffen haben. Die Mutter hatte sie mit einem Rubel zum Einkaufen geschickt, dem Mädchen aber war der Schein beim Spiel zerrissen. Mein Vater habe die beiden Hälften nebeneinandergelegt und darauf geblasen, und sie seien wieder so zusammengewachsen, daß man ihnen nichts habe ansehen können.

Auch von einer anderen Begebenheit wußten die Leute zu berichten. Als in einem Sommer am anderen Ufer der Prjashka ein Haus in Brand geriet und Freiwillige von unserem Ufer zur ziemlich weit entfernten Brücke laufen wollten, um auf die andere Seite zu gelangen, hielt mein Vater sie zurück und sagte, sie könnten auf kürzestem Weg hinübergehen. Er riß ein Blatt aus seinem Notizbuch, kritzelte etwas darauf und warf es in die Prjashka. Der Fluß überzog sich an dieser Stelle sofort mit einer dicken Eisschicht, die Leute eilten ans andere Ufer hinüber, löschten den Brand noch bevor die Feuerwehr kam und retteten die Hausbewohner. Auch mein Vater beteiligte sich an den Löscharbeiten. Als die freiwilligen Helfer aber wieder über das Eis und nicht über die Brücke zurückkehren wollten, ließ mein Vater das nicht zu. Er beugte sich über den Fluß, murmelte ein paar Worte, und augenblicklich schmolz das Eis.

Meine Mutter überlebte meinen Vater nicht lange. In unsere kleine Wohnung zog eine unverheiratete Schwester meiner Mutter, Tante Klawa, die als Rechnungsführerin in der Schokoladenfabrik ›Georg Borman‹ arbeitete. Sie nahm mich unter ihre Fittiche und erzog mich streng.

Bald darauf, als ich acht Jahre alt war, passierte etwas Merkwürdiges. Tolik Snegirjow, ein Junge aus unserem Haus, erhielt von seinen Eltern eine kleine Lok geschenkt. Das war ein teures, kunstvoll gefertigtes Spielzeug, und als Tolik damit auf dem Hof spielte, sahen alle Kinder neidisch zu. In der Nacht träumte ich von dieser Lok, und als ich aufwachte, stand sie neben meinem Bett. Anfangs dachte ich, Tolik hätte beschlossen, sie mir zu schenken, aber im nächsten Augenblick verwarf ich diesen Gedanken wieder: Tolik war als Geizkragen bekannt.

Den ganzen Tag spielte ich zu Hause mit dieser Lok, und als Tante Klawa von der Arbeit kam und das teure Spielzeug erblickte, glaubte sie, ich wäre unter die Diebe gegangen, und fragte mich unter Schlägen, wo ich sie gestohlen hätte. Ich sagte ihr, daß ich sie nicht gestohlen hätte, daß zuerst Tolik Snegirjow so eine Lok besessen habe und nun auch bei mir eine aufgetaucht sei. Da nahm mich die Tante beim Ohr und zerrte mich zur Wohnung von Toliks Eltern.

›Hier haben Sie Ihr Spielzeug zurück‹, sagte sie zu Toliks Mutter. ›Seien Sie nicht böse, er wird's nicht wieder tun.‹

›Aber Toliks Lok ist doch nicht gestohlen worden‹, erwiderte Toliks Mutter erstaunt. Und sie führte Tante Klawa ins Zimmer.

Da sahen wir Tolik auf dem Teppich sitzen und quietschvergnügt mit einer Lok spielen, die haargenau so aussah wie meine. Tante Klawa wunderte das sehr. Sie verglich die beiden Spielzeuge und fand sie völlig identisch. Bedrückt brachte sie mich nach Hause und prügelte mich noch einmal windelweich. Nun glaubte sie, ich hätte das Geld irgendwo gestohlen und mir dafür diese unglückselige Lok gekauft.

Nach diesem Vorfall tauchten bei mir oft die gleichen Spielsachen und Süßigkeiten auf, die ich bei anderen gesehen hatte. Und jedesmal bezog ich von der Tante Prügel. Sie konnte einfach nicht glauben, daß bei mir die Dinge aus dem Nichts entstanden. Ich begriff ja selbst nicht, wie das kam. Mit der Zeit lernte ich es jedoch, diese rätselhaften Geschenke des Schicksals vor Tante Klawa zu verbergen und so den Schlägen zu entgehen.

Nachdem ich das Gymnasium mit einer Goldmedaille abgeschlossen hatte, studierte ich am Technologischen Institut. Meine Studienergebnisse waren hervorragend, ich lebte jedoch bescheiden – auf Tante Klawas Kosten. Ich weiß, daß die Studenten bei Ihnen dort oben heute ein Stipendium erhalten, zu meiner Zeit aber gab es das noch nicht. Es deprimierte mich, daß einige reiche Studenten alles besaßen, was sie sich wünschten, ihr Studium aber nicht ernst nahmen; ich dagegen hatte gute Zensuren, war jedoch arm wie eine Kirchenmaus.

So spazierte ich eines Tages in gedrückter Stimmung die Sadowaja entlang und blieb vor dem Schaufenster eines Juweliers stehen. Darin lag zwischen anderen Schmucksachen ein massiver Goldring. Ich sah ihn mir lange an und stellte mir die Zeit vor, in der ich viel Geld verdienen und mir solche Dinge würde kaufen können. Und plötzlich spürte ich an einem Finger der rechten Hand die Kälte von Metall. Ich hob die Hand an meine Augen: Am kleinen Finger steckte ein Ring, der eine genaue Kopie des Schmuckstücks auf dem schwarzen Samt im Schaufenster darstellte. Und da begriff ich zum erstenmal, daß die Natur mich mit einer unschätzbaren, unerklärlichen Gabe bedacht hatte und daß mir ein ungewöhnliches, märchenhaftes Leben bevorstand.

Um mich endgültig von meinen wunderbaren Fähigkeiten zu überzeugen, guckte ich mir in jenem Schaufenster noch ein goldenes Zigarettenetui, ein paar Ringe, ein Armband und ein Paar mit Brillanten besetzte Ohrringe aus, und schon befanden sich diese Schmucksachen – genauer gesagt, ihre getreuen Kopien – in meinen Taschen.

Als ich in unsere kleine Wohnung zurückkehrte, deren Fenster auf den Hinterhof führten, sah ich hier alles mit neuen Augen und staunte über die Armut und Dürftigkeit, in der ich bisher gelebt hatte.

›Jetzt fängt für uns ein neues, schöneres Leben an‹, sagte ich zu Tante Klawa. ›Und für den Anfang schenke ich dir diese Ohrringe.‹

Tante Klawa wog sie auf der Hand und sagte: ›Wie schwer sie sind! Als wären sie aus purem Gold! Wie geschickt die Leute heutzutage echten Schmuck nachmachen!‹

›Die sind nicht nachgemacht‹, widersprach ich. ›Das ist echtes Gold, und die Brillanten sind auch echt. Genau wie alles andere hier‹, sagte ich, während ich die Schmucksachen aus meinen Taschen holte.

Da fuhr Tante Klawa erschrocken zurück und schleuderte die Ohrringe zu Boden, als hätte sie sich daran verbrannt.

›Wo hast du das alles gestohlen?‹ fragte sie weinend. ›Solche Schätze erwirbt man nicht durch Arbeit im Schweiße seines Angesichts!‹

Ich versuchte ihr klarzumachen, daß ich nichts gestohlen hatte, sondern die Gabe besaß, Dinge aus dem Nichts zu erschaffen. Aber entweder verstand sie meine Worte nicht, oder sie wollte sie nicht verstehen, und weinte um so bitterer.

Als ich am nächsten Tag aus dem Institut kam, traf ich sie nicht mehr in der Wohnung an. Sie war für immer fortgegangen und hatte mir auf einem Zettel die Nachricht hinterlassen, daß sie ihre Sachen gepackt habe und zu entfernten Verwandten nach Gdow gezogen sei. Ich sah Tante Klawa nie wieder.

Tante Klawas überraschende Abreise stimmte mich traurig, aber der Umzug in eine neue, besser eingerichtete Wohnung lenkte mich von meinen trüben Gedanken ab. Außerdem lief mir kurz danach ein wunderbares Mädchen, eine Medizinstudentin, über den Weg. Nach einiger Zeit wurde Jelisaweta meine Frau. Dazu muß ich sagen, daß sie nicht meinen Reichtum liebgewann, sondern mich selbst. In der ersten Zeit unserer Bekanntschaft traf ich mich mit ihr außerhalb des Hauses, und sie ahnte nicht, in welchen Verhältnissen ich lebte. Auch von meiner Fähigkeit, Dinge aus dem Nichts zu erschaffen, wußte sie nichts. Von dieser wunderbaren Gabe erzählte ich ihr erst nach der Hochzeit, und über das, was sie da erfuhr, war Jelisaweta eher betrübt als erfreut.

Bald darauf kam unsere Tochter zur Welt, der wir den Namen Lida gaben. Die Geburt eines neuen Familienmitglieds weckte in mir den Wunsch nach einem Grundstück außerhalb der Stadt. Aber die zum Kauf angebotenen Datschen waren entweder zu klein oder zu häßlich; der Bau eines Landhauses auf gewöhnlichem Wege aber hätte zuviel Zeit gekostet. Deshalb entwarf ich selbst eine Villa und fertigte Bauzeichnungen und eine Gesamtansicht an. Dann erstand ich am Rand einer Datschensiedlung ein Grundstück, breitete dort die Blätter mit meinem Projekt im Gras aus und stellte mir meine künftige Sommerresidenz vor. Und schon stand eine steinerne Datsche mit vierzehn Zimmern vor mir. Am nächsten Tag zogen wir ein.

Als meine Frau sich nach einer Hausangestellten umsah, wollte jedoch keiner von den Einheimischen zu uns kommen. Und die Besitzer der Nachbardatschen mieden uns wie die Pest. Das Emporwachsen eines Gebäudes aus dem Nichts machte die Bewohner der Siedlung uns gegenüber mißtrauisch, ja es versetzte sie in Panik. Ein paar Leute, darunter auch der Geistliche, bekamen eine Gemütskrankheit und wurden als unheilbar in eine Anstalt eingewiesen. Uns umgab allgemeine Mißbilligung, und meine Frau weinte oft und bat mich immer wieder, keine Gegenstände und Bauten mehr aus dem Nichts zu erschaffen. Die Sache endete damit, daß wir wieder in die Stadt zurückzogen und die Datsche zum Abriß verkauften, denn einziehen wollte dort niemand.

Bald darauf beendete ich mein Studium und ging als Ingenieur zu einem privaten Bauunternehmer. Um meine Fähigkeiten zu testen, gab er mir zunächst den Auftrag, in einem Petersburger Werk ein Transformatorenhäuschen zu errichten. Ich entwarf ein Projekt und suchte einen geeigneten Platz aus, aber an dem Morgen, an dem der Bau beginnen sollte, stellte sich heraus, daß das Baumaterial noch nicht da war. In dem Wunsch, die Arbeit termingemäß, ja sogar vorfristig auszuführen, sah ich mir die Bauzeichnungen noch einmal gründlich an und schuf in einem Augenblick ein Transformatorenhäuschen mitsamt seiner Innenausstattung. Ich hoffte, man würde meinen Eifer würdigen und mich höher einstufen, aber alles kam anders. Die Arbeiter waren unzufrieden, weil es für sie nun nichts mehr zu tun gab, die Baustofflieferanten fühlten sich geprellt, und der Polier, der die Erschaffung des Häuschens miterlebt hatte, verfiel in geistige Umnachtung und wurde in eine Klinik eingeliefert, wodurch die Familie ihren Ernährer verlor. Obendrein rief mich der Firmenchef zu sich und teilte mir in einem Privatgespräch mit, daß die Firma das Vertrauen ihrer Kunden aufs Spiel setze, wenn ich so weiterbaue. Ich sollte unterschreiben, nie wieder Wunder zu vollbringen. Da ich mich weigerte, dies zu tun, erhielt ich meine Papiere.

Anschließend ließ ich Frau und Tochter vorübergehend allein in Petersburg zurück und fuhr nach Sibirien, wo an einer Bahnstation eine kleine Arbeitersiedlung gebaut werden sollte. Eines Tages ging ich in die Taiga, um zu jagen, und geriet dort in einen Waldbrand. An Flucht war nicht zu denken, da sich die Feuerwand direkt auf mich zuschob. Da zog ich in einem Augenblick einen hohen Ziegelturm mit einer Wendeltreppe hoch und rettete mich vor dem Feuer, indem ich die Turmspitze erklomm; der Waldbrand brauste unter mir vorbei. Da dieser Turm von weitem zu sehen war, kam allerlei Gerede auf, und ein neidischer Kollege zeigte mich bei der Obrigkeit an und behauptete, ich hätte für die Errichtung eines Turms zu persönlichen Zwecken Baumaterial gestohlen. Man drohte mir mit dem Gericht, und daß ich den Turm aus dem Nichts erschaffen hatte, konnte ich nicht nachweisen. Mir blieb nichts anderes übrig, als nach Petersburg zu fliehen.

Bald darauf begann der imperialistische Krieg. Ich war der Ansicht, daß sich ein Mann mit einer so großen Gabe für die Menschheit bewahren müsse und sein Leben nicht auf dem Schlachtfeld riskieren dürfe. Darum suchte ich, sobald ich den Einberufungsbefehl erhalten hatte, das Kriegsministerium auf und schlug dort vor, man solle mir erlauben, in Petersburg zu bleiben. Als Gegenleistung bot ich an, täglich hundert Sechszollkanonen mit einem kompletten Kampfsatz für das Feldheer zu liefern. Damit hätte ich mehrere Werke ersetzt, und es wäre möglich gewesen, ein paar tausend Menschen aus der Rüstungsindustrie abzuziehen und in die Armee zu stecken. Man hörte sich meinen Vorschlag jedoch befremdet an und warf mich schließlich hinaus, ohne mir die Möglichkeit zu geben, meine genialen Fähigkeiten zu demonstrieren!

Da wählte ich einen banaleren Weg, um mich der Wehrpflicht zu entziehen. Ich steckte einigen Militärärzten hohe Summen zu und wurde aus gesundheitlichen Gründen für untauglich erklärt.

Drei Jahre lang lebte ich in Frieden und Eintracht mit

meiner mich liebenden Frau und unserer heranwachsenden Tochter zusammen, dann aber brachen die Revolution, der Bürgerkrieg und die Intervention aus, und ich sollte in die Rote Armee eingezogen werden. Diesmal wagten die Ärzte kein Geld anzunehmen, ja sie drohten mir sogar wegen versuchter Bestechung mit dem Gericht. Anscheinend war ich an die Falschen geraten. Mir blieb nichts anderes übrig, als in den Krieg zu ziehen oder mit meiner Familie ins Ausland zu fliehen. Kämpfen wollte ich nicht, da ich meiner Außergewöhnlichkeit wegen beschlossen hatte, mich nicht in die Angelegenheiten anderer, und schon gar nicht in ihre blutigen Auseinandersetzungen, einzumischen. Andererseits war mir klar, daß auch das Leben im Ausland kein Zuckerlecken war, daß mich dort wie alle ungebetenen Emigranten neue Unannehmlichkeiten und Ärgernisse erwarteten. Und da entschied ich mich für einen dritten Weg.

Ich beschloß, den Menschen und ihrem Treiben, den Kriegen und Revolutionen aus dem Weg zu gehen und diesen geheimen unterirdischen Palast zu erbauen. Hier leben wir wie Gott in Frankreich, sind von niemandem abhängig, haben unser Auskommen und unseren Frieden und erfahren nur durchs Radio, was sich bei Ihnen dort oben tut. Unsere Tochter hat bis vor kurzem bei einer entfernten Verwandten in Leningrad gelebt, aber jetzt, wo sie die Schule abgeschlossen hat, ist sie wieder mit uns vereint ... Wollen Sie mich etwas fragen?«

»Natürlich hätte ich ein paar Fragen an Sie«, sagte ich. »Warum ist beispielsweise der Einstieg in Ihre Wohnung so prunkvoll ausgestattet – der Schacht mit Gold verkleidet und die Treppe aus Platin -, und dann folgen prunkvolle, schmucke Säle, in der Wohnung selbst aber fehlt jeder Luxus?«

»Das Gold, die prunkvollen Säle, ja dieser ganze unterirdische Palast sind für mich kein Selbstzweck, sondern einfach ein Beweis für meine Genialität und Macht«, antwortete Nikolai Alexejewitsch. »In der Wohnung habe ich meinen Reichtum nicht ausgestellt, weil mir das Bewußtsein genügt, dank meiner großen Gabe reicher zu sein als alle Menschen auf der Welt. Außerdem fühlt sich meine Frau in einer normalen Wohnung am wohlsten.«

»Langweilen Sie sich hier in der Erde nicht manchmal?« fragte ich vorsichtig.

»Wir befinden uns nicht in der Erde, sondern unter der Erde«, erwiderte mein Gesprächspartner gekränkt. »In der Erde ruhen die Toten, ich aber bin gesund und munter und werde noch so manchen überleben! Und so etwas wie Langeweile kenne ich nicht – ich kann ja hier alles haben, was ich will. Hier unten bin ich mein eigener Herr!«

»Haben Sie nicht manchmal das Bedürfnis, Ihr geniales Talent zum Wohl der Menschen einzusetzen?« Das war, wie ich glaubte, eine kitzlige Frage.

»Ich könnte den Menschen sehr schaden, tue es aber nicht, und das ist schon eine ganze Menge«, antwortete Nikolai Alexejewitsch trocken. »Ich bleibe neutral.«

Ich merkte, daß unser Gespräch allmählich zu Ende ging, und sagte zum Abschluß, daß ich es nicht fertigbrächte, einen so genialen Mann wie ihn einfach beim Vor- und Vatersnamen anzureden.

»Haben Sie nicht irgendeinen Titel? Sind Sie vielleicht Professor?«

»Kein Professor der Welt kann mir das Wasser reichen«, antwortete Nikolai Alexejewitsch lächelnd. »Wissen Sie, meine Frau nennt mich bisweilen im Scherz den Schöpfer. Wenn Sie wollen, können auch Sie mich so anreden.«

Dieser Titel gefiel mir. Ich wußte nur nicht recht, wie ich ihn gebrauchen sollte: mit »Genosse« oder mit »Bürger«. Einerseits war der Schöpfer eine Art Bourgeois – schließlich besaß er einen eigenen unterirdischen Palast. Andererseits erzielte er aus diesem Palast keine Einnahmen und hielt sich auch keine Dienstboten. Außerdem hatte er den Palast nicht mit Geld erbaut, das nicht aus seinem Einkommen herrührte, sondern durch persönliche Arbeit, ohne fremde Arbeitskräfte auszubeuten. Also war er eine Art Einzelhandwerker, der niemandem schadete. Andererseits nutzte er auch niemandem und war, wenn man den Fakten kühn ins Gesicht sah, ein Deserteur. Darum beschloß ich, ihn nicht »Genosse Schöpfer« zu nennen, sondern »Bürger Schöpfer«.

Der gräfliche Wohnraum

Bald darauf rief uns Jelisaweta Petrowna zum Abendtee. Ich saß neben Lida am Tisch und warf meiner neuen Bekannten unentwegt verstohlene Blicke zu. Sie war ein Bild von einem Mädchen – Tossja Vertiko konnte sich mit ihr nicht messen. Außerdem merkte man gleich, daß Lida gutmütig und ohne Arg war.

Nach dem Tee sah sich Jelisaweta Petrowna noch einmal meinen Fuß an und sagte, daß ich etwa drei Wochen hierbleiben müsse und sie mich nicht in den Frost hinausjagen dürften, bevor mein Fuß wieder in Ordnung sei – sonst drohe mir eine Amputation. Ich muß zugeben, daß diese Gastfreundschaft mich hoch erfreute, bedeutete sie doch für mich, ganze zwanzig Tage in der Nähe des Mädchens zu sein, das mir von Minute zu Minute mehr gefiel. Außerdem hatte ich Urlaub, so daß mein Aufenthalt in dem unterirdischen Palast keine Arbeitsbummelei und demnach völlig legal war. Das einzige, was mich bedrückte, war der Umstand, daß ich die ganze Zeit über auf fremde Kosten würde leben müssen, denn außer dem Dreirubelschein, den mir der Fahrer des Lieferwagens gegeben hatte, besaß ich noch siebzig Kopeken in Form kleiner Münzen – insgesamt also drei Rubel und siebzig Kopeken. Als ich meinen Wirtsleuten diese Bedenken mitteilte, lachten sie und sagten, sie bräuchten kein Geld, weil der Schöpfer alles aus dem Nichts erschaffe.

»Lassen Sie uns nun über Ihre Unterkunft nachdenken«, schlug der Schöpfer vor. »Da Sie eine Weile hierbleiben müssen, werde ich Ihnen eine eigene Wohnung neben der unseren errichten. Malen Sie sich ein paar Räume aus, in denen Sie gern wohnen möchten. Dabei brauchen Sie sich weder nach meinem bescheidenen Privatquartier zu richten noch nach meinem riesigen repräsentativen Palast. Entwerfen Sie die Zimmer ganz nach Ihrem persönlichen Geschmack. Stellen Sie sich vor, Sie wären ein Graf oder ein Millionär – ich kann Ihnen ein Appartement mit beliebigem Komfort erschaffen.«

Dieser Vorschlag gefiel mir außerordentlich. Ich bekam Lust, wie ein Graf oder ein Millionär zu leben – Goscha würde staunen, wenn ich ihm davon erzählte.

Ich sagte zum Schöpfer: »Entschuldigen Sie, Bürger Schöpfer, aber so schnell kann ich mir eine provisorische eigene Wohnung gar nicht ausmalen, denn bisher habe ich in einer Gemeinschaftswohnung gelebt. Geben Sie mir zehn Minuten Zeit für schöpferische Überlegungen.«

»Gut, ich warte«, antwortete der Schöpfer.

Ich setzte mich auf die Couch, schloß die Augen und ließ meine Phantasie in Richtung Reichtum und Luxus spielen. Ich erinnerte mich an verschiedene Bücher, Romanzen und Filme aus dem Leben von Grafen, Kaufleuten und Millionären und an die Stücke, in denen mein Freund Goscha mitgewirkt hatte. Und bald entstand in meinem Bewußtsein das Modell einer eleganten Behausung. Ich erbat mir vom Schöpfer fünf Minuten zusätzlicher Bedenkzeit, um den Luxus und die Vornehmheit noch etwas zu vermehren – wenn man als ehemaliger Verwahrloster schon einmal die Gelegenheit hat, wie ein Graf zu leben, dann soll man diese Gelegenheit beim Schopfe packen.

»Sind Sie nun soweit?« fragte der Schöpfer nach einem Blick auf die Uhr.

»Ja, ich bin soweit«, antwortete ich.

»Kommen Sie.« Der Schöpfer führte mich in die Diele, öffnete dort eine Tür, die ich bisher noch gar nicht bemerkt hatte, und wir kamen in einen langen, schmalen Korridor mit unansehnlichen, graugestrichenen Wänden. Ich bewegte mich mit vorsichtigen, gleitenden Schritten, um meine Gedanken nicht zu verschütten und all das, was ich mir ausgemalt hatte, nicht zu vergessen.

Bald gelangten wir in eine Sackgasse. Der Schöpfer nahm mich bei der Hand und sagte: »Ihre Vorstellungen gehen jetzt in mein Hirn über und werden augenblicklich verwirklicht. Ich baue Ihnen die Wohnung, die Sie sich vorgestellt haben.«

Er drückte fest meine Hand und starrte die kahle Wand an. Und plötzlich hörte ich hinter der Wand dumpfe Geräusche, und in ihr entstand eine Tür ...

Ein Liedchen pfeifend, ging der Schöpfer davon, ich aber trat schüchtern an die Tür und griff nach der kupfernen Klinke. Die Klinke war echt! Ich drückte sie herunter, und die Tür sprang auf.

Ich betrat den Vorraum. Hier strahlte alles in gräflicher Pracht. Auf einem Marmorpodest stand ein ausgestopfter Bär in Lebensgröße, der ehrerbietig ein goldenes Tablett in den ausgestreckten Vorderpfoten hielt. In den Ohren des Tiers blinkten diamantene Ohrringe, und auf seinem Kopf saß ein prächtiger Kokoschnik – wie bei den vorrevolutionären Beschließerinnen und Serviermädchen; dieser Kokoschnik aber war mit echten Perlen bestickt. Die Wände des Vorraums, die nicht mit Tapeten, sondern mit Goldfolie beklebt waren, spiegelten sich in dem blankpolierten Granitfußboden. Von der Decke hing wie in einer Kirche ein Kronleuchter mit hundert Lampen.

Über die exakte Ausführung meines schöpferischen Entwurfs verblüfft, machte ich mich an die Besichtigung der Wohnung. Außer dem Vorraum gab es noch ein riesiges Zimmer, eine Küche, eine Sanitärzelle und eine kleine Kammer. Diese Kammer hatte ich mir nur einfallen lassen, um die Zahl der Zimmer zu erhöhen – schließlich war mir klar, daß die Behausung eines Grafen nicht aus einem einzigen Zimmer bestehen kann. Für dieses zweite Zimmer war mir jedoch nichts Originelles mehr eingefallen, und ich hatte beschlossen, es zu einer Art Isolierraum für Kranke zu machen, wie wir ihn im Kinderheim gehabt hatten.

Dafür hatten im Wohnzimmer, das mindestens sechzig Quadratmeter groß war, die Fenster himmelblaue Plüschvorhänge, in einer Ecke stand ein Flügel mit einem echten Tigerfell darauf, und die andere Ecke nahm ein Billardtisch ein. An der Wand zu meiner Rechten ragte ein riesiges weißes Büfett mit Kupfergriffen auf – nicht schlechter als das auf dem Bahnhof. Die Bretter des Büfetts bogen sich unter den mit Kognak und Champagner gefüllten Flaschen. Auch einen großen Tisch mit einer Brokatdecke gab es hier und daneben ein Sofa aus Mahagoni und dunkelblauem Satin. Der Fußboden war mit blauweißen Mettlacher Fliesen ausgelegt, und das Bett stand auf einer Marmorempore. Dieses Bett war aus reinem Silber gegossen und der Sprungrahmen aus Golddraht geflochten. Darauf lagen ein Eiderdaunenbett und eine violette Seidendecke; nur ein Laken fehlte aus irgendeinem Grunde. An den Wänden hingen Jagdtrophäen: Elch- und Hirschgeweihe, Walroßzähne, Stoßzähne von Elefanten und Mammutkiefer.

Die Küche war ein großer Raum mit Wänden aus Kristall. Darin standen mehrere Küchentische aus karelischer Birke, auf dem Tisch ein vergoldeter Primuskocher und ein Petroleumkocher mit Perlmuttintarsien. In Regalen schimmerten goldene Kochtöpfe, Bratpfannen und Bügeleisen.

Obendrein gab es in meiner neuen Wohnung viele Spiegel. Die Wände von Bad und Toilette bestanden nur aus Spiegeln.

Angesichts dieses Reichtums bildete ich mir allmählich

ein, mich in einem märchenhaften Traum zu befinden, und probierte die ganze Heimtechnik durch, um mich davon zu überzeugen, daß all das Wirklichkeit war. Ich drückte auf die Schalter, und das Licht ging an. Dann setzte ich mich an den Flügel und hämmerte auf eine Taste – der Flügel gab tatsächlich Töne von sich. Ich konnte zwar nicht spielen, aber die Tatsache, daß die Saiten erklangen, war unbestreitbar! Anschließend ging ich ins Bad, drehte einen Hahn auf, und es floß ganz normales Wasser heraus. Alles, was ich anfaßte, funktionierte. Alles war echt!

Ich kehrte ins Zimmer zurück, zog mich aus, löschte das Licht und legte mich auf das silberne Luxusbett. Ich konnte jedoch lange nicht einschlafen, mich störte die Stille. Hier unter der Erde war es furchtbar still! Außerdem dehnte sich unter meinem Körpergewicht der goldene Sprungrahmen aus – offenbar war Gold dafür ein zu weiches Metall, das das Eisen nicht ersetzen konnte. Ich kam mir vor wie in einer Hängematte: Füße und Kopf lagen höher als der Rumpf. Zu guter Letzt aber schlief ich doch noch ein.

Der Alltag im unterirdischen Paradies

In der Nacht begann mein erfrorener Fuß zu schmerzen, und obendrein hatte sich der Golddraht so ausgedehnt, daß ich mit der unteren Körperseite die Kälte des Marmors spürte, auf dem das silberne Bett stand. Durch all das wach geworden, beschloß ich, meinen kranken Fuß in das Tigerfell zu hüllen, das auf dem Flügel lag, und stand auf. Schlaftrunken, wie ich war, hatte ich jedoch völlig vergessen, daß das Bett auf einer Empore stand, und stürzte die Stufen hinunter. Es waren zwar nur fünf Stufen, doch holte ich mir eine Beule an der Stirn, und der Fuß tat noch mehr weh. Vor Schmerz fluchte ich mit Ausdrücken, die ich seit meiner verwahrlosten Kindheit nicht mehr gebraucht hatte. Die Antwort war ein tiefes unterirdisches Schweigen. Ich schaltete die beiden Kronleuchter ein, humpelte über die kalten Mettlacher Fliesen zum Flügel, zog das Fell herunter und legte mich, ohne das Licht auszuschalten, aufs Sofa.

Schlafen konnte ich jedoch nicht. In diesem riesigen Luxusgemach, in dem eine solche Stille herrschte, wurde mir ganz unheimlich zumute. Da stand ich wieder auf, wanderte durch die Wohnung und machte überall Licht. Dann ging ich ins Bad und öffnete die Hähne. Das Wasser plätscherte in die Wanne und ins Waschbecken, und bei dem Rauschen wurde mir etwas wohler.

Nach all diesen Vorkehrungen wechselte ich in den häuslichen Isolierraum hinüber. Das war eine kleine, acht Quadratmeter große Kammer mit einem einfachen Krankenhausbett. Ansonsten bestand die Einrichtung aus einem großen Spucknapf, einem weißen Stuhl und einem weißen Medizinschrank voller Fläschchen. Hier fand ich es gemütlicher, und ich schlief ziemlich rasch ein.

Morgens faßte jemand an meine Schulter, und ich schlug die Augen auf. Vor mir stand Lida.

»Frühstückszeit, du Faulpelz!« sagte sie fröhlich. »Mama bittet uns zum Tee. Ich hab dich kaum finden können. Was ist das für ein Zimmer?«

»Du weißt nicht, was das für ein Zimmer ist?« antwortete ich. »Das ist ein häuslicher Isolierraum. Für den Fall einer Krankheit. Wenn beispielsweise jemand Angina oder Keuchhusten hat.«

»Und was hast du?«

»Nein, ich persönlich bin im Moment, von dem Fuß abgesehen, nicht krank«, erläuterte ich. »Aber da ich nun mal die Möglichkeit habe, drei Wochen lang wie ein Graf oder ein Millionär zu leben, muß ich mich auch total in ihn hineinversetzen. Meiner Meinung nach besitzt jeder normale Graf einen persönlichen Isolierraum. So ein Typ wird sich doch nicht wegen einer Angina zu ganz gewöhnlichen Bürgern ins Krankenhaus legen . . . Darf ich dich was fragen, Lida? Warum gibt's hier bei euch keine Lebewesen? Einen Hund könntest du dir doch wenigstens zulegen, schließlich ist das hier keine Gemeinschaftswohnung. Ich an deiner Stelle würde mir Hunde und Katzen anschaffen – Platz habt ihr genug, und das Futter gibt's kostenlos.«

»Tiere halten's hier nicht aus«, antwortete Lida mit trauriger Stimme. »Wir hatten mal eine Katze, aber die hat nicht lange gelebt. Einmal hab ich mir einen jungen Raben aus der Freiheit mitgebracht, der ist jedoch auch bald eingegangen.«

»Aus der Freiheit sagst du?« fragte ich.

»Na ja, von oben. Aus dem Wald.«

»Gehst du oft dorthin?«

»Nein, ich gehe selten aus. Mein Vater sieht's nicht gern. Nur im Winter, bei Schneesturm, darf ich raus. Der Schnee verweht die Spuren, und niemand findet den Weg zu uns. Aber selbst dazu muß ich meinen Vater jedesmal erst überreden.«

»Langweilst du dich hier denn nicht, Lida?«

»Natürlich langweile ich mich«, antwortete sie widerstrebend. »Aber jetzt, wo du hier bist, ist's lustiger . . . Na, ich gehe dann. Zieh dich an.«

Sie verließ leichtfüßig meine Behausung, und ich stand auf, wusch mich und ging zu den Besitzern des unterirdischen Paradieses hinüber, um Tee zu trinken.

Danach bat Lida mich in ihr Zimmer. Das Zimmer war klein und ohne jeden Luxus eingerichtet. An den Wänden hingen alle möglichen Mädchenporträts.

»Das sind ehemalige Schulkameradinnen, mit denen ich befreundet war«, erklärte Lida.

»Triffst du dich manchmal mit ihnen?«

»Nein.« Lida seufzte und erzählte, daß sie bei einer entfernten Verwandten auf der Wassili-Insel gewohnt und eine Schule an der Zwölften Linie besucht habe. Nach Abschluß der Schule aber habe ihr Vater sie hierher geholt, weil es ihrer Mutter gesundheitlich nicht gut gegangen sei. Ihre Freundinnen glaubten, sie lebe jetzt in Wladiwostok.

»Nach Leningrad kommst du also nur bei Schneesturm?«

»Ja, nur bei Schneesturm.«

»Und was machst du dort?«

»Ich spaziere durch Gassen und Uferstraßen und sehe mir die Leute an . . .«

»Allein?«

»Ja. Warum fragst du?«

»Nur so. Ich dachte, daß du vielleicht einen Begleiter hast. Kurzum, einen, der dir den Hof macht.«

»Nein, mir macht niemand den Hof. Ich bin ja nur sehr selten dort oben.«

»Und was machst du hier? Hast du eine sinnvolle Freizeitbeschäftigung?«

»Ich lese viel.«

»Kann dein Vater auch Bücher aus dem Nichts erschaffen?«

»Nein, Bücher nicht. Die Bücher hat er nach und nach aus der Stadt mitgebracht. Überhaupt kann er weder Bücher, noch Bilder oder Musik erschaffen.«

»Aha. Und woran arbeitet er zur Zeit? Entwirft er vielleicht etwas noch Großartigeres als diesen unterirdischen Palast?«

»Nein, er entwirft gar nichts mehr. Wie er sagt, genügt ihm das Bewußtsein, alles nur Erdenkliche bauen zu können.«

»Lida, wenn du wieder mal in der Stadt bist, mußt du mich in der Ligowka besuchen kommen. Dann gehen wir zusammen spazieren und ins Kino.«

»Ich komme bestimmt«, antwortete sie. »Beim ersten

Schneetreiben erbitte ich mir Ausgang und komme bei dir vorbei. Das wird fein! Gib mir deine Adresse. Hier hast du ein Notizbuch, trag sie eigenhändig ein.«

Dann erzählte ich Lida von mir, davon, wie ich umhervagabundiert und ins Kinderheim geraten war und wie ich dort gelebt hatte. Auch von meinem Freund Goscha und seinem Talent erzählte ich ihr. Das Mädchen hörte mir aufmerksam zu, aber vieles verstand sie nicht – ich mußte ihr die einfachsten Dinge erklären.

Auch von Tossja Vertiko erzählte ich meiner neuen Bekannten. Um mich interessant zu machen, behauptete ich, daß Tossja mich abgöttisch liebe und jederzeit bereit sei, mich zu heiraten, daß es also nur an mir liege ... Ach, warum habe ich das gesagt! Ohne diese unnötige Lüge wäre mein Leben vielleicht ganz anders verlaufen.

Zwei Tage später wurde in dem unterirdischen Paradies Jelisaweta Petrownas Geburtstag gefeiert. Auch mich luden sie dazu ein. Diesmal standen auf dem Tisch allerlei seltene Gerichte und Flaschen mit teurem Wein. Aber außer mir tranken alle sehr wenig. Ich verlegte mich auf einen lieblichen Wein mit ausländischem Etikett und trank mir einen Schwips an. Aber deshalb kam es meinerseits noch lange nicht zu irgendwelchen Ausschreitungen.

Nach dem Kaffee und den Törtchen setzte sich Jelisaweta Petrowna ans Klavier und spielte etwas Ernstes, als sie aber sah, daß mich das nicht ansprach, schaltete sie taktvoll das Koffergrammophon ein, und wir hörten »Ach, diese schwarzen Augen«, »Geschliffene Pokale«, »Am Samowar sitz ich mit meiner Mascha« und andere schöne Platten. Dann spielte Lida auf meinen persönlichen Wunsch hin die »Ramona« auf dem Klavier, und anschließend fragte mich Jelisaweta Petrowna, ob ich singen könne. Ich antwortete, ich besäße zwar kein Talent, kenne aber ziemlich viele Lieder.

»Tragen Sie uns etwas Gefühlvolles vor«, bat Jelisaweta Petrowna.

Was ›etwas Gefühlvolles‹ war, wußte ich auf Grund meiner mangelnden Bildung damals nicht so genau.

»Ich bringe Ihnen das Lied ›Hoppla, und schon knallt's‹«, verkündete ich. »Außerdem kenne ich noch zwei gefühlvolle Lieder: ›Senja kriegte mit dem Schlagring eins auf seine schlaue Rübe‹ und ›Sitz allein ich hinter Gittern‹.«

»Bitte! Bitte!« riefen alle, und ich trug mit Gefühl die oben genannten Lieder vor und wurde zum ersten und letzten Mal in meinem Leben mit Applaus bedacht. Nur Lida klatschte nicht, ihr hatte meine Darbietung offenbar nicht sonderlich gefallen. Aber ich war nicht beleidigt. Ich dachte mir: Schade, daß mein Freund Goscha mit seiner Bühnenbegabung nicht hier ist! Da wurde ich ganz traurig und kriegte Heimweh nach der Ligowka. Aber ein Blick auf Lida tröstete mich. So ein schönes und sympathisches Mädchen war mir noch nie begegnet!

Bald ging der festliche Abend zu Ende. Für mich wurde es Zeit, in meine gräfliche Behausung zurückzukehren. Munter und beschwingt erreichte ich die Wohnungstür, aber sobald ich den Vorraum mit dem ausgestopften Bären betrat und einen Blick in das Zimmer warf, in dem das silberne Bett auf dem Marmorpodest auf mich wartete, wurde mir wieder ganz mulmig, und im Nu war ich stocknüchtern. Abermals knipste ich alle Lampen an, ließ überall, wo es möglich war, Wasser laufen, damit es schön rauschte, und legte mich wieder im Isolierraum schlafen. Hier zog ich mir vor Angst die Decke über den Kopf und schlief mit Mühe und Not ein.

Morgens faßte wieder jemand an meine Schulter. Ich schrak zusammen und wagte den Kopf nicht unter der Decke hervorzuschieben. Da aber hörte ich Lidas Stimme, und mir fiel ein Stein vom Herzen.

»Warum versteckst du dich?« fragte sie lachend. »Komm Tee trinken! Und empfange mein Geschenk. Diese Uhr hat mein Vater in meinem Auftrag erschaffen, und nun schenke ich sie dir.«

Mit diesen Worten legte sie mir eine neue, goldene Uhr ums Handgelenk und machte eigenhändig das alte Armband zu.

»Warum brennt bei dir überall Licht, und überall rauscht das Wasser?« fragte sie plötzlich. »Ich möchte mal wissen, warum du das machst.«

»Ach, Lida, meine Liebe, ich graule mich hier so«, gestand ich ihr. »Denk nicht, daß ich ein Feigling bin. Als Verwahrloster hab ich an den seltsamsten Orten genächtigt, ein paarmal sogar in einem Grabgewölbe, aber so unheimlich wie hier war mir noch nie zumute. Hier schüttelt's mich einfach.«

»Weißt du, Wassja«, sagte Lida plötzlich, »ich werde bei dir hier übernachten. Du schläfst in dem einen Zimmer und ich in dem anderen. Dann weißt du, daß ich in der Nähe bin, und brauchst keine Angst mehr zu haben.«

»Du kommst wohl vom Mond, mein Kind?« fragte ich lachend. »Du glaubst doch nicht etwa, daß deine Eltern dir erlauben, hier bei mir zu übernachten? Die glauben doch gleich sonst was . . . Dabei würde ich dir natürlich mein Wort geben, daß ich mir dir gegenüber nichts herausnehme. Aber hast du selbst denn keine Angst, in einer Wohnung mit mir zu übernachten? Du kennst mich ja kaum. Ich könnte doch ein Lump oder Schubiak sein!«

»Nein, zu dir hab ich Vertrauen«, sagte Lida mit ernster Stimme.

»Na, wenn's so ist, kann ich nichts dagegen sagen. Aber Mama und Papa erlauben's sowieso nicht.«

Erstaunlicherweise aber gelang es ihr, ihre Eltern zu überreden, und in der folgenden Nacht kam sie tatsächlich mit einem Kissen, einem Laken und ihrer Zudecke zu mir. Sie machte es sich im großen Zimmer auf dem Sofa bequem, denn das Bett mit seinem schwachen Rahmen aus Goldgeflecht war nicht zum Schlafen geeignet. Ich legte mich wieder in den Isolierraum. Das Bewußtsein, daß Lida in meiner Nähe war, nahm mir die Angst, und ich schlief ruhig ein. Das Mädchen belästigte ich natürlich nicht, weil ich immer hielt, was ich versprochen hatte. Außerdem hatte ich ernste Absichten. Von meiner früheren Liebe zu Tossja Vertiko war keine Spur mehr vorhanden.

Zwei Aussprachen

Mein Fuß kam allmählich wieder in Ordnung. Ich konnte schon wieder gehen, ja sogar laufen, wenn auch nicht allzu schnell. Lida und ich spazierten oft durch die endlosen repräsentativen Säle des unterirdischen Palastes und plauderten herzlich miteinander. Manchmal spielten wir auch Verstecken. Lida war darin sehr geschickt, hatte aber keine Geduld: Wenn ich sie nicht gleich finden konnte, tat ich ihr leid, und sie kam lachend aus ihrem Winkel hervor. Dann gingen wir in den Fontänensaal, setzten uns am Springbrunnen auf eine Bank, und ich erzählte ihr beim Rauschen des Wassers verschiedene Begebenheiten aus meinem Leben. Lida riß dann die grauen Augen weit auf und hörte mir zu.

Mittlerweile war jedoch schon die dritte Woche meines unterirdischen Aufenthalts angebrochen, und ich begriff, daß ich allmählich Abschied nehmen und an die Erdoberfläche zurückkehren mußte. Ich will nicht verschweigen, daß es mir in diesem unterirdischen Palast trotz all seines Komforts nicht sonderlich gefiel. Ich fühlte mich hier einfach nicht wohl und sehnte mich nach meiner Arbeit, nach der Ligowka und meinem treuen Freund Goscha. Unter der Erde kam ich mir vor wie ein arbeitsscheues Element, ja sogar wie ein Parasit.

Das einzige, was mir hier gefiel, war Lida. Ich hätte sie stundenlang betrachten können. Und bald merkte ich, daß auch Lida mir Sympathie entgegenbrachte und daß ihr das Leben in dem unterirdischen Paradies überhaupt nicht zusagte.

Und eines schönen Tages kam, was kommen mußte. Nicht daß Sie mich falsch verstehen. Lida und ich gestanden uns lediglich unsere Liebe ein. Genauer gesagt, ich fing mit dem Geständnis an, während sie es fortsetzte und sagte, auch sie habe mich liebgewonnen. Dieses freudige Ereignis spielte sich in meiner Wohnung ab, als Lida mich zum Mittagessen holte. Ich erinnere mich daran, als wäre es heute gewesen: Erst plauderten wir über dies und jenes, dann kamen wir in den Vorraum, und hier, neben dem Bären, faßte ich mir ein Herz und machte Lida ein schüchternes Geständnis, auf das ich eine leise, aber positive Antwort erhielt. Ich nahm Lida zärtlich in die Arme, und es kam zum ersten Kuß.

Den Rest des Tages war ich vor Glück wie betäubt. In meinem Kopf entstanden herrliche Zukunftsträume. Ich malte mir aus, daß Lida nach Leningrad zieht und sich eine Arbeit sucht, daß wir uns ein Zimmer beschaffen, ein bescheidenes Familienleben führen und an unseren freien Tagen gemeinsam die Museen besuchen. Mir schwebte ein glückliches Geschick vor, und der Himmel schien mir klar und wolkenlos zu sein. Aber leider blinkte das Licht der Hoffnung nur einmal kurz auf und erlosch dann wieder, und mein Lebensschiff strandete.

Am nächsten Tag brachte Lida mir eine erfreuliche Nachricht. Das heißt, diese Nachricht kam mir zunächst erfreulich vor, dabei stellte sich bald heraus, daß sie gar nicht so erfreulich war.

»Ich hab meinen Eltern von unserer gegenseitigen Zuneigung erzählt, und sie stehen der Sache positiv gegenüber!« erklärte Lida. Gleich darauf fügte sie jedoch hinzu: »Mein Vater bittet dich zu einem persönlichen Gespräch in sein Kabinett.«

Ich eilte ins Kabinett des Schöpfers, wo er im Sessel saß und auf mich wartete. Er bot auch mir einen Platz und eine Papirossa Marke »Sewernaja Palmira« an und eröffnete das Gespräch.

»Ich habe etwas Wichtiges mit Ihnen zu besprechen«, sagte er. »Ich weiß, daß Lida Ihnen gefällt, und vor kurzem erfuhr ich von ihr selbst, daß auch Sie ihr gefallen. Ich bin sogar darüber informiert, daß es zu einer spontanen Aussprache kam, bei der sich beide Seiten auf eine Heirat einigten. Ist das richtig?«

»Ja, vollkommen richtig, Bürger Schöpfer«, bestätigte ich. »Ich habe mich auf den ersten Blick in Ihre sympathische Tochter verliebt und werde sie bis an mein Lebensende lieben.«

»Meine Frau und ich haben nichts gegen diese Eheschließung«, erklärte der Schöpfer. »Während unserer kurzen Bekanntschaft bin ich zu dem Schluß gelangt, daß Ihr Horizont zwar nicht sehr weit, Ihr Charakter aber nicht schlecht ist, daß Sie ein anständiger Mensch sind und meiner Tochter nichts Böses antun werden. Da Lida Sie liebgewonnen hat, will ich ihr nichts in den Weg legen und erkläre mich mit der Eheschließung einverstanden. Jetzt sind Sie froh, was?«

»Und wie, Bürger Schöpfer! Ich bin der glücklichste Mensch auf der Welt!« rief ich aus.

»Ich stelle jedoch eine Bedingung«, fuhr der Schöpfer fort. »Sie dürfen uns die einzige Tochter nicht nehmen und sie in die Welt dort oben entführen, wo kleine und große Mißgeschicke und Kümmernisse auf sie warten. Sie müssen hierbleiben und der Welt dort oben im Interesse unserer und Ihrer eigenen Ruhe und Sicherheit für immer entsagen. Von nun an müssen Sie die Erdoberfläche vergessen und dürfen keine Nachricht mehr dorthin entsenden, damit man auch Sie dort vergißt. Ist Ihnen das recht?«

Ich schwieg. So sehr ich Lida auch liebte, konnte ich

mir doch nicht vorstellen, mein Leben hier, unter der Erde, mit ihr zu verbringen. Als der Schöpfer mein Zaudern bemerkte, verfinsterte sich seine Miene. Offenbar hatte er nicht erwartet, daß ich ihm moralischen Widerstand leisten würde.

»Gefällt Ihnen das Leben dort oben etwa?« fragte er erstaunt. »Hier versorge ich Sie mit allem, was Sie brauchen, und es soll Ihnen an nichts fehlen. Mögen sich die Menschen auf der Erde zanken, streiten und bekriegen, mögen sie im Schweiße ihres Angesichts arbeiten, Sie und Lida dagegen werden hier leben wie die Götter, und jeder Ihrer Wünsche wird augenblicklich erfüllt, ohne daß Sie sich auch nur im geringsten anzustrengen brauchen! Nun entscheiden Sie!«

Ich überlegte fieberhaft. Mein ganzes Leben wollte ich nicht unter der Erde verbringen. Und mir war klar, daß ich Lida hier, so sehr ich mich auch bemühen mochte, nicht würde glücklich machen können. Schließlich spielte sich das Leben dort oben ab und nicht unter der Erde. Außerdem wollte ich meinen Freund Goscha nicht für immer verlieren, ohne ihm vorher noch eine Nachricht zukommen zu lassen. Ich wußte: Wenn ich nicht zurückkehrte, würde er glauben, ich hätte mich umgebracht, um ihm bei seinem Werben um Tossja Vertiko nicht im Wege zu sein. Er würde Gewissensbisse kriegen, vor Kummer zu trinken anfangen, sein Talent verlieren und kläglich in der Gosse enden. Konnte ich den Schöpfer nicht irgendwie überlisten und Lida für immer mit nach oben nehmen?

»Im Prinzip stimme ich Ihnen zu«, sagte ich mit fester Stimme. »Aber vorher muß ich noch meine irdischen Angelegenheiten regeln: Ich muß kündigen, meine Schulden bezahlen und mein persönliches Konto auf meinen Freund Goscha überschreiben lassen. Und auch Lida muß mitkommen: Schließlich gibt's hier, in Ihrem unterirdischen Palast, kein Standesamt. Lida ist doch keine dumme

Göre mehr, sondern ein anständiges junges Mädchen, ich bin auch weder ein dummer Junge noch irgend so ein Aufschneider vom Trödelmarkt, und unsere Ehe soll standesamtlich beglaubigt sein. Habe ich recht, Bürger Schöpfer?«

»Nein, Sie haben nicht recht«, widersprach mein Gesprächspartner streng. »Das Standesamt ist eine reine Formalität. Sie wollen mich überlisten, junger Mann, ich durchschaue Sie! Entscheiden Sie sich: Entweder bleiben Sie mit Lida hier unten, oder Sie trennen sich für immer von ihr.«

Bei diesem grausamen Ultimatum krampfte sich mir das Herz zusammen. Aber ich konnte mein Leben nicht gegen dieses Gold- und Platingefängnis eintauschen. Leise sagte ich zum Schöpfer: »Dann entlassen Sie mich nach oben, aber geben Sie mir vorher zehn Minuten, damit ich mich von Lida verabschieden kann.«

»Gut«, antwortete der Schöpfer. »Ich gebe Ihnen diese zehn Minuten für den endgültigen Abschied.« Mit diesen Worten verließ er das Kabinett, und bald darauf stürzte Lida herein. Sie war in Tränen aufgelöst, weil ihr strenger Vater ihr die entstandene Situation schon geschildert hatte.

»Wassja, Wassja!« sagte sie unter Tränen. »Nie hätte ich geglaubt, daß unsere Liebe einmal so traurig enden würde! Aber ich verstehe dich. Ich werde mein Leben lang an dich denken und nie einen anderen Mann ansehen.«

»Lidotschka!« rief ich. »Wenn unsere Hochzeit auch ausfällt, werde ich in Gedanken doch immer bei dir sein.«
»Wirst du auch nicht diese Tossja Vertiko heiraten?« fragte Lida aufgeregt.

»Das fällt ein für allemal flach«, antwortete ich. »In meinem Herzen hast nur du Platz. Wenn ich dich nicht heiraten kann, werde ich auch nie eine andere nehmen. Darauf gebe ich dir das Ehrenwort eines ehemaligen Heimkindes!«

Da fielen wir uns in die Arme und küßten uns unter Tränen.

Und plötzlich legte Lida die Lippen an mein rechtes Ohr und flüsterte: »Eine Hoffnung gibt es noch. Vielleicht kann ich meinen wachsamen Vater überlisten und nach oben entkommen. Erwarte mich bei Schneesturm . . .«

In diesem Moment ging die Tür auf, und der Schöpfer trat mit einer Stoppuhr in der Hand ein.

»Ihre Zeit ist abgelaufen«, sagte er streng. »Lida, geh auf dein Zimmer!«

Lida warf mir zum Abschied noch einen langen Blick zu und ging. Der Schöpfer aber öffnete einen Schrank und entnahm ihm eine Flasche und ein großes Kristallglas.

»Da wir uns nun trennen, müssen Sie noch einen Abschiedstrunk nehmen«, sagte er mit geheimnisvollem Lächeln. »Aber vielleicht überlegen Sie sich's doch noch und bleiben hier?«

»Nein«, antwortete ich. »Ich bleibe nicht hier.«

»Na, wie Sie wollen. Sie werden Ihren Entschluß bitter bereuen und Ihr Leben lang an diesen unterirdischen Palast und an Lida zurückdenken, den Weg hierher aber niemals wiederfinden.« Mit diesen Worten füllte der Schöpfer das Glas mit Wein und reichte es mir.

Ohne etwas zu argwöhnen, leerte ich das große Glas auf einen Zug. Der Wein hatte einen merkwürdigen, bitteren Beigeschmack nach Wermut oder irgendeiner chemischen Substanz. Im selben Moment war mir, als klappte in meinem Kopf eine Tür zu, und ich wußte nicht mehr, wo ich mich befand.

Wieder auf der Erde

Als ich zu mir kam, saß ich auf einer Bank in der Grünanlage neben der Isaak-Kathedrale. Um mich herum tobte der Schneesturm, und in meinem Kopf dröhnte es wie nach einem großen Besäufnis. Ich versuchte mich an das zu erinnern, was mit mir geschehen war, und plötzlich sah ich so klar und deutlich wie im Kino den unterirdischen Palast vor mir, Lida, den Schöpfer und alles, was mir dort begegnet war. Aber wie Sie, verehrte Leser, sich erinnern werden, wußte ich den Weg dorthin nicht, weil ich aus dem Lieferwagen nicht hatte hinausspähen können. Und auch den Weg, der von dort hierherführte, kannte ich nicht – der Schöpfer hatte mich mit jenem Getränk betäubt und in bewußtlosem Zustand in die Stadt geschafft. Und nun bin ich schon dreiundsechzig Jahre alt und weiß bis heute nicht, wo dieser unterirdische Palast gestanden hat. Und ich werde es nun auch nie mehr erfahren.

Ich saß also mitten in Leningrad in einer Grünanlage und konnte mich nicht aufraffen, aufzustehen und nach Hause, in die Ligowka, zu gehen. Dabei begannen meine Füße, besonders der Fuß, den ich mir erfroren hatte, bereits zu erstarren.

Um mich zu erwärmen, schlug ich die Füße gegeneinander und blickte dabei nach unten. Und erstaunt bemerkte ich, daß ich keine billigen, abgewetzten Skistiefel mehr an den Füßen hatte, sondern gelbe Schuhe Marke »Bulldogge«. Dann entdeckte ich, daß ich eine teure Bibermütze und einen eleganten Nerzmantel trug, unter dem ein dunkelblauer Anzug aus feinem Tuch hervorsah.

Über diese Entdeckung verblüfft, griff ich mechanisch nach meinem alten Zigarettenetui aus Blech, um mit ein paar Zügen mein Bewußtsein zu beleben. Und was geschah? In der Tasche meines Pelzmantels steckte ein massives goldenes Zigarettenetui, das mit dicken, duftenden Papirossy Marke »Dubec« gefüllt war, und ein goldenes Feuerzeug. Da durchsuchte ich alle Taschen und stellte fest, daß sie mit goldenen Ringen, Armbändern, Ohrringen und sonstigem Schmuck vollgestopft waren. Und ich begriff, daß ich ein reicher Mann war.

Damals konnte ich nicht ahnen, warum der Schöpfer das getan hatte. Vielleicht tat ich ihm leid, und er wollte mit dem Gold meinen Seelenschmerz heilen? Oder ging es ihm nur darum, mir zu guter Letzt noch einmal seine Macht zu demonstrieren? Heute aber habe ich den Verdacht, daß er mich nicht aus Gutmütigkeit reich machte, sondern aus Rache dafür, daß ich nicht in seinem unterirdischen Palast hatte bleiben wollen. Ja, ja! Ich habe den Verdacht, daß er das tat, um mich vom rechten Weg abzubringen, einen Nichtstuer aus mir zu machen und mich moralisch und physisch in einen Abgrund zu stoßen! Wäre ich doch durch das Gold des Schöpfers tatsächlich fast zugrunde gegangen . . .

Damals aber war ich zu jung, um das zu durchschauen. Und obwohl mein Herz nach der Trennung von Lida mit Trauer erfüllt war, freute ich mich, ehrlich gesagt, über den Reichtum. Ich erhob mich von der Bank, schüttelte den Schnee von der Mütze und dem prächtigen Kragen und machte mich auf den Weg zum Kaufhof, in dem es damals viele Privatgeschäfte von NÖP-Leuten gab. Ich betrat einen Juwelierladen, holte einen Ring aus der Tasche, legte ihn auf den Ladentisch und sagte, ich wolle ihn verkaufen. Der Juwelier sah sich den Ring aufmerksam an und bot mir eine Summe dafür, wie ich sie in meinem numerierten Werk in drei Monaten nicht verdient hätte. Ich steckte das Geld ein und ging mit stolzer Miene in einen Jelissejewladen. Dort erstand ich zwei Flaschen »Lastotschka«, erstklassigen Kognak, eine Flasche Sekt, eine Dose Kaviar, ein Kilo Schwarzmeeraustern und alle möglichen anderen Delikatessen. Mit Paketen beladen, trat ich auf die Straße, winkte ein Privattaxi heran, stieg in den Renault und fuhr zur Ligowka.

Als ich in unser Zimmer kam, war Goscha schon von der Arbeit zurück. Im ersten Moment erschrak er sogar, weil er mich in meiner neuen Aufmachung nicht erkannte. Er glaubte, ein Kriminalagent wolle wegen des Diebstahls von Parfüm ein Protokoll aufnehmen. Aber als er sah, daß er seinen alten Freund vor sich hatte, war sein Glück grenzenlos. Er umarmte mich, und in seinen Augen glitzerten Freudentränen.

»Und ich dachte schon, sie hätten dich wegen irgendwas am Kanthaken gekriegt!« rief er. »Ich wollte schon die Gefängnisse abklappern, um herauszukriegen, wo ich Liebesgaben für dich abgeben könnte!«

»Wie du siehst, bin ich noch gesund und munter«, antwortete ich und räumte bei diesen Worten die Schmucksachen aus meinen Taschen. Nur die Uhr behielt ich am Arm, weil sie ein Geschenk von Lida war, die restlichen Goldsachen aber packte ich auf den Tisch.

»Ich hatte Massel«, sagte ich zu Goscha. »Aber weil du mein Freund bist, gehört das alles uns beiden – keine Widerrede. Schließlich haben wir's immer so gehalten: Was dein ist, ist auch mein, und was mein ist, ist auch dein.«

Goscha umarmte mich noch einmal mit Tränen in den Augen und sagte: »Wassja, ich freue mich nicht über deinen Massel und nicht über deine Beute, sondern darüber, daß du noch lebst und auf freiem Fuß bist!«

»Goscha, mein Freund, mach dir um mich keine Sorgen!« rief ich. »Dieses Gold habe ich zwar nicht durch Arbeit, aber trotzdem auf ehrlichem Wege erworben. Man hat es mir aus freien Stücken geschenkt. Spuck mir ins Gesicht, wenn ich lüge!«

»Wassja, ich kenne dein gutes Herz«, sagte Goscha sanft. »Du willst mir nichts erzählen, damit ich nicht zum Komplizen bei einem Diebstahl werde. Eins aber sollst du wissen: Wenn sie dich holen, zeige ich mich selbst an und gehe mit dir ins Gefängnis. Was dein ist, ist auch mein, und was dir geschieht, soll auch mir geschehen!«

»Ich schwöre dir, ich habe niemand ausgeraubt!« wiederholte ich. »Jetzt setzen wir uns an den Tisch, und ich erzähle dir bei einer Flasche Wein, was mir zugestoßen ist. Vor allem aber gebe ich dir gegenüber eine mündliche Erklärung ab. Wisse, daß ich ein für allemal auf eine Werbung um Tossja verzichte. Ich habe mein Herz einer anderen geschenkt und scheide aus dem Spiel aus. Von nun an will ich dir auf jede nur erdenkliche Weise helfen, Tossjas rechtmäßiger Ehemann zu werden. Was sagst du dazu?«

»Was soll ich dazu sagen«, antwortete mein Freund. »Du hast eine andere liebgewonnen – da beißt die Maus keinen Faden ab. Ich werde dir Tossja nicht aufdrängen und mit reinem Gewissen meine Bemühungen um sie verdoppeln. Übrigens hat sie sich schon nach dir erkundigt und sich dafür interessiert, wo du abgeblieben bist. Natürlich hab ich ihr meine Vermutungen nicht mitgeteilt, sondern ihr was von einer Moskauer Tante vorgeschwatzt, die sich bei dir angefunden hat und zu der du auf Besuch gefahren bist.«

»Und was für Vermutungen hattest du?«

»Ich hab mir gleich gedacht, daß du dich mit kriminellen Elementen eingelassen und deshalb kein Lebenszeichen von dir gegeben hast.«

»Ich hab mich nicht mit kriminellen Elementen eingelassen«, rief ich. »Du hast dir da einen schönen Blödsinn eingeredet.«

»Schon gut, schon gut, du bist ein Heiliger«, sagte Goscha lachend. »Das ganze Gold hat dir der liebe Gott für deine guten Taten geschenkt. Belassen wir's dabei.«

Ich gab es auf, mit ihm zu streiten, entkorkte ein paar Flaschen, wickelte die Pakete aus, und das Festmahl begann. Nach dem Kognak tranken wir Sekt und aßen dazu

Kaviar, Zervelatwurst, Baisertörtchen und Konfekt Marke »Königin der Nacht«. Mit den Austern kamen wir nicht klar, wußten uns aber zu helfen: Wir borgten uns von den Nachbarn einen Nußknacker und knackten damit die Schalen, in denen diese listigen Mollusken hockten. Bald waren wir satt und betrunken. Unser Rausch hielt sich jedoch in Grenzen, weil die üppigen Speisen uns daran hinderten, volltrunken zu werden.

Anschließend rauchten wir, und ich erzählte Goscha, wie ich im Wald beinahe erfroren wäre, wie Lida sich über mich gebeugt, wie sie mich in den unterirdischen Palast geführt und wie man mich dort aufgenommen hatte.

»Jetzt halt mal die Luft an, Wassja!« fiel mein Freund mir beleidigt ins Wort. »Wenn du mir nicht die Wahrheit sagen willst, dann laß es sein, ich will dich nicht aushorchen. Aber flunkere mir nichts von goldenen Wänden und unterirdischen Palästen vor! Spiel nicht den Geistesgestörten!«

Und ich verstummte. Ich begriff: Wenn nicht einmal mein treuer Freund mir glaubte, würde mir kein Mensch auf der Welt jemals glauben! Und ich schwieg vierundvierzig Jahre lang.

Gefährliches Gold

Am nächsten Tag, einem Sonntag, suchten wir gleich frühmorgens ein paar Geschäfte auf. Wir verkauften einige der Goldsachen, und Goscha erstand einen Anzug mit Weste aus feinem violettem Tuch, moderne gelbe Schuhe, einen Pelz mit Schalkragen, eine Art Bojarenmütze und eine schicke Uhr. Außerdem suchten wir einen guten Stoff für einen Damenmantel aus, damit Goscha ein Geschenk für Tossja Vertiko hatte.

Am Abend fuhren mein Freund und ich festlich gekleidet im Taxi zum Restaurant »Quisisana«, wo wir uns Kotelett auf Gatschinaer Art, gebratenen Fasan, eine Flasche Importkognak »Napoleon«, eine Flasche Kakaolikör, ein Dutzend Flaschen Bier und dreißig Krebse kommen ließen. Unser Tisch stand in der Nähe der Bühne, und ich bestellte mir bei den Musikern, ohne aufs Geld zu sehen, viermal hintereinander die »Ramona«, weil mich die Melodie an Lida erinnerte.

Am nächsten Tag ging mein Urlaub zu Ende, aber ich wachte mit einem so schweren Kopf auf, daß ich beschloß, den Arbeitsbeginn noch etwas hinauszuschieben. Statt dessen schlenderte ich durch ein paar An- und Verkaufläden. Ich wollte unser Zimmer schön einrichten – um Goscha eine Freude zu bereiten und auch für den Fall, daß Lida sich aus dem unterirdischen Palast befreien konnte und bei mir auftauchte. Ich erstand einen Mahagonischreibtisch, einen Teppich mit eingewebtem Elefanten, eine »Morgendämmerung am See« – die Kopie eines Gemäldes von einem unbekannten Meister, eine Büste des Physikers Lavoisier, ein Dutzend Gläser, einen vernikkelten Samowar und ein paar andere Dinge. All das wurde sofort in die Ligowka geliefert, und schon war unser Zimmer nicht wiederzuerkennen. Als Goscha von der Arbeit kam, war er über meine Bemühungen, unser Dasein zu verschönen, hocherfreut. Am Sonntag darauf lud er mit meiner Zustimmung Tossja Vertiko zu uns ein, und sie kam.

Wieder hatten wir Kognak, Likör und teure Delikatessen besorgt. Der reich gedeckte Tisch, die stilvolle Einrichtung, Goschas elegante Kleidung und seine höfliche Werbung machten auf Tossja großen Eindruck. Als sie merkte, daß ich ihr gegenüber gleichgültig war, begriff sie, daß ihr Glück nun in Goschas Händen lag, und war an diesem Abend sehr aufmerksam zu ihm. Eine Woche später teilte Goscha mir freudestrahlend mit, daß Tossja seine Frau werden wolle, sich aber ausgebeten habe, mit der Hochzeit noch bis zum nächsten Winter zu warten: Sie müsse sich erst endgültig davon überzeugen, daß Goscha eine Zukunft vor sich habe.

Vor Freude tranken mein Freund und ich einen Monat lang statt Tee zum Frühstück Sekt. Goscha aber ging jeden Tag brav zur Arbeit, während ich wegen unentwegter Bummelei entlassen wurde. Ich hatte jedoch noch genügend Gold und war über den Verlust meiner Arbeitsstelle nicht allzu traurig. Natürlich begriff ich, daß ich mich allmählich in einen Nichtstuer verwandelte, der seine Zeit in Restaurants und Bierstuben, ja sogar in Spielklubs verbrachte. Damals aber kam ich nicht darauf, daß ich im Grunde genommen selbst dazu beitrug, die hinterhältigen Rachepläne des Schöpfers wahr zu machen, der mich mit seinem Gold verderben wollte. Die Erinnerung an Lida und die Hoffnung auf ein Wiedersehen mit ihr ließen mich fest daran glauben, daß ich es eines Tages schaffen würde, ein neues Leben anzufangen und wieder ein anständiger Mensch zu werden.

Aber die Zeit verging, und Lida kam nicht. Der diesige Leningrader Frühling brach an, und vor mir lagen der ganze Sommer und ein langer Herbst . . . Bis zum Winter war es noch weit. Lida konnte schließlich nur bei Schneesturm kommen.

Die Pferdekur

Obwohl ich nun nicht mehr arbeitete, hatte auch dieses Leben seine Tücken. Und bald wurde alles noch komplizierter.

Eines schönen Tages, als ich mit Saubermachen dran war und die Kippen und Streichhölzer auf dem Fußboden zusammenfegte, sah ich unter Goschas Bett ein mit Gummi umwickeltes, einen halben Meter langes Wasserrohr liegen. Daneben stand eine Schüssel mit Wasser, in dem Eisklümpchen schwammen. Als ich meinen Freund fragte, was es damit auf sich habe, wurde er verlegen und versuchte, mir auszuweichen. Ich stellte ihm jedoch ein paar zielgerichtete Fragen, und da verriet er mir ein medizinisches Geheimnis.

»Ich werde dich kurieren, Wassja«, sagte er streng. »Du bist nämlich krank.«

»Wieso bin ich krank?« fragte ich erstaunt.

»Du bist psychisch krank, Wassja. Du hältst dich zwar für gesund, aber du bist nicht bei Verstand.«

Anschließend erzählte Goscha, daß er anfangs geglaubt habe, ich schwindle ihm was von einem unterirdischen Palast vor, jetzt aber habe er gemerkt, daß ich nachts von diesem unterirdischen Paradies phantasiere. Und da ich selbst daran glaube, sei das keine Lüge mehr, sondern etwas viel Schlimmeres. Im Brustton der Überzeugung fügte Goscha hinzu, daß ich durch eine ruchlose Tat wahnsinnig geworden sei: Kurzum, ich habe einen Raubmord begangen und darüber den Verstand verloren. Er wolle mich jedoch nicht in eine psychiatrische Klinik bringen, weil man mich dort vielleicht kurieren, möglicherweise aber auch die Ursache für meinen Wahnsinn entdecken und mich vors Gericht stellen würde. Darum habe er mit einem erfahrenen Wächter beratschlagt, der sich in solchen Dingen auskenne, und wolle mich nun selbst kurieren.

Ich versuchte Goscha die Sache mit dem Raubmord nicht auszureden – mittlerweile wußte ich, daß das zwecklos war. Ich erkundigte mich nur noch, wozu er das Wasserrohr brauche.

»Damit werde ich dich kurieren«, erklärte Goscha. »Wenn's den Menschen überkommt, muß man ihm sofort einen schweren Gegenstand über den Kopf schlagen und ihn dann mit kaltem Wasser begießen. Der Schlag bewirkt eine totale Umkrempelung des Gehirns zum normalen Bewußtsein. Er soll nicht tödlich sein, aber so stark wie möglich, sonst kommt nichts dabei raus.«

»Goscha, mein Herzensfreund«, sagte ich, »was ist,

wenn mein Gehirn durch den Schlag zum normalen Bewußtsein zurückfindet, ich selbst aber bei diesem medizinischen Eingriff draufgehe? Kann das nicht auch passieren?«

»Es ist besser, gesund zu sterben, als krank zu leben«, versicherte mir Goscha. »Ein Kunstfehler ist in der Medizin immer möglich, ich kann den Schlag natürlich falsch berechnen. Zwar ist das Rohr mit Gummi umwickelt, aber wer weiß, ob die Amortisation hinhaut. Dann gehe ich hin und stelle mich. Ich hab alles genau geplant. Für die Gesundheit meines Freundes ist mir nichts zu teuer.«

Diese Worte und Goschas Sorge um mich rührten mich. Aber zu meiner Schande wagte ich jetzt nicht mehr einzuschlafen: Plötzlich fing ich an zu phantasieren, und Goscha nahm die Heilbehandlung auf. Heimlich, um meinen Freund nicht zu enttäuschen, versuchte ich mich wachzuhalten: Abends kaute ich Teeblätter und knabberte Kaffeebohnen, um im Bett voll da zu sein. Aber all das half wenig, und wenn mich ein starkes Schlafbedürfnis ankam, stand ich leise auf, nahm den Wecker und schlich auf Zehenspitzen ins Badezimmer. Dort legte ich mich in die Wanne, stellte den Wecker so, daß er nach einer Stunde klingelte, deponierte ihn auf meinem Bauch und schlief unbesorgt ein. Dieser kurze Schlaf kräftigte meine Nerven ein wenig, und ich kehrte leise ins Zimmer zurück, stieg vorsichtig ins Bett und wachte hier, bis Goscha am Morgen zur Arbeit ging. Erst dann schlummerte ich seelenruhig ein.

Schlecht war nur, daß die anderen Mieter meine Ausflüge ins Badezimmer mitkriegten und daß unter ihnen das abträgliche Gerücht umging, ich sei nicht ganz normal. Dieser Tratsch in der Gemeinschaftswohnung gelangte auch zu Goscha, und nun glaubte er noch fester an seine medizinische Diagnose und hielt mich obendrein für mondsüchtig. Jetzt trank auch mein Freund zur Nacht starken Kaffee, um nicht einzuschlafen und mich beim

Phantasieren oder bei einem meiner nächtlichen Ausflüge mit dem Wecker zu erwischen. Er verdoppelte seine Wachsamkeit, und ich spürte, daß die Stunde der Pferdekur näher rückte. Um die Sache hinauszuzögern, schaffte ich tagsüber Kognak herbei und verleitete Goscha abends zum Trinken. Dann sanken wir beide alkoholisiert in den Schlaf, und keiner von uns kümmerte sich mehr um den anderen. Bald aber ereigneten sich Dinge, die dazu führten, daß mein Freund seine ärztlichen Pflichten vergaß und die Gefahr einer Heilbehandlung für mich entfiel.

Unsere Geldvorräte schrumpften unterdessen. Ich achtete jedoch nicht sonderlich darauf. Nicht dem Geld galt mein Trachten. Der Winter, die Zeit des Unwetters und der Schneestürme, rückte näher. Und im selben Maße wuchs auch meine stille Hoffnung auf ein Wiedersehen mit Lida.

Die verhängnisvolle Hochzeit

Dieses verflixte dreizehnte Kapitel meiner wahren Geschichte beginnt mit einem »Prosit!« und endet mit einem »Friede ihrer Asche!« Es beginnt mit einer Hochzeit und endet . . . Aber ich will Sie nicht vor der Zeit betrüben, liebe Leser.

Anfang Dezember legte Tossja Vertiko endlich den Tag ihrer Eheschließung mit Goscha fest: den siebzehnten Dezember. Ich weiß nicht, warum sie gerade dieses Datum wählte. Vielleicht einfach, weil es ein Sonnabend war und man am Sonntag ausschlafen und nach der Hochzeitsfeier wieder zu sich kommen konnte. Für mich aber erwies sich dieser Tag als verhängnisvoll fürs ganze Leben.

Die Hochzeit sollte auf Kosten des Bräutigams in der Wohnung der Braut gefeiert werden. Tossja und ihre Mutter bewohnten zwei schöne Zimmer, und nach der Hochzeit wollte Goscha zu seiner jungen Frau ziehen. Schon eine Woche vorher begann mein Freund mit meiner Hilfe

Spirituosen, Lebensmittel und Geschenke für Frau und Schwiegermutter einzukaufen.

Und da mußten wir mit Bedauern feststellen, daß unsere Goldvorräte erschöpft waren. Wir hatten uns daran gewöhnt, auf großem Fuß zu leben, und aus unerfindlichen Gründen geglaubt, das Gold würde uns ein Leben lang reichen, aber es kam anders! Alles in allem besaßen wir noch zwei Ringe und ein Armband. Als Goscha von diesem alarmierenden Fakt erfuhr, wurde er kreidebleich, warf sich vor, ein Verschwender zu sein, und nannte sich Prasser und Blutsauger. Ich mußte ihn trösten und ihm klarmachen, daß das unser gemeinsames Gold gewesen war, daß wir es mit vereinten Kräften ausgegeben hatten und Goscha überhaupt keine Schuld traf. Mein Freund tröstete sich vorübergehend, warf sich dann aber plötzlich aufs Bett, drückte das Gesicht ins Kissen und schluchzte wie ein Kind.

»Was hast du, Goscha?« fragte ich erschrocken.

»Tossja hält mich für einen reichen Mann«, sagte er unter Tränen. »Wenn sie erfährt, daß ich überhaupt nichts besitze, heiratet sie mich nicht. Ach, wäre ich doch lieber schon als kleines Kind gestorben!«

»Du hast Talent!« sagte ich streng zu Goscha. »Gold ist Staub und Asche, das Talent aber ist eine harte Währung! Vor dir liegt eine goldene Zukunft.«

Und Goscha schöpfte wieder Mut. Wir beschlossen, daß er Tossja erst am Morgen nach der Hochzeit über seine materielle Lage aufklären würde. Er wollte Frau und Schwiegermutter ehrlich eingestehen, daß er arm, aber talentiert war, und ihnen klarmachen, daß sie in ihm den Künstler respektieren sollten, der eines Tages zu Ruhm und Ehren gelangen würde. Was die beiden uns verbliebenen Ringe und das Armband anging, so beschlossen wir, sie sofort zu verkaufen und für den Erlös ein paar zusätzliche Einkäufe für das Festmahl zu tätigen, damit es noch üppiger und prächtiger ausfiel.

Und wir feierten Hochzeit.

Diesen Tag werde ich nie vergessen.

Der Winter hatte in jenem Jahr früh eingesetzt, schon Ende November gab es die ersten Fröste, aber geschneit hatte es wenig, und zu starken Schneefällen war es überhaupt noch nicht gekommen. Ich aber wartete immerzu auf den ersten richtigen Schneesturm. Sie, verehrte Leser, werden verstehen, warum ich so auf diese Naturerscheinung wartete. Aber an Goschas Hochzeitstag verhieß der Himmel vom frühen Morgen an keinerlei Schneefall.

Die standesamtliche Trauung fand um drei Uhr nachmittags statt, und anschließend begab sich das junge Paar in Tossjas Wohnung, in der die Hochzeitstafel für sechsundzwanzig Personen gedeckt und mit Speisen und Getränken beladen war. Die Gäste – alles Verwandte von Tossja – saßen schon am Tisch, wagten aber noch nicht zuzulangen. Endlich nahmen die Jungvermählten ihren Ehrenplatz an der Tafel ein. Goscha trug einen eleganten Anzug, ein gestärktes weißes Hemd und eine blaugrün gepunktete Krawatte, Tossja ein weißes Seidenkleid, einen lilagesprenkelten Schleier und eine Frisur à la Mary Pickford. Als alter Freund brachte ich einen kurzen Trinkspruch aus, in dem ich Tossja zu ihrem talentierten Mann gratulierte, worauf ich, damit das Leben der Jungvermählten immer reich sei, mein Glas bis zum Rand füllte und auf ihr Glück leerte. Die Hochzeitsgäste folgten eifrig meinem Beispiel, und der Schmaus begann.

Noch ehe zwei Stunden vergangen waren, hatten alle schon einen sitzen. Der Bräutigam stieg aus freien Stükken, ohne daß ihn jemand darum gebeten hätte, auf einen Stuhl und gab zur Freude aller Anwesenden eine Probe seines Talents. Niemals – weder vor diesem Tag noch hinterher – habe ich Goscha so laut und voller Hingabe rülpsen gehört. Alle waren höchst zufrieden und bedachten den Künstler mit stürmischem Beifall.

Dann fingen die Gäste an, meinen Freund lautstark

nachzuahmen. Aber das war kein Vergleich! Ihre talentlosen Anstrengungen wirkten einfach kläglich. Im Namen der Kunst beleidigt, forderte ich die laienhaften Interpreten auf, ihren Mund zu halten: Was der Nachtigall erlaubt sei, dürften sich Schweine noch lange nicht herausnehmen. Da fühlten sich einige von ihnen auf den Schlips getreten und verlangten, daß ich mich entschuldige. Ich aber wiederholte meine These, und da wurden die Gäste so ausfallend, daß ich zu meiner Verteidigung die Fäuste einsetzen mußte. Goscha eilte mir mit lauten Sympathiebekundungen zu Hilfe, aber ein ganzes Rudel von Tossjas Verwandten wälzte sich auf ihn. Mich zerrten sie in den Korridor, schoben mich in die Rumpelkammer und sperrten mich dort ein.

Diese enge Kammer war mit allem möglichen alten Zeug vollgestopft: einem kaputten Sessel, den zerfledderten Schlummerrollen eines alten Sofas und leeren Pappkartons – all diese Gegenstände waren in dem schwachen Licht, das durch das schmale, schmutzige Fenster fiel, kaum zu erkennnen. Da sah ich plötzlich hinter den Scheiben etwas zappeln. Ich räumte das Gerümpel beiseite, kämpfte mich zum Fenster durch und riß mit einem Ruck den Fensterflügel auf. Und im selben Augenblick wirbelten Schneeflocken herein. Draußen heulte und tobte der Schneesturm. In dem dunklen Hof lag eine dicke Schneeschicht. Also hatte das Schneegestöber schon vor geraumer Zeit eingesetzt, und mir war es nur nicht aufgefallen, weil ich bei der Hochzeitsfeier mit dem Rükken zum Fenster gesessen hatte. Was, wenn Lida jetzt in der Stadt ist? schoß es mir durch den Kopf. Wenn sie nun den unterirdischen Palast verlassen hat und zu mir unterwegs ist? Ich muß sofort in meine Wohnung zurück, damit ich sie empfangen kann!

Ich wummerte mit den Fäusten gegen die Tür und schrie, man solle mich hinauslassen. Aber niemand kam, um meine Forderung zu erfüllen. Da zerrte ich ein altes

Dampfbügeleisen aus dem Gerümpel und hämmerte damit gegen Wand und Tür. Aber nichts rührte sich. Erst nach etwa zehn Minuten hörte ich im Flur ein Poltern und Schreien. Endlich ging die Tür auf. Vor mir stand Goscha mit zerzaustem Haar und einem Veilchen unter dem Auge. Ein Ärmel seines modernen Jacketts war abgerissen, und das Hemd hing ihm in Fetzen vom Leib. Mein Freund hatte sich durch das Gästepack zu mir hindurchgekämpft und mich befreit. Aber zu spät, zu spät.

Kaum war ich wieder frei, als ich mich schnurstracks in meine Wohnung begab. Hier stand Tante Walja, eine ältere Mitbewohnerin, in der Küche am Primuskocher.

»Tante Walja, war inzwischen jemand hier?« fragte ich mit stockendem Atem.

»Ja, ja, da war jemand«, erzählte sie bereitwillig. »So ein hübsches, adrettes Fräulein im grauen Pelzmantel. Sie sah aus wie aus dem Ei gepellt.«

»Das war Lida!« rief ich.

»Ja, ja, genau, so hat sie sich genannt«, bestätigte Tante Walja.

»Haben Sie sie nicht in mein Zimmer geführt?« fragte ich mit bebender Stimme.

»Aber nein!« antwortete Tante Walja. »Sie war ein bißchen zickig. Sie fragte: ›Sagen Sie bitte, wo ist Wassili Wassiljewitsch?‹ Und ich antwortete: ›Na, wo schon, er feiert Hochzeit. Kennen Sie Tossja Vertiko aus Wohnung vierzehn?‹ Da ist dein Fräulein ganz blaß geworden und die Treppe hinuntergestürmt. Ich bin gleich hinterher und hab gerufen: ›Soll ich ihm was ausrichten?‹ Und sie zurück: ›Richten Sie ihm aus, daß er Lida nie wiedersieht.‹«

»Ach, Tante Walja, warum haben Sie das von der Hochzeit gesagt? Was haben Sie angerichtet!« Meine Stimme überschlug sich fast. »Wann war das? Wann?«

»Das werd ich dir gleich sagen, so Gott meinem Gedächtnis nachhilft«, antwortete Tante Walja. »Als sie kam, hatte ich gerade die Perlgräupchen aufgesetzt, und jetzt sind sie so gut wie gar. Also ist noch keine Viertelstunde seitdem vergangen.«

Ich stürzte ins Treppenhaus und eilte, immer fünf Stufen auf einmal nehmend, hinunter. Als ich die Straße erreichte, lief ich in Richtung Newski-Prospekt und fragte alle Leute, die mir entgegenkamen, ob sie ein Mädchen im grauen Pelzmantel gesehen hätten. Die Passanten aber antworteten: Nein, sie hätten kein Mädchen gesehen. Manche antworteten auch überhaupt nicht, sondern wichen vor mir zurück, obwohl mein Rausch angesichts dieser Ereignisse längst verflogen war. Trotzdem hatte ich wahrscheinlich noch eine Schnapsfahne und sah auch nicht gerade vertrauenerweckend aus: das Jackett zerrissen und bei diesem Schneesturm ohne Mantel und Mütze.

Wenn ich Lida nur finde! Wenn ich sie jetzt im Schneetreiben erblicke, wird sich alles klären. Sie wird selber über ihren Irrtum lachen, und wir werden einander umarmen und ein Leben lang zusammenbleiben. Ich muß sie nur finden!

Mit solchen Gedanken beschäftigt, lief ich bis zum Moskauer Bahnhof, machte dann kehrt, eilte die Ligowka entlang und hastete an unserem Haus vorbei in Richtung Umführungskanal. Das Schneetreiben wurde immer stärker, und auf meinem Kopf bildete sich eine feuchte Kappe aus Schnee, von der Kälte merkte ich jedoch nichts. Auf der Brücke über den Umführungskanal bemerkte ich einen kleinen Menschenauflauf, der sich bereits auflöste. Ich wollte schon vorübergehen, als ich plötzlich einen Gesprächsfetzen aufschnappte und unwillkürlich stehenblieb. Eine alte Frau sagte mitfühlend zu einer anderen: »Da hat sich die Ärmste eine Stelle ausgesucht, um sich zu ertränken! Dabei ist das hier in dem Kanal nicht mal Wasser, sondern die reinste Kanalisation . . .« Mir kam ein schrecklicher Verdacht.

»Was ist hier passiert?« fragte ich die alte Frau.

»Ein Mädchen ist von der Brücke gesprungen, wahrscheinlich ist sie von einem Kerl betrogen worden«, antwortete sie und musterte mich streng. »Ich selbst hab's nicht mit angesehen, bin zu spät dazugekommen, aber die dabei waren, sagen: Das war ein schönes Mädchen und so adrett angezogen. Sie sagen, sie ist auf die Brücke gelaufen, hat ihren grauen Pelzmantel ausgezogen und übers Geländer gehängt und ist dann selbst auf Nimmerwiedersehen hinüber. Keiner konnte sie zurückhalten.«

»Und, hat man sie gerettet?« fragte ich mit stockendem Herzen. »Wo ist sie jetzt?«

»Das Mädchen ist jetzt dort, wo wir alle mal hinkommen«, sagte die alte Frau und bekreuzigte sich. »Es fanden sich ein paar Freiwillige, die zum Kanal hinunterstiegen, aber sie konnten sie nicht finden. Es hat sie unter die Brücke gezogen. Feuerwehrleute haben dann mit Hakenstöcken nach ihr gefischt und sie nur mit Mühe und Not herausgezogen. Dann wurde ein Rettungswagen gerufen – der kam und fuhr gleich wieder ab: Wir, hieß es, transportieren nur Lebende. Na, da hat ein Milizionär einen Lastfuhrmann angehalten. Sie luden sie auf das Fuhrwerk, deckten sie mit ihrem Pelzmantel zu und brachten sie in die Leichenhalle.«

Bei diesen Worten wurde mir schwarz vor Augen. Um nicht umzufallen, lehnte ich mich ans Geländer. Ich weiß nicht, wie lange ich dort gestanden habe, aber als ich wieder zu mir kam, war ringsum kein Mensch mehr zu sehen. Nur wenige Passanten hasteten geduckt und ohne nach rechts oder links zu sehen, über die Brücke. Es war schon völlig dunkel, und der Schnee wirbelte um die Laternen herum, als wollte er sie verhüllen. Ich lehnte mich übers Geländer und starrte ins Wasser. Das Wasser war pechschwarz, und es schwamm kein Stückchen Eis darauf. Der Umführungskanal friert niemals zu – in ihn werden die Schmutzwasser aus der Kanalisation und die heißen Abwässer aus den Betrieben geleitet. Ich sah, wie der Dampf aus dem schwarzen Wasser stieg und sich mit dem Schnee vermischte.

Da packte mich ein solcher Jammer, daß sich mein Herz plötzlich schmerzhaft zusammenkrampfte und alles ringsum schwankte, als ginge die Welt unter. Ich wankte ein paar Schritte weiter und brach auf dem Brückenbelag zusammen.

Wahrscheinlich lag ich ziemlich lange dort, weil das auf der Brücke passiert war. Wäre ich auf einer Straße umgekippt, hätte mich bald ein Hausmeister aufgelesen, für Brücken aber ist kein Hausmeister zuständig, und ein Milizionär war auch nicht in der Nähe. Ich weiß nicht, wer sich schließlich meiner annahm, aber als ich wieder zu mir kam, lag ich im Obuchowschen Krankenhaus auf der Station für innere Medizin.

Eine Woche lang hatte ich bewußtlos mit hohem Fieber dagelegen. Manchmal war das Bewußtsein für kurze Zeit zurückgekehrt, und da hatte ich gesehen, daß ich mich in einem großen Zimmer mit grauen Wänden befand und daß mein Bett direkt am Fenster stand.

Einmal, ich weiß nicht mehr, war es am ersten oder am zweiten Tag meines Krankenhausaufenthalts, richtete ich mich in einem klaren Augenblick ein wenig auf und warf einen Blick aus dem Fenster. Mitten auf dem Krankenhaushof sah ich ein flaches Gebäude. Davor stand weinend ein Mann. Diesem Mann mußte ich schon einmal irgendwo begegnet sein.

Mir kam es so vor, als wäre das der Schöpfer. Ich malte mir aus, wie er seinen unterirdischen Palast verlassen hatte, um nach seiner geflohenen Tochter zu suchen, und sie in der Leichenhalle wiedergefunden hatte ... Dann verlor ich von neuem das Bewußtsein.

In der zweiten Woche fühlte ich mich schon besser und nahm allmählich wieder Nahrung zu mir. Die Lungenentzündung, die ich mir auf der Brücke geholt hatte, legte sich. Nur der Fuß, den ich mir, wie Sie wissen, vor meiner

Bekanntschaft mit Lida in dem unbekannten Wald erfroren hatte, tat wieder weh.

Eines Tages ließ man einen Besucher zu mir herein – das war natürlich Goscha. Er erzählte mir, daß seine Hochzeitsnacht ein Reinfall gewesen war. An jenem verhängnisvollen Abend hatte er von Tante Walja erfahren, daß ich ohne Mantel und Mütze aus dem Haus gelaufen war, und sich nach mir auf die Suche begeben. In dieser Nacht hatte er alle psychiatrischen Anstalten abgeklappert und sich bittere Vorwürfe gemacht, zu lange gezögert und die Pferdekur mir gegenüber nicht angewandt zu haben. Goscha bildete sich nämlich ein, ich sei in einem Anfall von geistiger Umnachtung aus dem Haus gestürmt. Erst nachdem er sich davon überzeugt hatte, daß ich nicht in der Irrenanstalt war, fragte er in den gewöhnlichen Kliniken nach und bekam heraus, daß ich mich im Obuchowschen Krankenhaus befand. Er durfte jedoch nicht gleich zu mir, weil ich ohne Bewußtsein dalag.

Nun aber war er gekommen und hatte meinen Mantel und meine Mütze mitgebracht, damit ich bei der Entlassung etwas anzuziehen hatte. Auch etwas zu essen, ja sogar eine Dose Kaulkopf in Tomate sowie einen Viertelliter Wodka brachte er mir, aber sowohl den Wodka als auch den Kaulkopf verbot mir die Schwester strengstens, so daß Goscha beides wieder mitnehmen mußte. Als ich ihm von Lida und von dem erzählte, was mit mir auf der Brücke geschehen war, legte er mir sanft die Hand auf die Stirn und sagte traurig: »Ach, Wassja, Wassja, das bildest du dir alles nur ein . . . Ach, hätte ich dich damals bloß kuriert!«

Und ich begriff endgültig, daß nicht einmal mein treuer Freund meinen Kummer je verstehen würde.

Aber auch Goschas Leben war kein Zuckerlecken. Die Flitterwochen vergingen ohne die nötige Freude und Begeisterung. Mein Freund berichtete mir, daß Tossja, nachdem sie von seiner Armut erfahren, mit der Scheidung gedroht und sich sogar über sein Talent lustig gemacht hatte. Die Schwiegermutter nannte ihn nur noch den Schaumschläger aus der Seifensiederei. Ich tröstete Goscha, so gut ich konnte, und er verließ mich ein wenig gefaßter, wodurch auch mir leichter ums Herz wurde. Aber die Zeit verging, und je näher mein Entlassungstag rückte, um so trauriger wurde ich. Ich träumte oft von Lida und wachte in Tränen gebadet auf.

Die ruchlose Tat

Zwei Monate später wurde ich aus dem Obuchowschen Krankenhaus entlassen.

An jenem Tag tobte ein Februarschneesturm, und bevor ich nach Hause, in die Ligowka, zurückkehrte, irrte ich lange durch die Straßen. Unwillkürlich hoffte ich, daß Lida plötzlich aus dem Schneetreiben auftauchen, mir zulächeln und für mich ein neues, glückliches Leben beginnen würde. Ich redete mir sogar ein, nicht sie sei von der Brücke in den Umführungskanal gesprungen, sondern ein ganz anderes Mädchen. Aber diese Hoffnung war natürlich trügerisch.

Zu Hause erwartete mich eine Zahlungsaufforderung: Ich sollte für die letzten zwei Monate die Miete bezahlen. Goscha hatte sich inzwischen bei seiner Frau angemeldet, und das Zimmer gehörte mir jetzt allein, wodurch sich die Miete für mich erhöhte. Es war zwar nicht allzu viel, aber ich besaß ja keine Kopeke mehr. Deshalb ging ich als erstes zu Goscha und lieh mir von ihm zehn Rubel. Natürlich gab Goscha mir das Geld ohne viel Federlesen. Mir entging jedoch nicht der giftige Blick, den Tossja und die Schwiegermutter mir aus vier Augen zuwarfen, und ich begriff, daß ich mir von meinem Freund nie mehr etwas borgen durfte. Zu ihm könnte ich zwar jederzeit kommen, aber die beiden Weiber würden ihm dafür die Hölle heiß machen. Ich verkaufte also nach und nach die Einrichtung: erst den Mahagonischreibtisch, dann den Samowar, und bald war das Zimmer kahl. Nur die »Morgendämmerung am See« – die Kopie des Gemäldes von einem unbekannten Meister – hing noch an der Wand: Niemand wollte sie haben.

Mit Goscha traf ich nach wie vor fast jeden Tag zusammen. An meinem Freund hatte ich jedoch keine rechte Freude mehr. Er sah ganz grau und mitgenommen aus. Nach wie vor ging er brav und ohne Bummelschichten seiner Arbeit nach, schleppte das Parfüm jetzt aber nicht mehr in einer Wärmflasche heraus, sondern in einem Gummischlauch, den er sich um den bloßen Leib band. Zu dieser vermehrten Parfümausfuhr hatte ihn Tossja angestiftet, die mit Hilfe meines Freundes unbedingt zu einem wohlhabenden, schönen Leben gelangen wollte. Wenn Goscha nach Hause kam, kippte er das Parfüm in einen Kochtopf, worauf Frau und Schwiegermutter das Parfüm mit Klistierspritzen in Flakons füllten, die sie heimlich bei einem Altstoffhändler aufkauften. Dann setzte Tossja die Ware über ihre Bekannten ab.

»Paß auf, Goscha, daß du dabei nicht mal auf die Schnauze fällst«, sagte ich eines Tages zu meinem Freund. »Dieses Parfüm riecht nicht nach Blumen, sondern nach Knast. Du solltest deinen Lebenswandel von Grund auf ändern.«

»Ich merke ja selbst, daß mit meinem Leben was nicht stimmt«, gestand Goscha mir ein. »Am liebsten würde ich mit dieser Sache ganz und gar aufhören, aber Tossja läßt mir keine Ruhe, sie kann nicht genug kriegen. Wenn ich mit leeren Händen komme, fängt sie an zu zetern und nennt mich einen Betrüger und Blender. Manchmal möchte man gar nicht mehr nach Hause gehen ... Und auch mit meinem Talent komme ich nicht mehr an«, fuhr Goscha seufzend fort. »Das Publikum ist davon nicht mehr so angetan wie früher. Vorgestern haben mich sogar ein paar Zuschauer kritisiert: Angeblich habe ich kein Kunstverständnis!«

»Das war nur irgendwelches Pack«, tröstete ich Goscha. »Alle großen Männer haben unter ihrem Talent gelitten, alle wurden anfangs unterschätzt und mißverstanden. Spuck diesen Kleingläubigen in die Augen und glaub an deinen strahlenden Stern!«

»Nein, Wassja, das war kein Pack«, sagte Goscha traurig. »Selbst meine Kollegen im Laienensemble sind unzufrieden. Du, sagen sie, verdirbst uns mit deinem Rülpsen alle Rollen. Auch der Regisseur schimpft, weil ich nicht wachse. Mit so einem Repertoire, sagt er, bringt man's heutzutage nicht weit.«

Ja, mein Freund hatte nichts zu lachen, aber bei mir sah es auch nicht gerade rosig aus, denn in jenen Jahren war es nicht so einfach, eine Arbeitsstelle zu finden. Ich mußte meinen schicken Pelz verscherbeln und mir dafür auf dem Trödelmarkt ein schäbiges leichtes Mäntelchen zulegen. Auch meine Mütze und meinen Anzug verkaufte ich, um leben zu können. Nur die Uhr hätte ich um nichts auf der Welt hergegeben, lieber wäre ich verhungert. Schließlich war diese Uhr ein Andenken an Lida.

Bald aber sollte es Goscha noch schlechter ergehen als mir. Man stellte ihn vors Gericht. Mich hatte er verdächtigt, eine ruchlose Tat begangen zu haben, dabei war er jetzt selbst ein Krimineller. Es handelte sich zwar nicht um Raubmord, aber auch so war alles schlimm genug.

Passiert war folgendes. Als Goscha einmal nach der Schicht an der Pförtnerloge vorbeiging, sprang der Stöpsel aus dem Schlauch, den er sich um den Leib gewickelt hatte, und alle sahen und rochen die Pfütze, die sich unter meinem Freund bildete. Daraufhin durchsuchte man ihn und kam dem Geheimnis der unentgeltlichen Parfümausfuhr auf die Spur. Man nahm eine Haussuchung vor, und Goscha mußte unterschreiben, daß er die Stadt nicht verlassen würde. Tossja Vertiko gelang es, sich der Verantwortung zu entziehen und alles auf meinen leidgeprüften Freund abzuwälzen. Sie reichte schleunigst die Scheidung ein. Goscha zog in unser Zimmer zurück und wartete auf die Verhandlung und auf sein Urteil. Bald darauf erhielt er eine Vorladung.

»Das ganze Unglück hat mit diesem Gold angefangen, es hat uns zugrunde gerichtet«, sagte Goscha, als er zur Gerichtsverhandlung ging. »Sollen sie mich verknacken, ich Esel hab nichts Besseres verdient! Mich vom Glanz des Goldes blenden zu lassen!«

»Goscha!« sagte ich zu meinem Freund. »Vielleicht sollte ich dich jetzt trösten, aber mir fällt nichts Tröstliches ein. Du tust mir leid, aber vor allem ist es schade um dein Talent. Weißt du, was Kaiser Nero sagte, als sie ihn zum Erschießen führten? ›Welch großer Künstler findet nun sein Ende!‹«

Goscha winkte ab.

Erschossen wurde er natürlich nicht. Man berücksichtigte seine aufrichtige Reue und seine schwere Kindheit und brummte ihm nur zwei Jahre zur Bewährung auf. Aber all diese Ereignisse zerstörten die zarte Knospe seines Talents. Er trat nie wieder vor großem Publikum auf. Und obendrein flog er aus seinem Betrieb.

Jetzt saßen wir beide ohne eine Kopeke in der Tasche vor einem Scherbenhaufen. Wir schafften sogar unsere Kissen, Decken und alle übrigen Gegenstände auf den Trödelmarkt und schliefen auf den Sprungrahmen. Im Zimmer befanden sich bald nur noch zwei leere Bettgestelle, Goscha, ich und das Gemälde »Morgendämmerung am See« – das war die ganze Einrichtung. Da beriefen mein Freund und ich eine außerplanmäßige Beratung ein und gelangten einmütig zu dem Schluß, daß es so nicht weitergehen könne. Wir einigten uns darauf, ein von Arbeit erfülltes neues Leben zu beginnen.

Am nächsten Tag verpflichteten wir uns freiwillig, als

Holzfäller in den hohen Norden zu gehen, und arbeiteten dort drei Jahre lang fleißig. Nach Leningrad zurückgekehrt, meldeten wir uns beide an einer Fachschule an, beendeten sie erfolgreich und erhielten eine gut bezahlte Arbeit. Über unser folgendes Leben will ich mich nicht weiter auslassen, weil das nicht hierher gehört. Ich sage nur soviel, daß Goscha jetzt auch Rentner ist. Er wohnt ebenfalls in Leningrad, wenn auch nicht wie ich in der Petrogradskaja, sondern auf der Wassili-Insel. An sein verlorenes Talent erinnert er sich ungern; er argwöhnt sogar, nie welches besessen zu haben. Er hat eine gute Frau – kein Vergleich mit Tossja Vertiko -, Kinder und sogar Enkel. An seine Jugend denkt er nicht gern zurück und hadert manchmal mit seinen Kindern wegen Handlungen, die weitaus entschuldbarer sind als die, die er in ihrem Alter selbst begangen hat. Wenn man bedenkt, unter welchen Bedingungen er im Unterschied zu ihnen aufgewachsen ist, ist das natürlich kein Wunder.

Was mich angeht, so habe ich tatsächlich nie geheiratet. Natürlich will ich Ihnen nicht weismachen, daß ich wie ein Mönch gelebt hätte – Frauenbekanntschaften hatte ich durchaus -, bin aber für alle Zeiten Junggeselle geblieben.

Der Palast stürzt ein

In diesem letzten Kapitel kehre ich zum Ausgangspunkt meiner Geschichte zurück. Ich erzähle Ihnen jetzt, wie und warum die goldene Uhr verschwunden ist, die ich vierundvierzig Jahre lang getragen habe, ohne sie je zur Reparatur bringen zu müssen.

Vor zwei Wochen habe ich diese Uhr vor dem Schlafengehen wie gewöhnlich auf den Nachttisch neben meinem Bett gelegt. Und in der Nacht hatte ich einen Traum.

Ich träumte vom Schöpfer. Er lag, grau, unrasiert und uralt, in dem unterirdischen Palast auf der Couch in seinem Kabinett. Er war dort ganz allein. Im Kabinett war alles unverändert, nur das Porträt Jelisaweta Petrownas, seiner Frau, steckte jetzt nicht mehr in einem hellen, sondern in einem Trauerrahmen. Und auf dem Porträt daneben lächelte Lida, doch auch ihr Gesicht war schwarz umrahmt.

Der Schöpfer war schwerkrank, er lag im Sterben. Ich begriff, daß dieser Traum nicht von ungefähr kam, daß tatsächlich irgendwo ein Mensch starb, den man vielleicht noch retten konnte. Aber wie sollte ich ihm helfen? Ich wußte ja nicht, wo sich der unterirdische Palast befand.

Der Schöpfer atmete nur noch ganz schwach. Ich sah, wie sich seine Lippen bewegten, und verstand die Worte: »Glaub nicht an Hirngespinste ... Vergrab dein Talent nicht in der Erde ...« Ich begriff, daß dem Sterbenden erst jetzt die Ratschläge bewußt wurden, die sein Vater ihm einst gegeben hatte.

Mit dem Tod des Schöpfers zerfiel auch das unterirdische Reich. All das geschah unmittelbar vor meinen Augen – wie im Kino. Ich sah die goldene Täfelung des Schachtes zu grauem Staub werden. Die Platintreppe, die ich einst mit Lida hinabgestiegen war, zerbröckelte zusehends; Stufen und Geländer lösten sich auf und klatschten als trübe, kalte Tropfen in die Tiefe. In dem prunkvollen Korridor, in dem einst Lidas leichte Schritte erschallt waren, fielen die Jaspistäfelchen von den Wänden und zerschellten, der Marmorfußboden wankte und wölbte sich hoch; durch die Risse im Gewölbe strömte schwarzes, mit Erde vermischtes Wasser.

In den wunderschönen Sälen rieselten die hohen Stuckdecken herab, die kristallenen Kronleuchter klatschten als grauer Auswurf zu Boden. Vor meinen Augen wurden die Spiegel blind und trübe, das Silber blätterte von ihnen wie Schorf. Die Spiegelscheiben, in denen sich nichts mehr spiegelte, lösten sich lautlos von den Wänden und sanken als unansehnlich grauer Staub zu Boden. Die Mauern verschwanden, die Ziegel verwandelten sich wieder in Lehm. Die tragenden Konstruktionen verloren ihre Bruchfestigkeit und stürzten ein. Die eisernen Doppel-T-Träger krümmten sich wie Korkenzieher und rieselten in rötlichen Flocken herab; Rost zerfraß sie gleich einem kalten Feuer.

Der Schöpfer atmete noch, aber seine Augen wurden schon glasig. Auch in seinem Kabinett machte sich Zerstörung breit. Die Möbel brachen zusammen und verwandelten sich in Mulm, der Schreibtisch kippte um. Die Couch mit dem Sterbenden darauf schwankte wie ein Floß in den Wellen. Die Regale bogen sich und faulten vor sich hin. Die Bücher fielen herunter und bildeten ein wirres Durcheinander auf dem Fußboden; sie blieben jedoch unversehrt, ihnen konnte die Zerstörung nichts anhaben: Sie stammten ja aus der Oberwelt und waren kein Werk des Schöpfers.

Plötzlich wölbte sich der Fußboden im Kabinett hoch. Dann platzte er wie eine große Eiterbeule, und aus ihm brach ein dicker Strahl feuchten, weichen Lehmbodens hervor, der das ganze Zimmer füllte. Die Wände wankten und stürzten ein; die zwei Porträts im Trauerrahmen fielen herab. Und gleich darauf gab es keine Mauern, Fußböden oder Decken mehr. Der unterirdische Palast war verschwunden. Tief im Erdreich vergraben lag einsam ein toter alter Mann.

In kalten Schweiß gebadet, wachte ich auf, knipste die Tischlampe an und rauchte, um mich von dieser nächtlichen Filmvorführung zu erholen. Dann wollte ich wissen, wie spät es war und ob der Morgen bald anbrechen würde. Ich richtete mich ein wenig auf, um einen Blick auf die Uhr zu werfen, doch auf dem Nachttisch lag keine Uhr mehr. Das Armband war noch ganz, aber statt der Uhr lag darauf ein graues Häufchen Staub.

Am nächsten Tag ging ich zur Wassili-Insel, zu Goscha,

das heißt, Verzeihung, zu Georgi Dmitrijewitsch. Ich traf ihn in dem mit Grün bepflanzten Hof, lockte ihn von den Dominospielern weg, nahm ihn beiseite und erzählte ihm von meinem Traum und dem Verschwinden der Uhr.

»Ja, ja, man träumt manchmal allerlei Blödsinn zusammen«, sagte mein Freund. »Deine Uhr hat bestimmt einer von den Wohnungsnachbarn geklaut. Er hat einen passenden Schlüssel gefunden und sich die Uhr geschnappt, als du gepennt hast.«

»Nein, meine Nachbarn sind ehrliche Leute, die brauchst du nicht anzuschwärzen«, widersprach ich. »Und außerdem hätte jemand, der die Uhr stehlen wollte, auch das Armband mitgenommen. Ich bin mir ganz sicher, daß diese Sache mit dem unterirdischen Palast und mit dem Schöpfer zusammenhängt. Er ist gestorben, und alles, was er erschaffen hat, ist mit ihm zusammen zugrunde gegangen. Darum ist auch meine Uhr verschwunden.«

»Du hast ja immer noch deinen alten Tick!« sagte mein Ratgeber ärgerlich. »Schade, daß ich dich damals nicht kuriert und dein Gehirn nicht total umgekrempelt habe! Das tut mir heute noch leid. Merk dir eins: Diesen unterirdischen Palast und diese Lida hat's nie gegeben!«

»Georgi Dmitrijewitsch! Wir wollen eine neue Partie anfangen und warten auf Sie!« riefen die beim Dominospiel sitzenden Rentner, und mein Freund verabschiedete sich hastig von mir und eilte zu ihnen. So ging ich zurück in mein gemütliches, aber einsames Heim.

Unterwegs dachte ich über die Vergangenheit nach.

Auch wenn mir kein Mensch auf der Welt glaubt, ich weiß genau, daß es den unterirdischen Palast gegeben hat. Und Lida auch. Und an jedem siebzehnten Dezember gehe ich mit einem Strauß teurer weißer Blumen quer durch die ganze Stadt zur Ligowka. Ich trete ans Ufer des Umführungskanals und werfe die Blumen in das nie zufrierende Wasser. Der Strauß schwimmt bescheiden darauf und verschwindet unter der Brücke. Sie lebt nicht mehr, aber sie hat gelebt! Sie lebt nicht mehr, aber sie hat gelebt! Diesen Spruch hämmert mein Herz in diesen Minuten.

An Tagen, an denen der Schneesturm heult, hält mich nichts zu Hause. Ich verlasse meine Wohnung und streife endlos durch die Straßen, und immer kommt es mir so vor, als müsse jeden Augenblick jemand meinen Namen rufen. Erst wenn ich ganz und gar durchgefroren bin, kehre ich nach Hause zurück. Mein Zimmer ist sauber und ordentlich aufgeräumt. Mit Behagen denke ich daran, daß ich mir gleich einen kräftigen Tee brühen werde, und schalte den schönen Elektrokessel ein, den mir die Kollegen geschenkt haben, als ich in Rente ging.

Am nächsten Tag aber, wenn der Schneesturm noch immer heult, streife ich wieder durch die Stadt.

1968

Nachbemerkung

Der 1915 geborene Leningrader Autor Wadim Schefner zählt in der Sowjetunion zu den meistgelesenen, beliebtesten Phantastikautoren. Als 1957 sein erster Erzählungsband erschien, war er in seinem Land schon als Dichter bekannt. Beeindruckt von Puschkin, Lermontow, Bunin, Block, der Achmatowa begann Schefner, selbst zu dichten. Ihn bewegten aber eigene, zeitgemäße Themen, die er künstlerisch verarbeiten wollte. Doch er hatte Mühe, seine Verse nicht thematisch zu überladen. Er wandte sich darum mehr und mehr der Prosa zu. Sie war für ihn die »Fortsetzung der Lyrik mit anderen Mitteln«. Für seine Prosa gelten im Grunde die gleichen Prinzipien wie für seine Gedichte, auch die Helden gleichen sich in beiden Genres, denn sie entstammen der gleichen Wirklichkeit, aber in der Prosa kann Schefner Zeit- und Raumkategorien weiter fassen und muß sich nicht auf ein Thema beschränken.

Schefners nichtphantastische Erzählungen sind fast immer autobiographisch gefärbt und in seiner Heimatstadt Leningrad angesiedelt. In ihnen schildert er mit viel Wärme eigene Erlebnisse und Beobachtungen in den schweren zwanziger Jahren, als er nach dem frühen Tod seines Vaters mit seiner Mutter, die Erzieherin war, von Kinderheim zu Kinderheim zog und das Schicksal vieler entwurzelter, obdachloser Kinder teilte. Auch die Jahre der ersten Fünfjahrpläne, als er in verschiedenen praktischen Berufen arbeitete, die Kriegs- und die Nachkriegszeit bilden den historischen Hintergrund für sein Werk.

1963 debütierte Schefner mit seiner ersten phantastischen Erzählung »Ein bescheidenes Genie«. Schefners Phantastik nimmt eine Sonderstellung in der sowjetischen Literatur ein. Der Autor bezeichnet sie nicht als »wissenschaftlich«. Er sieht in ihr etwas, was direkt dem Begriff »Phantasie« entspringt, das heißt etwas Märchenhaftes, Seltsames, das Wunder geschehen und seine meist sehr bescheidenen, unscheinbaren, kauzigen Helden in ungewöhnliche Situationen geraten läßt. Er sagt keine aufsehenerregenden technischen Entwicklungen voraus, es sei denn, er parodiert utopische Romane wie in »Das Mädchen am Abhang« (deutsch 1967). Darum nennt er seine phantastischen Erzählungen häufig halbwahrscheinliche Geschichten, Märchen oder Parabeln.

Schefners Phantastik ist erstaunlich konkret. Er liebt es nicht zu verallgemeinern. Seine Schilderungen setzen sich aus zahllosen Details zusammen, aus denen sich der Leser selbst ein Bild machen muß. Wertend greift der Autor nur da ein, wo er ironisch wird. Er besitzt eine ausgeprägte Beobachtungsgabe für das scheinbar Unbedeutende, Unauffällige, das es aber verdient, beachtet zu werden, denn – so Schefner – in jedem Alltäglichen steckt etwas Besonderes. Schefners Humor kommt am wirkungsvollsten in seinen phantastischen Werken zum Ausdruck. Da reicht die Palette von der Parodie und feiner Ironie bis zu umwerfender Situationskomik und grotesk überspitztem, aber nie verletzendem Spott.

Die in diesem Band vereinigten fünf Erzählungen sollen einen Querschnitt durch Schefners märchenhaft-phantastische Kurzprosa geben. Dabei haben wir auch zwei deutsch schon erschienene Geschichten aufgenommen, denn was wäre so ein Auswahlbändchen ohne die anrührende Tragikomödie des »bescheidenen Genies«. Sergej Kladesew, der, von allen verkannt, ein Schattendasein ne-

ben seiner spießigen, zänkischen Ehefrau führt, oder ohne »Das runde Geheimnis«, vielleicht das literarisch beste phantastische Märchen Wadim Schefners.
»Der verspätete Schütze oder Die Flügel des Provinzlers« setzt die Linie der kauzigen Erfinder fort, von denen es in Schefners phantastischen Werken wimmelt. Einige, auch der Held dieser Erzählung, verkörpern Schefners Ideal des begabten, bis zur Schüchternheit bescheidenen Menschen (wie Sergej Kladesew in »Das bescheidene Genie«, Andrej Swetotschnikow in »Das Mädchen am Abhang« oder Stefan in »Der Mann mit den fünferlei ›nicht‹ oder Die Beichte eines Einfältigen« (russisch 1974). »Der verspätete Schütze« ist in unserem Band das charakteristischste Beispiel für die Gesellschaftssatire in Schefners Phantastik. »ONKEL oder Die Große Pause« steht stellvertretend für eine ganze Reihe von phantastischen Grotesken, in denen Schefner mit deftigem Ulk und schon fast karikierenden Übertreibungen über menschliche Schwächen oder Mißstände herzieht. In dieselbe Gruppe gehören »Der Graf von Hennegau« (deutsch 1982) oder die bisher nur russisch vorliegenden Erzählungen »Der Unglücksabweiser oder Die Sampomühle des 20. Jahrhunderts« (1982), »Aufzeichnungen eines Zahnbesitzers« (1982) oder »Als ich eine Nixe war« (1974). Den Abschluß des Bandes bildet ein ernstes Märchen, das soviel realistische Züge trägt, daß es am ehesten mit Schefners historischer und Gegenwartsprosa zu vergleichen ist: »Ein Palast für drei oder Das Geständnis eines Junggesellen«. Unkompliziert in Struktur und Aussage und nicht ganz frei von Sentimentalität, versetzt es den Leser in die entbehrungsreiche Zeit der zwanziger Jahre.

Schefner hat bisher nur einen phantastischen Roman geschrieben, der 1982 in der Sowjetunion erschien: »Die Hütte des Schuldners«. Die Handlung spielt im 22. Jahrhundert, es geht um die Vorbereitung und Durchführung einer irdischen Expedition zum Planeten Jalmes. Schefner benutzt dieses phantastische Sujet dazu, sich mit drei Problemkreisen auseinanderzusetzen: mit der oft erträumten Unsterblichkeit des Menschen und ihren möglichen Folgen, mit den Schuldkomplexen eines zweihundert Jahre alten Nostalgikers, der seinen Nächsten ungewollt Böses zufügte und zum Jalmes flüchtet, um seine Tat dort zu sühnen, und mit der Verantwortung eines Arztes und Wissenschaftlers vor seiner Umwelt. Aus Eitelkeit experimentiert der Arzt weiter mit seiner segensreichen Erfindung, wodurch er sie in ihr Gegenteil verkehrt und alles Leben auf dem Jalmes wieder mit längst ausgestorbenen Krankheiten verseucht. Indem Schefner den Raumflug und die dramatischen Vorfälle auf dem Jalmes aus den unterschiedlichen Blickwinkeln eines der Vergangenheit verhafteten Nostalgikers und eines in der Zukunft lebenden Avantgardisten zeigt, erzielt er die komischsten Wirkungen und regt zum Mitdenken an. Auch für diesen Roman gilt, was Schefners Erzählungen belegen: Märchenhafte Phantastik bedeutet bei ihm nicht Flucht aus der Realität, sondern Auseinandersetzung mit den Problemen seiner Zeit.

Oktober 1987 *Hannelore Menke*

Quellen und Übersetzer, Copyrightvermerke

Ein bescheidenes Genie (Скромный гений), aus dem Band В. Шефнер: Счастливый неудачник, Verlag Советский писатель, Moskau und Leningrad 1965. Die deutsche Übersetzung von Gisela Leiste entnahmen wir mit freundlicher Genehmigung des Verlages Volk und Welt / Kultur und Fortschritt der Anthologie »Flug zum Alpha Eridani«, Berlin 1970.

Der verspätete Schütze oder Die Flügel des Provinzlers (Запоздалый стрелок, или Крыля провинциала), aus dem Band В. Шефнер: Запоздалый стрелок, Verlag Советский писатель, Leningrad 1968. Deutsch von Erika Pietraß.

Onkel oder Die Große Pause (Дядя с большой буквы, или Великая Пауза), aus dem Band В. Шефнер: Лачуга должника, © Verlag Лениздат, Leningrad 1983. Deutsch von Hella Rymarowicz.

Das runde Geheimnis (Круглая тайна), aus der Anthologie »Талисман«, Verlag Детская литература, Leningrad 1973. Die deutsche Übersetzung von Renate Landa entnahmen wir der Anthologie »Genie auf Bestellung«, © Verlag Volk und Welt, Berlin 1982.

Ein Palast für drei oder Das Geständnis eines Junggesellen (Дворец на троих, или Признание холостяка), aus dem Band В. Шефнер: Девушка у обрыва, Verlag Знание, Moskau 1971. Deutsch von Helga Gutsche.

Inhalt

ISBN 3-360-00175-3

1. Auflage

Lizenz-Nr.: 409-160/238/88 · LSV 7204
Einbandentwurf: Albrecht v. Bodecker
Printed in the German Democratic Republic
Gesamtherstellung: Karl-Marx-Werk V 15/30
622 835 0

00750